灿若秋叶

一个乳腺癌患者的手记

石杰 著

华文出版社
SINO CULTURE PRESS

图书在版编目（CIP）数据

灿若秋叶：一个乳腺癌患者的手记 / 石杰著 . --
北京：华文出版社，2018.9（2020.1 重印）
 ISBN 978-7-5075-4971-3

Ⅰ.①灿… Ⅱ.①石… Ⅲ.①传记小说本－中国－当代
Ⅳ.①I247.5

中国版本图书馆 CIP 数据核字 (2018) 第 200617 号

灿若秋叶——一个乳腺癌患者的手记

著　　者：	石杰
责任编辑：	李　庆　雷　平
出版发行：	华文出版社
社　　址：	北京市西城区广外大街 305 号 8 区 2 号楼
邮政编码：	100055
网　　址：	http://www.hwcbs.com.cn
电　　话：	总 编 室 010-58336239　　发行部 010-58336238
	责任编辑 010-58336225
经　　销：	新华书店
印　　刷：	北京建宏印刷有限公司
开　　本：	880mm×1230mm　1/32
印　　张：	10.75
字　　数：	229 千字
版　　次：	2018 年 9 月第 1 版
印　　次：	2020 年 1 月第 5 次印刷
标准书号：	ISBN978-7-5075-4971-3
定　　价：	38.00 元

/ 一个乳腺癌患者的手记 /

序言

陈国际

我从1984年开始从事肿瘤医学工作，做乳腺癌诊治和研究也将近二十年了。这些年里，我几乎每天都接触癌症患者，见惯了生生死死、悲欢离合。可以说，我的心是和着患者的脉搏一起跳动的。每当我看见痛苦不堪的患者脸上有了笑容，卧床不起的患者可以下床活动了，奄奄一息的病人生命有了转机，或者听到以往的患者有好消息的时候，内心都无比欣慰。我渴望她们活着，渴望她们健康，渴望她们有机会去完成自己尚未完成的心愿。因此，当我得知石杰这本书即将出版的时候，心里的喜悦是难以言表的。

四年前，我接触到了石杰这名乳腺癌患者。当时患者非常多，工作也异常紧张，我们甚至没有时间做过多的交谈，只记得手术前她问过我一句什么话。后来我才听人说，她写作。很多患者都有个精神支柱，比如父母、子女、事业，写作可能也是她的精神支柱吧。只是我没想到能写出这么一本书，关于癌症的，而且写她自己的经历。

癌症患者往往有一种自卑感，不想让更多人了解病情，逃避，甚至把这种心理隐藏得很深。石杰显然走了一条相反的路。在这本书里，她写了自己的真实境况，写了自己为什么得乳腺癌这种病，

勇敢地敞开了病情,并且写了整个治疗经过,也写了每个治疗环节的切身感受。看得出,面对疾病,她想得很多、很深,而且竭力为自己也为所有的癌症患者寻找条出路。所有这些都是难能可贵的,尽管她不是医疗工作者,有些思考也很有道理。比如她根据自己的肿瘤性质确诊过程得出的病理才是最终标准,在病理结果出来之前,患者既不可过于紧张、自暴自弃,也不能盲目乐观马虎大意,就值得确诊前的患者们思考;再比如她在化疗中得出的个体差异这一点,也符合实际。每个人的身体都有自己的特点,况且现在讲求精准医疗,患者病情不一样,方案就不一样,反应也就不一样。不能凭想当然,把他人的治疗反应与自己的反应等同起来,乃至造成无法弥补的损失。书中最令人感动的是她达观的人生态度。即使医疗手段已经明显进步了,谈癌色变也还是一种普遍现象。面对癌症患者这个宣判,她也恐惧过,困惑过,烦恼过甚至绝望过,可是终究看开了,想明白了,不仅没有倒下,而且重新振作起来,冷静面对严酷的现实,努力思考并去除以往生活中的不健康因素,珍惜当下,使生活变得充实而有色彩,就像书名所写的:灿若秋叶。

本书的作者是有爱心的人,自己身患重病,却能把内心的想法和经历以现身说法的形式写出来,这本身就是爱的表现。我们知道,癌症是一种全身性疾病,预防和治疗也应是综合性的,其中很重要的一点就是患者的心理状态。一个人得不得癌症,得了癌症治疗效果怎样,日后生存期长短、质量高低,都与其心理状态息息相关。而心理健康尤其是癌症患者的心理健康是很难重建的,这是每个有经验的医生都了解的,也是令医生们头疼的事。而患者与患者间的交流，却往往能取得意想不到的效果。所以我想这本书有个明显的好处，就是容易使患者在阅读中产生心灵的共鸣，受到感染，得到启迪，努力从种种不良情绪中解脱出来，增强与癌症抗争的勇气。这是患者以外的人的开导很难达到的。

癌症患者是个特殊的群体，整个社会都应该予以关注。目前我国癌症的新发人数还在持续上升，每天约有1万人被确诊为癌症，乳腺癌则位居女性恶性肿瘤发病的第一位；其严重性不容小觑；不过社会上普遍流行的谈癌色变也是不可取的。随着科学和医学的发展，癌症已经不都是绝症了，很多癌症病人已经可以早期发现；即使转移了，也可以控制；患者的生存质量也在提高。我相信，只要医患携手并进，癌症就有治愈的希望。这不是盲目，而是信念！

2018年8月15日

（陈国际：中国医学科学院肿瘤医院乳腺外科主任医师、教授。）

目 录

一、左乳房摸到一个肿物 / 3

二、《油画词语》/ 6

三、"凭我的经验应该是良性的" / 12

四、夜赴京城 / 23

五、恐惧 / 32

六、幻灭 / 40

七、手术 / 52

八、告诉我还能活多少年 / 61

九、等待病理结果 / 73

十、FISH, FISH / 85

十一、发明镜子的人是最冷血的 / 96

十二、走进化疗 / 103

十三、疼痛难忍 / 114

十四、我是谁 / 121

十五、保姆和江湖医 / 134

十六、爱的支撑 / 146

十七、美是天性 / 164

十八、女人，女人 / 175

十九、食与性 / 191

二十、中医和西医 / 204

二十一、天不应地不灵 / 212

二十二、有知好还是无知好 / 224

二十三、在死神面前起舞 / 237

二十四、草地上的两个小女孩儿 253

二十五、痛苦死和安乐死 / 268

二十六、别让你的心里留下遗憾 / 285

二十七、噩耗袭来 / 298

二十八、迎接明天 / 320

后记

/一个乳腺癌患者的手记/

引 子

曾经有一段时间,我总是重复地做着一个相同的梦。我梦见我的头发又长出来了,黝黑浓密,如山间瀑布般奔腾宣泄;我可爱的乳房也丰满如初。我像年轻时一样,穿着件浅绿格子的短袖裙衣,在河边的野地里徜徉着。林荫浓郁,百花飘香,心儿伴着鸟儿一起歌唱……

可是每次醒来却总是泪流满面。我梦中的长发呢?我左侧的乳房呢?我那矫健如小鹿般的双腿和脚步声呢?痛感如无边的黑暗漫天漫地地涌进心里。于是,当另一个白昼来临的时候,我便怀着满心的期望,关好屋门,独自朝梦中的野地走去。

河水默默地流淌着,野地里依然林荫浓郁。只是,深秋时节,美艳绝伦的花儿多半凋谢了,满地都是花瓣,各种颜色的,枯萎而无奈;只有那些生命力特别旺盛的,还顽强地挺立着,沐浴着缕缕阳光,在轻风中骄傲地摇曳。

我慢慢地在林中小路上行走着,心里有一股说不出来的惆怅。我第一次从感情上接受了:永恒,其实是不存在的;所有对永恒的歌颂都只是一种骗人的东西。每一种生存背后都潜藏着死亡的危机,

灿若秋叶

每一株美艳下都蛰伏着丑恶的魔鬼,每一个渴望长久的生命都伴随着短暂。

明年,也许就几个月的时间吧,当花儿再次从泥土中钻出来、在阳光中展示着自身的绚烂的时候,魔鬼也将如期而至,仿佛被所罗门封进瓶子里的凶神一般,满怀仇恨,张牙舞爪地大吼一声:花儿,你们准备怎么死吧!

其实这也算得上是仁慈了,不管怎么说,给了你选择的空隙,对不对?假如根本就不允许你选择呢?假如?那么,你便没有时间思考,没有余地安排,甚至连回望一眼的可能都没有。

况且哪里只是明年呵,一年又一年,无穷无尽,是绝对的轮回。

我仿佛听见美艳的花瓣落在地上的簌簌声,看见花儿在魔鬼的施虐下迅速地发黄、枯萎,泪水便不禁滚滚而下。

清风徐徐,万籁俱寂。我一遍又一遍对着浩渺的苍穹无声地发问:为什么?为什么美好的东西总是不能恒久?难道美丽注定要和丑陋相伴吗?还是生命离开死亡也就失去了它存在的意义?

没有声音给我回答,偌大的时空里,只有生存和死亡的身影,匆匆而过,肩并着肩,手挽着手。

一、左乳房摸到一个肿物

1

是去年 7 月里的一天,天是那么蓝,那么热。小鸟在楼外不远处的一排大树上飞来飞去,知了在枝叶间可着嗓门儿叫。几只颜色各异的蝴蝶,扇动着柔软的翅膀,忽上忽下地,在窗外的草地上玩耍嬉戏。

我吃罢早饭,草草地收拾了一下屋子,在窗前观了会儿外景,然后便在电脑前坐下来,开始了新的一天的写作。键盘在指尖下跳动着,一切和往常一样,是亘古不变的重复,就好像一天和另一天、一月和另一月、一年和另一年。

座机响了,是我的好友 A。A 是个热心人,喜欢煲电话粥,隔三岔五就与我聊一阵,我喜欢她不拘小节的风格和爽朗的笑。可是这次,她却有些反常,沉默了好一会儿才幽幽地说:"怎么样?还好吗?"

"好着呢,才几天没通话呀,神经病。"我故意堵了她一句。

"我不好,心情坏透了……我好像患了抑郁症。"

"行了吧,别吓唬人了,你要抑郁我早就自杀了。"

"真的……你猜我昨天午后干什么去了?"

"干什么去了?"

"医院,我们教研室的B得了病。她本来不想告诉别人的,后来实在忍不住了,就给我打了电话,当我面哭诉了好半天。她哭,我也哭,我们俩都哭成泪人了。"

我在脑子里搜寻着B这个人,没有印象,口里禁不住问:"……什么病啊?让你们俩这么难受?"

"唉,还有啥呀,癌症呗,你可千万别跟咱校人说呀。她千叮咛万嘱咐的,让我别和第二个人讲,我是信得着你才说了。"

"放心吧,我又不认识她,干吗坏人家的事啊。"我觉得A的叮咛多此一举。我理解B的心情,她是怕有人幸灾乐祸;时下的很多知识分子心灵早就扭曲了,把幸福建立在他人的痛苦之上是他们热衷的事。也许不只是时下?是过去、未来、永远,叔本华不早就说过吗?"没有什么比告诉别人我们刚刚遭受了一桩巨大的不幸……更能确切地使别人得到好的心情了。"

"我们是大学同学,后来又成了同事,彼此印象都不错,平日里也能互相关照着。你说她怎么就得了这种病呢?她平常身体多好啊,去年秋天开运动会,还跑了个全校5000米第二呢,你说怎么就得了这种病?"

"别太难过了,乳腺癌不像别的,还能活,估计也不会太晚吧。"我安慰A。

"怎么不晚啊,都四期了,太马虎了,而且还是复发,三年前就做过保乳手术了。我们学院谁也不知道,她连我也没告诉,说就烦咱校这些人。如果不是他们总整事儿,兴许就不会得这种病呢。

还有她的前夫,也让她不省心,生了好多年的气。"

我默然。手术三年了,谁也不知道,这三年她得独自承受多大的痛苦和压力啊!到底是什么使她如此噤若寒蝉?

A说她昨晚一宿没睡好,翻来覆去的,尽想B的事了;午后还有两节课呢。电话就挂了。

2

我坐在电脑前看着窗外的景色,心里也莫名地烦躁起来,一时再也写不下去了。右手指不知不觉地往左侧乳房一摸……天啊,怎么回事?好像也有一个肿块儿!!指头仿佛受了烫一般赶紧缩回来;不行,又摸,还是有,软乎乎木夯夯的,就在乳房外侧的肌肉里。勉强镇静着,安慰自己说不会的,不会,肯定还是增生,天底下哪有这等巧事?起身翻出本肿瘤方面的书。

我仔细看了《乳腺癌》一章,心里倒更加不安起来,惴惴的,怎么着都觉得像——知识有时会使人缺乏胆量。夜晚,我早早地躺在床上,按照书中所说的乳腺癌自查方法,仰卧,左侧胳膊高举过头,右手放在左侧乳房上,好像电影中的鬼子探地雷一般,小心翼翼地,指头从上到下一点儿一点儿地按,按……是的,是有一个拇指盖大小的肿块儿,安安静静的,那么圆润,那么柔软,而且比白天清楚了许多。

我的心一下子悬到半空了。

二、《油画词语》

1

那时候我正疯狂地读着一本书,书的名字叫《油画词语》。

怎么发现的呢?记不清楚了,又好像永远也不会忘记。

在网上是无疑的,当当、京东、卓越亚马逊,都是我常浏览的网站。网站里的图书空间真称得上是知识的宝库呵,我尽情地点击着,一本又一本,即使只能看到简短的内容介绍和排成一列的目录以及极少的正文阅读文字,也不时地给我惊喜,让我产生灵感,刺激着我在尘世的行走中日益麻木的心。

我就在这之中看见了这本《油画词语》。

一本从题目上看不出新奇的书,一个并不熟悉的作者的名字,十六万字,30.40元,价格也贵了点儿,我还是毫不犹豫地买下了,吸引我的是那串目录和赭黄色封面上的那个外国男孩子——

似乎是黄昏吧,冬日里凄清的阳光已经略显冷漠,身后是一大片空旷的山坡。穿着棉衣棉鞋的男孩子仓皇地行走着,不知从哪里来,又往哪里去……伴随着他的只有他自己那孤单的影子。

书到我手里的时候恰巧也是黄昏,夕阳西下,四周景物的颜色都变深了,赭黄色的封面仿佛也布满了<u>一丝丝血迹</u>。我久久地看着男孩子那被风吹起的帽带、匆忙而无助的身影和痛苦而茫然的表情，眼睛湿润了，心也随之彷徨起来，仿佛没有着落般地难受。

书中收集了几十幅西方名画，有的简直脍炙人口，比如卡拉瓦乔的《酒神巴库斯》，比如梵·高的《鸢尾花》，比如塞尚的《静物》……多着呢，为什么偏偏将怀斯这幅画放在封面？为什么《1946年冬天》拥有了这种特殊的位置？这男孩子就是有生以来的我吗？还是作者在男孩子身上寄寓着相同的思绪？

我捧着刚从小区收发室拿来的《油画词语》，在楼下花坛边的石头上坐下，迫不及待地翻到了目录那一页：酒神/不穿衣服的维纳斯/这个阴天像塞尚的《静物》/孤独的人是可耻的/第一个来叫你赴会的人，一定是叛徒！/美到惊世，丑到惊世……

仿佛怕过于奢侈似的，我不忍心再看下去了，把翻着的书轻轻地捂在胸口，于是便闻到了一股油墨香，触到了一种质感，听见了一颗心跳——也许是我自己的心在跳吧。这样的文字是不能在有一点点喧嚣的场合阅读的。它适合夜晚或者雪天里，伴着黑抑或白的色调，一个人孤独地躺在床上，打开光线柔和的床头灯，静静地冥想、品味、欣赏。

接下来的十几天里我一直在读这本书，读一个叫张立勤的女人写的《油画词语》。西方油画艺术经典作品是渗进她的骨子里去了，她不是用眼睛在读，而是用心，用魂。我看出了她对四季的领悟，对生命在某些特殊时刻的触摸，对孤独与颜色的阐释，以及对生与死的近乎体验般的自我感知……书的封面不小心弄出了一道褶，我好像怕碰疼她似的，剪下一条透明胶，再小心翼翼地粘上；好几次，

心痛得厉害，有要流泪的感觉，乃至不得不死死地掐住虎口。

能写出这种文字的会是什么样的人呢？看作者简介是没有用的，过于正常了，概念化；序和跋也有意识地忽略过去。我开始疯狂地在网上搜索她的名字，于是看见了那篇备受称赞的散文《痛苦的飘落》：

每个夜晚仰望天空的时候，我的长发开始一丝一丝地飘落，弯弯曲曲，哆哆嗦嗦，挽着缠绵的风。像山峦的那一条逶迤的边沿，像河流那一线扭动的堤岸，像少女时的我，窈窕的我。它一部分一部分地把我撕开。飘落飘落飘落。枕边，床头，桌角，紫色水磨石地面，窗外大叶梧桐，都伸出臂膊承受着这飘落，太阳碎了，月亮碎了，漫天黑色的飘落！

我的头皮裸露着，像黄土地。密密匝匝的庄稼收获了去，显出缩肩缩脖的疲惫。惯了，突然没有了覆盖和飘拂，不是滋味。望不到自己，也不想去望。开始荒凉寂寞的地方，自己并不想承认，不忍心承认。把镜子狠狠地扣过去，把梳子甩向蓝天，买一瓶红色洗发香波，第一次使用这高级玩意儿，在失去长发的时刻，几十根极短极细毛茸茸的头发接受着特殊的礼遇。

谁知道打了那药，白天黑夜地吐，口腔烂了，皮下渗血，血小板白血球都降到最低极限。咬咬牙，咬住嘴唇也行，殷殷的血痕也望不见。谁知道头发还要脱掉，一根不剩，大彻大底。我悄悄地哭了，我想女孩子到这份上都会哭的。我为我的长发,我的生,我的死。

视觉牢牢地凝固在黑色的文字上,脱落、化疗、呕吐……人生竟是这般惨淡!那凄美的文字背后竟隐藏着如此惨烈的遭遇吗?还是同为女人的心有所感?怪不得她品读艺术作品如此独特,见血见肉,仿佛一笔一画都从心底里汩汩流出。

我继续搜索着,看到了她更多的文字,心里也终于明白了:我之所以异乎寻常地喜欢上了这本书,是因为它与我的命运正有着某种冥冥中的默契。那时的我还不知晓即将到来的遭遇,心里只是惊恐,只是不安;而上帝却引导我,暗示我,给我送来了这本书,让我与一个叫张立勤的癌症患者不期而遇。就像作者在书中所说的:"相遇!人这一生,不仅是直接与这一个本人的,更多的是间接地与这个本人有关的。"

2

我一边读着这本书,一边不时地摸摸乳房里的肿物,有时好像小了点儿,有时甚至摸不清楚了,有时又分明感觉到它的存在。而且很长时间以来左肩胛就痛,胸椎骨也丝丝拉拉地痛,颈下几节脊椎骨也不舒服。我用手揉,用木梳子背刮,用真空罐拔。刮出一道道紫红色的血痕,拔出一个个大大小小的水泡。可是我从未把它们和乳房里的那个东西联系上。多年的文字工作让我误以为那只不过是知识分子的常见病,是颈椎病和肩周炎在捣鬼。

我得承认我是个胆怯而敏感的女人,左侧乳房里的小东西弄得

我简直惶惶不安。按说应该马上去医院的，请医生检查一下，确确诊，可我就是迈不出这道门槛。来到人世五十七载了，坎坷和灾难已经够多。万一医生说我是癌症，怎么办？我还有勇气支撑下去吗？

我喜欢医学，虽然阴差阳错地学了文学，倒也积累了一些医学书籍，尤其是肿瘤方面的。因为，不幸得很，我的家族有肿瘤史。

这天中午，我从书橱里找出另一本早年出版的肿瘤方面的书，翻到有关章节，找到其中的"症状和体征"部分，一点儿一点儿地对照起来。窗帘已经拉好了，室内悄无声息，没了光线的空间忽然显得有些诡谲，有些神秘。

我解开上衣扣子，对着穿衣镜仔细打量着两个乳房。没有什么不对称的，两只乳房就像一个技术精湛的车工按照同一尺寸车出来的零件，大小、形状完全一致；皮肤也没有什么改变，没有书上说的"酒涡"、橘皮征等等；乳头也没有内缩、溢液或者湿疹。我伸手摸摸左侧腋窝，也没有发现肿大的淋巴结。一切仿佛都很正常，正常得像鸟在天上飞，鱼在水里游一样。只有那可恶的小瘤子，还顽皮地藏在那儿，弄着鬼脸，好像正悄悄地对我说：哼，害怕了吧？看你能把我怎么样！

我想起几年前的一次妇科体检。不知为什么，这几年我们单位例行的体检中没有宫颈和乳腺。但是那一次有。那一次，是在一家区级医院。当女医生白胖的手伸向我左侧腋窝的时候，我忽然感觉有点儿痛。

我："医生，请仔细看看左侧这边长没长什么东西？怎么老觉得胀乎乎的呢？好像还叽里格楞的，有时候有点儿疼，不像右侧这么舒坦。"

女医生的手指连抓了几下说:"没事儿,别疑神疑鬼的,就是普通的乳腺增生。"

我心里很高兴。

后来又去一家三甲医院查过两次,还是没有问题。女医生说得对,就是普通的乳腺增生,和肿瘤不搭界。

我仔细回忆着那几次检查和医生们说的话,心里略微有些妥帖了。可不是吗,兴许就是乳腺增生呢,女人患乳腺增生是最常见的。而且,有专家说了,乳腺增生是不会癌变的……可是为什么和以前不大一样呢?不是叽里格楞的一片了,是一个,圆乎乎活动动的,会不会是那些不良增生物凝结到一起了?

我慢慢穿好衣服,凝视着镜子里的我,心里忽然有些伤感。

我想起了古人的一句话:吾所以有大患者,为吾有身。

是啊,若无此身,何有此患?

此患不除,身心皆无宁日。

我为我的胆怯和犹豫而羞愧,咬咬牙,决心马上就去医院。

三、"凭我的经验应该是良性的"

1

早饭吃得很快。碗筷洗好，更衣，去本市最有名气的一家医院。

那是一个半阴天，天空蓝里透灰，太阳也有些无精打采的，在云层里露着张贫血的脸。我一边往公交车站走一边浏览着行人、树木，心里多少有些沉重。

也不知从何时开始的了，我养成了一种不好的习惯。每逢出去办重要的事，总喜欢以初始的情形来预测结果的好坏。比如一路是否顺利，比如天晴还是雨，比如是否恰好错过了一趟公交车，等等，都成了我猜想的依据。我知道这里面没有什么科学道理，可是巧合也有其能量在啊！巧合的能量就在于荒诞，在于神秘，在于既无法解释也不合逻辑。而对于此刻的我来说，心里也就有些上不着天下不着地。我不时地抬头看看天，还好，云彩淡了，而且不一会儿公交就来了。转车的时候也很顺利，刚下这路车，换乘的车就到对面站点了。

我在医院门口下了车，穿过一条曲里拐弯的路，到了挂号交款的大厅。果然，不出所料，人满为患，满眼都是黑压压的头！等候，挂号，寻找。走进乳外科的时候已经超过 10 点了。我小心地推开一扇雪白的门，一位三十多岁的医生坐在桌前，侧着身，手里拿着一张报纸。见我进来了，抬起头，表情平静得如早春的雨。我心想这专家虽然年纪不大，看样子倒挺沉稳的。沉稳好，沉稳的医生合我心意。

"大夫，我左边乳房里有个东西。"我主动说，而且不由自主地避开了"肿块儿"这个词。

"解开看看吧。"

我一点儿一点儿地解开了上衣扣子，心里多少有些犹豫。这时又有几个人推门进来了，都是女的，见此情景，便关上了门。

那医生用右手的指头摸摸我左侧的乳房，沉吟着说："是这吧？"

我点点头，眼睛紧紧地盯着他的脸，心里有些喘不过来气儿。

"嗯，是有个东西，别害怕呀，不是所有的肿物都是恶性的。先做个钼靶看看吧，怎么样？彩超也一起做，这样诊断就更准确了。"

我又点点头，心里安稳了些，看起来情况未必像我想的那么严重。我故作轻松地笑着说："要说不害怕可是假的，身上有东西谁不害怕呀？"扭头看看那几个同性。

"就是嘛。"一个瘦高个子的女人赶紧附和我。紧张的空气顿时有些活跃起来。

我不知道钼靶是什么样子，就连这个词也是几年前才从一个同事口中听说的。记得也是在一次妇科体检中，这个同事被查出乳腺癌，她的在卫生部门工作的丈夫陪她一起去了医院。医生是他们的熟人，摸着她的乳房对她丈夫说："好像不大像呢，做个钼靶就可以了。"结果证明是虚惊一场。

后来我才知道钼靶其实是乳房肿瘤诊断最常用的方法之一。有专家说：钼靶能捕捉到乳腺微小的针状变化与钙化，其诊断的准确率可达85%~90%以上。尤其在显示钙化点这方面，比B超强得多，尽管其本身也存在一些不足，比如对身体的辐射、对某些患者某些部位的肿块儿容易遗漏，等等；而超声本身的优越性恰好可以和钼靶相互弥补。

交款还得重新排队。我看看表，已经10点40多了，心里很着急，好在这次排队的人少了些。交完款我就急匆匆地乘电梯去楼上做彩超。天啊，等候的人太多了，候诊厅几乎坐满了人；走廊里也有人来回溜达。

我把单子交给分诊台的护士，她只扫了一眼就说："下午3点以后啊，等着吧。"我听见分诊台扩音器里播出的号码和我的还差一百多呢，心里着急，于是转身出了超声科大厅，想先去做钼靶。

做钼靶的地方和彩超正相反，室内空空如也，连人影也不见。我正诧异着，见两米外一个房间门口有两个穿白大褂的女人唠嗑呢，一个门里，一个门外。后来我才知道我去的是科里的钼靶室。

我对门外那个中年妇女说："请问做钼靶是在这吗？"

她看看我，点点头说："跟我来。"兀自朝里边一间屋子走去。

我紧随在她的身后走进屋里，她在离我远远的地方说："把上衣脱了。"手里一边鼓捣着什么。

我把包放在墙边的椅子上，解开扣子，脱掉外衣。

她用眼角扫了我一眼说："背心也脱了啊，啥也别剩。"

我沉默着。尽管屋里只有两个同性别的人，我还是有些犹豫，有些羞赧。我误以为拍钼靶片子也和肺透一样,就小声儿说:"背心上没有金属扣子啊。"

她有些不耐烦地说:"让你脱你就脱得了,快点儿。"这时她已经转到室内隔断墙外去了。隔断墙很薄,下半截是水泥白灰的,上半截是透明玻璃,好像还有个木框什么的;墙外边的一张桌子上有台电脑。

她隔着玻璃墙确认我上身已经一丝不挂了,便一边往我跟前走一边自言自语地说:"这么瘦啊,还不知道夹住夹不住呢,可别像刚才那个似的。来,转身,让我看看。"一边打量着我的乳房说:"嗯,还行。"把我在仪器前摆放好,"别动啊,别动,夹住的时候肯定有点儿疼。"

我一听心里就紧张了。我从小就身体敏感,对疼痛特别恐惧,眼前这陌生的家伙让我一时不知所措。我不知道它要对我做什么,怎么做,不由得打量了它一眼。只见那两排无缝的牙齿正贪婪地盯着我左侧的乳房,慢慢合拢着,合拢着,终于咬住了,越来越紧,越来越紧,我感觉浑身都被夹扁了。

身上有些发热,汗也从额头渗出来。我咬牙忍着,心想这可是诊病呢,必须挺住,马虎不得。好在工夫不大那两排铁齿就松开了,女医生在墙外说:"完了,穿上吧。"

我一边系着衣服扣子一边走到女医生身边,女医生还在电脑前摆弄呢,屏幕上有几张图片,黑黑白白的,也看不出个所以来。

不一会儿女医生递给我一张片子。我边看边说:"您说我左侧乳房里是怎么回事啊?"

"我说不好,让门诊大夫看吧。"

我心里发慌,走到门口又折回来,带着恳求的口气说:"您每天都做,经验肯定很丰富了,不知到底有没有问题呢?"那时我心里怕得不得了,恨不得早一分钟知道结果,不,哪怕半分钟呢,哪怕是十几秒,都行;我已经承受不住悬念的压力了!

也许是我的表情打动了她,也许是恭维满足了她的虚荣心,女医生拿过片子说:"问题肯定有啊,毕竟有东西在嘛。"指着片子上的一个白点儿,"不过,依我看,问题不大。"

我随着她的指头方向看过去,是的,是有一个小白点儿,嵌在一片黑色的背景上,圆溜溜晶莹莹的,好像暗夜中露出的一颗小眼睛,样子很有几分可爱。我的心一下子松快了不少。终日守着仪器,应该不会看错。即使我的心情有些急迫,她也不会随嘴乱说的。上天保佑呵!我像犯人遇赦一般感激地道了谢,心情愉快地走出了钼靶室。

2

已经中午了,门诊不会有人了。我想等拿到彩超结果再找专家吧,便再次朝超声科候诊厅走去。厅里还有不少人。有的一人占着两三个椅子躺着;有的凑在一起说话;有的吃着刚买来的简单的午餐;有的就那么干坐着,直勾勾地,眼睛盯着前面的屏幕出神。

我肚子也有些饿了,心想去超市买个面包吧,又打消了这念头:万一再加别的检查呢?有禁食水的要求怎么办?万一禁食水可就前功尽弃了，弄不好明天还得折腾一天。不，咬紧牙忍着吧，不管怎样今天一定得出结果，再等下去我的精神都要崩溃了！

我前面坐着一个五十多岁的农村妇女，高高瘦瘦的，花白短发，一副饿毛饿刺的样子，手里正拿着一棒煮玉米。使了半天劲，掰成两截，将左手的一半递给旁边打电话的年轻女子说："给。"见女子不接，又往我旁边的一位中年妇女手中递。

年轻女子关了手机急火火地说："让你吃你就吃得了，就一棒苞米还推来推去的。一会儿饿犯病了，看谁给你治。"

我心想这女人得了什么病呢？看着倒是挺瘦的，颧骨也有些红，莫非身体里也长了什么吗？这几个人之间是什么关系呢？

那女人可能感觉我从后面打量着她，扭过身子，表情有些不自然。

我赶忙说："您真有福气，这么多人陪着呀！"

"可不咋地，这是我闺女，这是我弟妹。"指指拿手机的女子和我旁边的中年妇女。又指指不远处靠墙站着的一个女孩儿，"那是她闺女，也跟来了，怕我查出病来难受。"

"你女儿一看就挺能干的，敢说话。"我多少有些敷衍她。

"忒犟。"她用手挡着嘴巴小声儿说。"你说我就这两天有点儿迷糊，平常也没啥大病，非得整这来干啥？这不，一进医院就花开钱喽，又是心电图又是彩超的，不纯粹败家呢吗？我一说还跟我顶嘴。"

我说有病还是早点儿治好。

她眼泪汪汪地说："不瞒你说呀，大妹子，我们家可花不起这个钱哪。我当家的还在炕上躺着呢，也就这两天的事儿了，我一出

来心就提溜着呀。"

我心想她男人得的什么病呢？年纪也不会太大吧，怎么这么重？

这时年轻女子的手机又响了。女子听了两句烦躁地说："行了，知道了，他不天天这么要死要活的吗？要死了还挂吊瓶干啥？"一下子把手机关上了。

跟我说话的女人扭头对那女子说："是不是你二哥呀？你让他告诉你爹，咱一会儿就回去了，回去就给他挂。"

"挂啥挂呀，还少挂了咋地？得上该死的病了，挂也白费。"女子眼一剜，嘴一撇。

我心想当女儿的怎么这样对待父亲呢？是贫穷所致？还是爱母嫌父？抑或另有其他原因？我想象着重病中的那个男人，他一定很痛苦，很绝望，浑身的每个器官都疼得要命。

那女人大概怕我笑话，用脚碰碰女儿遮掩着说："唉，好好个人，说得就得上了，有啥法子呀！这钱也花了，罪也受了，你说癌症咋就这么多呢！"

我默然，心悸，看着她愁苦的眼神儿不再言语。癌症到底是个什么鬼？怎么就不肯放过这些可怜的人，而偏要和他们死死作对？！

三个多小时后我终于拿到了彩超报告，只见上面写着：双侧乳腺增生，左乳实性结节，BI-RADS 4A级，建议超声引导下穿刺活检。

我赶到门诊室的时候屋里已经换成另一个人了——一个白白胖胖的中年女医生。我把钼靶片子和彩超报告一起递过去，她好像并不怎么在乎片子，却仔细看了一遍彩超报告。

我紧紧地盯着她问："大夫，良性恶性？"

"把衣服掀起来看看。"

我再一次把左边的乳房露出来。

她用四根指头的指背往肿物处一碰,平静地说:"良性,肯定是良性。"

狂喜再一次从我的心底里涌出来,我竭力克制着问:"您怎么知道?"

"感觉呀,凭指头的感觉,手一碰就知道它是良性的。"

我钦佩地看了看那双白皙的手,这才知道什么叫经验。经验是什么呢?经验就是水平,就是能力,就是无数次实践之后的感觉,就是简单地触摸便能做出准确判断。经验可能比仪器还值得信赖,仪器未置可否的,凭经验却可以得出结论来。

"我们确诊是良性还是恶性一般就看有没有钙化点。"女医生又补充了一句,一边看着钼靶片子。

我还想问问 BI-RADS 是什么意思,4A 级是怎么回事,结节有没有恶变的可能,她坦然的眼神儿却使我不好张口了。本来嘛,人家都告诉你是良性了,你还疑神疑鬼的,想问这问那,岂不是对人家的不尊重?

经过一楼大厅科室专家板时我才知道,女医生是位主任医师,博士学位,临床多年了,在肿瘤领域有一定造诣。我朝女医生的照片微笑着点点头,迈着轻快的步子走出去了。

3

我至今不明白晚饭后为什么给那位医生朋友打电话。没有任何事情,关系也很一般。虽然我敬重他的人品和医术,一般情况下也不联系,我们全部的交往就是在酒桌上吃过一次饭。

我鬼使神差地说:"今天到你们医院去了,还本地区最大的医院呢,什么呀?忙了一天也没得出个结论来。"我不明白自己为什么要撒谎。

他说:"你是什么病啊?"

我用调侃的语气说:"乳房里有个小疙瘩,彩超做了,钼靶也做了,折腾小一天,敢情你们是想收钱啊。"

他说:"你这么想可不对,那是给你看病的人谨慎,乳房里的东西不拿出来谁也定不了。真的,谁也定不了。"

我说:"仪器检查结果不准确吗?"

他说:"也不是,但最准的还得是病理报告。"

我掂量着他最后这句话的分量,心里发沉,一时竟不知怎么好了。

他说:"这样吧,你换家医院,我给你推荐一位一流的乳腺专家,明天你再找他看看。"

第二天,我按医生朋友的嘱咐,早早来到了那家医院的乳外科住院部。

一位值夜班的小护士对我说:"我们主任可准时呢,每天7点40必到办公室,一分不差,您在这儿等着就行了。"

我心想我也不认识你们主任啊,看看手机,离7点40还差15

分钟呢，便对她说："主任来了请告诉我一声啊。"

小护士忽闪着毛嘟嘟的大眼睛说："放心吧，他肯定从这儿走。"

眼看就到上班时间了，8点后他有台手术。为了避免失去机会，我紧盯着两米外转角处的楼梯口，上来一个人就打量一下，看像不像主任。走廊里很清静，有两个病人慢慢地溜达着，楼梯口上来过一拨探视的，两个女医生步履匆匆，再有就是护士匆忙的身影了。

仿佛圣徒祷念经文般，我一边在走廊里走着一边在心里默默祈祷着：如果是良性的是上天眷顾我，如果是恶性的是我自己对不起自己的身体……我不知走了几个来回，也不知念叨了多少遍——人总是有些感恩和赎罪心理的！罪感是忏悔，是救赎，祈求全能的上苍拯救你……我反复念叨着，觉得胸口发紧，指尖发麻，底气已经没有昨晚上足了。

7点55分我才见到那位主任，不是在走廊里，而是在办公室，天知道是怎么越过那条必经之路的。办公室里还有两个人，主任说："在哪呢？我看看。"

我再一次解开上衣扣子。他循着我的指点将左手的食指按在肿块儿上，慢慢地旋转着，使劲捻，捻，疼得我几乎站不住了。我紧紧地盯着他专注的眼神，他足足捻了有十几秒钟才说："嗯，没事，以我的经验应该是良性的。"

良性，还是良性，看起来我是杯弓蛇影了！我竭力克制着从心底升腾起来的喜悦，把片子和报告单从纸袋里抽出来说："已经做了彩超和钼靶，说是4级，不大好呢。"

他笑着说："4级也不都是癌症啊。"

  我深深地鞠了一躬,向这位专家,也向冥冥中的命运之神,然后拿起片子走出了办公室——再晚一点儿我就控制不住自己的眼泪了。是饿得奄奄一息的流浪汉捡到了满满一袋香肠和面包吗?还是倒霉的彩民无意间中了大奖?不是,都不是,那种劫后重生般的惊喜无法言喻!

  我没有马上打车或者坐公交,而是信步在路上走着,想向大自然释放我内心的喜悦——除了大自然再也没有人理解我此刻的心情了!我看着路中间的花坛和两边的绿树,它们也满面春风地看着我,我是世界上最幸福的人!幸福不是你拥有多少财宝,也不是你拥有多高的权位,而是你走到了死亡之谷的边缘有人将你拉了回来!清风习习,阳光和煦,此刻,天神也在九霄云外祝福着我吧!

四、夜赴京城

1

长了个良性瘤子,不用着急,而且天也太热了。我心想等忙过这两个月再说吧。等天气凉快了,拿掉就是,拖个一年半载的也不迟。

那几天我正写一篇小说,题目叫《心殇》,后来发表在《阳光》杂志上。主人公是某高校研究所的一位副研究员,他心胸狭隘,生性妒忌,而且学识浅薄,唯有造谣生事是此人的拿手好戏。成果卓出且年轻美丽的陈买买破格晋升研究员几乎使他气破了胆。他始而在评审会上百般刁难,继而在校园中传播谣言。直到得知自己患了晚期肠癌时,才泄气了。那么接下来呢?接下来会怎么样?接下来,就是我怎样给这位男主人公安排一个适当的结局。

我先后想了好几个,都不怎么满意,心想即使最冷硬的灵魂在死亡面前也会显出几许温暖的——或许是由于心灵的忏悔,或许是出自对生的依恋,又或许是缘于生与死之间的距离感。就像瑞士裔画家保罗·克利所说的:"如果我死了,经过无数的流亡岁月之后,有一天,允许你向地球投下一瞥,你看到一个街灯柱和一条老狗抵柱抬腿,你感动得不禁啜泣。"

缺少人性的程副研究员也会如此吗?我自问着,又仿佛在叩问

一个死者的灵魂。克利的话给了我灵感,我选定的结尾是:俯视自己的葬礼,程副研究员洒下了一滴忏悔的眼泪。

程副研究员的死像石头一般压着我的心,不知怎么着,我又开始变得不安了。那位一流专家的诊断一定准确吗?还有那位女主任医师、那位看钼靶片子的女人,会不会都失误呢?

"乳房里的东西不拿出来谁也定不了。真的,谁也定不了。"耳边不时响着那位医生朋友的话,警钟余音般,嗡嗡地飘绕;心里也是七上八下。假如那位医生朋友不是过于小心,那么误诊的可能性还是有的,而不是不存在,起码眼下还没有足够的理由说它是良性。

不安像蜜蜂的翅膀一般撩拨着我的心,惶惑中,我竟然把虚构和现实混为一谈了。小说中的程副研究员最初不也被诊断为内痔吗?不也兴高采烈了一阵子,甚至有起死回生之感吗?结果如何呢?到底还是癌症,还是被癌细胞夺去了性命!想起程副研究员临终前被折磨得死去活来的样子,心里不由得打了个冷战。我本能地想和F说说这件事,犹豫了好一阵子,不忍心,于是给侄女打了电话。

2

两天后那个夜晚,火车载着我朝京城驶去。窗外黑乎乎的,模糊不定,我此刻的心情也和景色一般沉重。

接站的是侄女和她的男朋友——两个在北京打拼的小青年。我一看他们那乐呵呵的表情就知道是怎么想的了。女人嘛,乳房里长了个小疙瘩,仅此而已,取出来就是了,有什么可大惊小怪的呢。

雪白的科鲁兹行驶在早晨的西长安街上，透过褐色的玻璃窗望出去，天有些暗淡，也有些凝重，不像东北惯有的蓝天白云。这就是人们所说的雾霾吗？还是阴天？抑或褐色的玻璃窗捣的鬼？侄女的男朋友说今天还算好的呢，严重的时候都出不来气儿。

我一时不知说什么好了，大工业时代，经济在迅速增长，比火箭跑得还快，可是人类为此付出的代价也着实太大了！肺癌、鼻咽癌、各种各样的疾病，都与空气有关，都是生命的代价！到底是人活着为了经济增长还是经济增长为了人活着？我知道这个看起来简单的问题已经属于鸡生蛋还是蛋生鸡的问题了，即使答案明确，也没有人能解决得了，可能该咋着还是咋着。窗外车流滚滚，路人行色匆匆，每个人都在为自己的目标奔忙，其实都只是自觉地赶往一个目的地——死。

我发觉心里有些悲观了，便将目光收回来，看着前边车窗底下坐着的那只玩具熊尴尬地笑笑。侄女租住的房子离天安门不远，空间虽然逼仄，卧室却显得温馨。淡黄色的暗花壁纸吻着雪白的灯光，舒适而宁静。只是走廊里的那堵墙，把窗子挡住了，即使在晴天白日里，也得开着灯。

这天晚上，我们一直商量着到哪看病好。侄女两人的意见是去中科院肿瘤医院，我说："协和怎么样？"侄女说："协和也行，只不过前者是最好的肿瘤专科医院，水平肯定错不了。"我虽然未置可否，心里还是不大情愿。

我对协和医院的倾斜是有理由的，也许这理由有些偏狭，多少有些简单化，可我就是对协和有感觉，而且近乎顽固地认为协和是

最适合我的——

大约十几年以前吧,我的同事C夜间头疼,额头也烫得不得了。他爱人以为感冒了,起床熬了碗姜汤。他喝了,说耳朵也痛。他爱人给他按摩耳朵时在耳后摸着一个小肿物,手指肚大小吧,还上下活动,于是第二天就去了本市一家三甲医院。

医生一边看着X光片一边说:"嗯,是甲状腺,情况可不怎么好啊,赶紧走,想上哪治上哪治去!"

C的爱人当时就给北京的亲戚挂了电话,过了半个月左右吧,在协和做了手术,乳头状癌,恶性,至今人还好好的。

我曾问过他为什么选择协和而不选择中科院肿瘤医院,对于癌症来说,那里不更接榫吗?

他笑着说:"没有为什么,你感觉哪里好,哪里就好。"

我知道他是看中了协和的历史。协和有被称为"万婴之母"的中国第一代妇产科专家林巧稚,有医德高尚、医术精湛的张孝骞,有曾经担任过周恩来医疗小组组长的吴阶平……他们都是中国医疗界著名专家,称得上是医学界的泰斗。而梁启超、张学良、蒋介石和宋美龄夫妇,也都到协和看过病。所有这些共同铸成了协和的文明史,博览群书的C,不可能不知晓。

更早一些还有我的一位大学同学,他曾经狂热地追求过我。当我告诉他我已经有了男朋友时,他失望极了,躲在少有人至的走廊角落里偷偷地流泪。不多久就与现在的妻子相恋了,而且很快结了婚。他说他感激她,是她在他最痛苦的时候向他伸出了手。他终于明白了,一个人要找就找个爱他的,而不必是他爱的。再后来,他妻子患了神经胶质瘤，历尽艰辛在协和做了手术，至今也还健康地活着，活得很好。

当然，侄女尤其是她男朋友的观点也是有道理的。作为新中国成立以来第一个肿瘤专科医院和亚洲地区最大的肿瘤防治研究中心，中科院肿瘤医院也是声名赫赫，可能集中了本领域更多的人才，更专业化，接触到的肿瘤患者也更多。

到底去哪家医院好呢？我有些拿不定主意了。

侄女见我犹豫不决，就对她的男朋友说："要不这样吧，等D的电话？看看他联系的是不是这两家。他联系到哪家，咱就去哪。"

D是他们的朋友，某医院脑外科专家，性格豪爽，能喝酒，手术做得漂亮着呢。

3

第二天，侄女两人照常上班了，只剩我一个人，有一搭无一搭地浏览着电脑网页。我相继搜索了协和医院和中科院肿瘤医院乳外科的专家们，呵呵，都是一流的，声名远播！命运会将我送到谁的手里呢？心里有些无奈，也有些惶惑。对于天生有些优柔寡断的我来说，选择真不是件容易的事！

午后一点多钟侄女和她的男朋友就回来了，说单位没啥事了，陪我出去溜达溜达。我们先游览了北海公园，然后又逛了西单商场。逛商场本来就不是我的强项，加上心里有事压着，感觉索然无味，不一会儿就想回来了。

侄女说:"不远处就是协和医院西院,要不咱先去看看?"

我说:"好。"此刻,我对医院的兴趣比对商场和公园大得多。

协和医院西院没有我想象中的那么隆重,有的只是平和、朴素,内里透出一种亲和感。我们信步走进一层的大厅,也许当天的号已经挂完了,大厅里安静得很,甚至有些空旷,连我们都算上也没有几个人。

大厅门口一个身材矮壮的小青年扫了我一眼:"想看病是吧?"

我点点头。

"哪科?"

"乳外。"我没反应过来对方是什么人。

"看谁的?"

"……孙强,茅枫也行。"我信口说出这两个人的名字。

"他俩的号都难挂。"

"几点来能挂上?"

"几点?头天晚上就有来排队的,拿个小马扎,一坐。早晨来挂当天的,十个有九个没戏。"

我惊讶地看着此刻空空如也的大厅,想起了C讲的那次看病的经历。他说亲戚半夜开车来到协和,才抢到了第二天的号。我不敢想象一整夜外加一晚上等在这里是什么滋味。

侄女朝那人笑笑说:"要是从你们手里买号呢?"

"那得看谁的号了,有的三百,有的四百,不一个价。"

"乳外,您肯定能挂上?"

"说啥呢?拿不着号您也不给钱哪。不过嘛,××的不行,我们只能帮您排队,号得您自己挂。"

"那我们怎么联系您呢?"

"这样,一会儿我给您留个电话。到这找我来也行,就这,我一整天都在这站着。"一只手朝脚下指了指。

我朝那人点点头,拽着侄女的胳膊离开了协和医院西院,一时竟不知自己置身何处了。空荡荡的大厅在我的眼前闪现着,挤压着我的热情和神经,感觉胸口好沉、好重,仿佛堵着块石头一般,再也不像来时那么轻松了。

侄女安慰我说:"没有关系的,挂不上可以找人,再说还有肿瘤医院呢。D人很好,一定会帮忙的,说不定这会儿已经找着人了呢。"

我一边在心里感叹着京城大医院看病的艰难,一边祈盼着能够找到好医院好医生,心里对侄女和他们的朋友充满了歉疚感。我的到来给他们增添了多少麻烦啊!如果不是这该死的瘤子,我就不用来京,不用看病,大家也就不必这么折腾来折腾去了。

侄女好像看出了我的心思,说:"你这才哪儿到哪儿啊。放心吧,一定能找到人的,一定!"

仿佛呼应着侄女的话一般,我们刚到家,侄女男朋友的手机就响了。他简单地和对方说了几句,放下手机笑着说:"D找到一个熟人,那人能联系上肿瘤医院的专家,让我们等他电话就行了。"

4

我悬着的心终于落下来了,心里充满了莫名的惊喜。惊的是这

里的人还真有人情味儿,本来是我们求人家办事啊,怎么能等人家来电话呢?这要是在我生活的城市里,你得主动联系人家,主动上门道谢,主动表达你的心意,然后才……而且已经是雷打不动了。喜呢?自然不必说了,看病的事终于有着落了!协和的影子在我心里已渐行渐远,肿瘤医院也好,那里有本领域最好的专家,我的病一定能得到很好的治疗的!

我在网上搜寻着中科院肿瘤医院乳外科的专家们,张保宁、陈国际、王翔、王靖、张柏林、吴铁成……好像有十几位吧,个个好评如潮,都响当当的,是那么优秀。D的朋友会为我联系哪一个呢?我自己又想选择谁?

我清楚选择哪位医生对我来说十分关键。他不仅要确定肿物的性质,给我一个最后的答案;而且,假如性质不好,还得由他手术、医治,其重要性是不言而喻的。我仔细看着每个人的简历,反复思索着他们的学历、年龄、职称、从业经历、主攻方向、擅长的病种,以及患者反馈,等等,又相互比较着,最后确定了E。

我相信我的选择是有充分理由的。我不单单是看中了E的主任医师这一医疗界最高级别的职称,也不全是患者们的反响,而是他自身的某些情况。他从20世纪80年代中期本科毕业后就在肿瘤医院从事临床工作了,和肿瘤打了几十年交道,是一步一个脚印走过来的。那个年代的大学生自身素质高,E的头上又没有耀眼的光环,应该是做事勤勉脚踏实地的人。而且,按毕业时间推断,也是做医生最好的年纪。

搞文学的人喜欢琢磨人,我仔细打量着网上E的照片,感觉他耿直、沉稳、不浮躁,一副胸有成竹的样子,而且好像有些不苟言笑似的。这种性格的人做外科医生,应该不错。

关上电脑时我笑了,这毕竟只是我的一厢情愿啊!即使再思考,再琢磨,为我治病的医生大约也定了,只是我暂时还不知道而已。

D的那位朋友,会联系到谁呢?

五、恐惧

1

第二天中午，D的朋友便来了电话，让我们下周二到肿瘤医院去加E的号。当我从侄女的男朋友口中听到E的名字时，仿佛早有预感，又惊奇得说不出话来！D的朋友怎么知道我选择了E，我们的想法怎么会这么吻合？！侄女的男朋友怎么就偏偏找到了D，我为什么只因一个黄牛党就轻易放弃了协和？难道上帝早就在冥冥中将一切都安排好了吗？它引我千里迢迢地来到北京，然后让侄女他们找到了D，D又找了这位朋友，这位朋友又……喜悦与神秘感在心里一寸寸地飘着长，好像薄纱般的春雾，在静静的山岙里摇曳、升腾，令人猜想幸运的光环是否再一次笼罩了我。

我这五十多年的生活里不是没有过与幸运相遇的时候，单只说人身安全吧，就不是一次两次。比如少年时不可思议地躲过了一场滚滚而来的山洪的魔爪；青年时奇迹般地躲过了一场很难避免的车祸；更小的时候还躲过了一群黄蜂的追赶；对了，还有一条黄狗，祖父说，那是疯狗，让它咬了，人就没命了。可是后来，幸运就对我敬而远之了。我从不寻找个中的原因，既然是命运，就不是因果关系所能解释的，最好的方法是坦然面对。

其实见E之前的那几天我并没有多么悲观,虽然也不安,也烦躁,心里却也有垫底的,就是此前给我看病的医生们的诊断。他们也是当地有名的专家啊,也不是白吃饭的。即使一个人看错了,也不至于两个三个都错。信心已经又悄悄地回到了我的体内,我仍然相信肿物是良性的,与癌症不搭界,我所做的一切都只是以防万一而已。万一是恶性的,就涉及很多事,聪明人不能给自己留下遗憾。

周二一早,我便和侄女的男朋友一起去了中科院肿瘤医院。那天的天气格外好,天空也分外明朗,我在车里都感觉到一股清新了。一路都是绿灯,一路都是顺利,就连交款、加号也没费一点儿事,正属于我认为可能吉祥的那一种。我在心里感激着苍天,祈祷它保佑我,让我平安地渡过这一关。

患者被一个个地叫进去,决定命运的时刻越来越近,坐在诊室外椅子上的我突然间紧张起来了。没有任何来头,仿佛从天而降。现在,我和E只隔着身后的那堵墙。再过一会儿,E的眼睛就会把瘤子看穿了,我的病也就有了结论。到底是什么呢?良性?还是恶性?一瞬间,我感觉脑袋发木,浑身绷紧,手稍都有些发冷了,于是便不停地与侄女的男朋友说话,心里安慰自己说:没事儿,放松点儿,肯定没事……

诊室里很普通,普通到后来脑海中竟然寻不出任何特殊的记忆;可是又分明有一种压迫感,一种来自空气中的无形的压迫!一个脊梁笔直的中年人面无表情地背窗坐着,我一眼就认出来了,这就是E,就是那位大名鼎鼎的肿瘤专家。侄女的男朋友把我在当地的检查资料递过去,E抽出钼靶片子,啪地甩在旁边一个类似电脑屏幕般的

东西上,看了一眼,然后示意我把衣服掀起来,摸了摸我左乳上的肿块、腋窝,指头又沿着乳房周围按了一遍,轻声说:"做去吧。"

我紧紧地盯着对面那张脸,E的脸上始终没有表情,看不出一点儿渴求的信息。我想问一句,话到嘴边又咽回去了——我怕他吐出那个恐怖的字眼儿。算了,反正很快就知道结果了,问有何用?良性恶性不都得承受着?!接下来,E开了住院单子,我道了谢,我们就这么出来了。整个过程E只说了一句话,"做去吧。"简单含糊、模棱两可,让我感觉既有希望也有失望。

我怀着忐忑而又有些轻松的心情走出了医院,心想或许E也没看出来吧,或许看出来了不说,抑或许根本就是良性的,良性的不也得做去吗?我问侄女的男朋友:"你刚才看出他的倾向性了吗?"侄女的男朋友一边开车一边说:"没有,肯定是良性的,恶性的他早就说了。"

2

侄女的男朋友把我送回来就去上班了。小屋里只剩下我一个人时,我打开了电视机。电视里正播放着《甄嬛传》,淳常在遭了太监的毒手了。在观众对电视剧普遍失望的当下,《甄嬛传》可以说很不错了。至少,它能唤起你的感觉,引出你的眼泪,让你百般感慨人心的险恶和人生的无奈。

我一边盯着屏幕一边不由自主地回忆着看病时的情形,心里忽然打了个冷战!不,不对,肿物不是良性的,更不可能没有问题!

如果是良性，E兴许会告诉我，以他的水平不会摸不出来的……我仿佛又感觉到E的指头在摸完肿物后又沿着乳房周围按，按，一点一点地移动，在靠近胸口的某处停了一下……然后，然后呢？然后他不易觉察地松了口气。

就是最后松的这口气让我产生了疑问，也让我的心一下子提了起来。他为什么一句话不说？为什么查过腋窝又查乳房周围？为什么轻轻地吁了一口气？胸口那一点一定是很关键的地方，那里一定更容易发觉什么，或者出现什么问题……所有这些似乎都在暗示我：肿物是恶性的，肯定是恶性的，否则，E没有必要这么做！

我至今不知道我当时的想法是不是有些走偏了，是不是神经过敏，是不是有点儿钻牛角尖。总之，我固执地认为我的推断是合理的，没有错，肯定没有错，乳房里的小东西很可能是癌！恐惧一下子塞满了我的心，我从斜倚着的枕头上坐起身，呆呆地盯着屏幕，心马上变得沉重了。我不知道接下来该怎么办，能怎么办，心里恐慌得不行，眼泪也不知不觉地流了下来。

我们家已经被癌症夺走两条生命了。

二十五年前的那个冬天，我正在顶楼办公室审稿呢，小弟上来了，一进门就说："还没下班哪？爸和姐都来了，在楼下呢。"

我当时就感觉不好了，犹疑着问："……你们干什么来了？"

与我一起的同事笑着说："瞧你这人啊，还干什么来了，看你来了呗。"

我的心跳得好慌，脸上勉强带着笑，抓起羽绒服就朝外走。我知道，家里人是绝不会打几百里外突然看我的。即使来，也会事先

打个招呼,至少寄来一封信——我的身为知识分子的父亲一直严格地遵守着这一点。

楼下有一辆吉普车,父亲就站在车旁,穿着黑色的棉大衣。西斜的阳光照在他的肩上、脸上,他的脸好黄、好瘦。

我小声儿问走在身边的小弟:"爸是不是得了什么病?"

"……没事儿,就腰上长了个小疙瘩。"

我马上意识到父亲得了不好的病了,也就是癌症,而且是晚期,很可能不久于人世了。小弟看出了我的心情,说县医院并没有确诊;我心想不用确诊也知道了,感觉已经把结果告知了我。

校医院的一位女医生建议我先去市肿瘤研究所看看,她认识那里的所长,并且写了一封信。我找到那位所长时,他正看病呢,身边有好几个病人。我话没说完就捂着脸哭起来了,泪水从指缝汹涌而出,哭得再也说不下去了。所长说:"你看你,我还没见着病人呢你哭什么呀?"我只是摇头,只是心痛,心想看也没有用的,稀里糊涂地走出了屋子。

第三天,我们去了市中心医院。果然,是结肠癌,晚期,五个月后就离开人世了。

二十四年后,我唯一的姐姐也得了癌症,也是晚期,只不过多活了两个月。每逢回忆起她最后的情形,我心里的痛苦都无法形容。

恐怖和绝望一齐撕扯着我的心,我实在忍受不了心里的悲痛了,想想,便拿起手机,给F挂了电话。

3

F是我的老师,我的挚友,我一生中最为尊重的人。漫漫人生路上,他把不少心血都给了我;几年前,师母去世了,我们又不知不觉地成了恋人。

我在电话中说:"我来北京了,身体可能有点儿问题,暂时不能去你那了。"

他说:"什么问题?"

我说:"是乳腺……可能不大好。"

他说:"什么叫可能啊?看过医生了吗?什么时候来的?怎么也不给我个信儿?"

我说:"看过了,医生没说话,感觉告诉了我这一点。"

他说:"感觉要是准还要医生干什么呀?就算这个医生说不好,也不一定对。别的先不说了,你在哪呢?我让女儿接你去。"

我没有告诉他侄女家地址,只说:"不必了,别来,你那里离这太远了。而且,我们现在都没有时间。"

这几年他一直在写一部书,预计八九十万字吧,上、中、下三卷,眼下只剩最后一卷没完稿了。这部书动用了他几十年的积累,写得很辛苦,也很投入,好几次都说有生之年再也不写这种大部头的专著了。

我有意岔开话题说:"离出版社要求的交稿时间还有多久啊?"

他没理这个茬,问我在哪家医院看的,是不是专家号,水平怎么样,然后让我把侄女家的地址发过去。

我赌气说:"你再坚持我就把电话挂了。"

他叫着我的名字说:"如是你怎么就这么不听话呢?你也不想想,就算出版社催得紧,你来看病了,我还能写得下去吗?"

我说:"你来了也没有用啊,马上就要住院了,不可能在侄女家久待的,有些事连我自己也不清楚呢。就算见了面,能告诉你什么呢?"

他沉默了一会儿说:"好吧,反正我总是拗不过你。这样,你先住院,有了准确消息就告诉我,千万别自己一个人担着。缺什么少什么的,就发个短信,我还没老朽到不堪的地步。"

轻声道了拜拜,心里却松快了许多,起码不像方才那么沉重了。潜意识里也许只是想听听他的声音吧。两个月没见了,想得很,女人总是有依赖心理的。

不一会儿,手机又响了,还是F,说:"赶得不巧,女儿要出差,不然的话我就让她去看你。我刚才没讲清楚,你最好多看几家医院,然后再决定治疗方案,这样子稳妥些。"

我口头答应了,心里却犹豫着。我很清楚,他是根据自己的经验才这么说的。

两年前,F因咯血住进了医院。医生怀疑是弥漫型支气管腺癌,两边肺叶都有,而且是做了一系列检查之后。不少人都认为手术才是最好的办法,医生也建议抓紧时间;只有他自己,不认可,以为手术也未必能解决问题。后来又去了几家大医院,结果有人说左边是右边不是,有人说右边是左边不是。最后又找到了本领域的一位名医,说两边都不是,是炎症反复感染的结果,吃消炎药就可以了。

这次诊断显然给了F很大的安慰。他嘴上说只当作一家之言吧，呵呵，一家之言；却开始服起了消炎药，手术的事无形中也就搁下了。而且还由此得出个结论，说诊断比治疗重要，否则很可能会南辕北辙。

F就是这么个人，沉稳、理性、虑事周全；不像我，有一点事就慌得不得了。我心想到别的医院看看也好，比如协和，比如北大肿瘤医院，后者还有乳腺癌防治中心呢；而且书上也说这种病不急。可是即使看了又怎样呢？也许有专家会告诉我说你乳房里的肿块不是恶性，是良性的，只要做个微创手术就行了，就像我在本地诊断的结果一样；也许有人认为只是结节，是增生。可是我能相信他们吗？能放心吗？能就此高枕无忧、以为自己是健康人吗？我不相信我有这么大的胆量和辨别力。果真有幸得到上述说法，也只能使我更纠结，更矛盾，我逃不出中科院肿瘤医院罩在我头上的阴影。

六、幻灭

1

我决心就在中科院肿瘤医院治病了,退一万步说,E 也是我自己认可的医生,是我信赖的;何况还有 D 的朋友的推荐,还有不谋而合、命中注定。在中科院肿瘤医院医治,也许就是此次的天意。

总院那边没有床位,要住就得等。我每天不知多少遍地抚摩着那个小瘤子,总感觉又长了,长了,心里着急,便决定住总院的借床病区,好在手术医生都是一个人。

住院的前一天夜里是我有生以来最难熬的夜晚,我早早地关了灯,却怎么也不能入睡,心里只是沉甸甸的。在总院的大厅里我已经见过几个头发光光的女人了。或许是天太热了,她们没戴帽子,也没戴假发,我固执地认为这几个人都是乳腺癌,是化疗使她们变成这样子的。

昏暗中,那些脑袋仿佛又来到了我面前,轻轻地游荡着,在我的眼前飘来飘去……我浑身一激灵,赶紧蒙住了脸,这情形真是太令人恐怖了!我在心里一遍又一遍地叮嘱自己说:明天,到医院以后,要镇静,眼睛千万别往那些脑袋上看。

2

我和侄女的男朋友到桓兴病区乳外科的时候已经快10点了。接待我们的是年轻的男医生G，脸色白白净净的，带着几分清秀、几分沉静，表情却严肃得很；我甚至怀疑他有没有到而立之年。医院里的气氛再一次撩拨着我脆弱的神经，我坐在G旁边的一把椅子上，表情发木，头皮发紧。

G一连问了我好几个问题，比如姓名、年龄、职业、有哪些疾病、是否做过手术、初潮年龄、每次月经的天数、周期，等等，一边往纸上填写着。他写得太快了，我又太紧张，乃至连周期和天数都弄不清楚了。也许答案是早就印好了的，他只需写几个字，或者打个挑；也许外科医生的职业养成了敏捷的习惯。而在我，这些问题却贯穿着整个人生，或者说是过去的几十年。

G告诉我们午前没事了，可以回病房；午后去总院那边做穿刺。

我一听"穿刺"两个字心里又紧张起来了。在我的认识中，穿刺可不是什么好事，它会使原本完好的瘤体遭到破坏！万一是恶性，狡猾的癌细胞也许就趁机跑到别处去了。后来我才从书上得知现在已经普遍采取手术前穿刺的方法了。北京大学临床肿瘤学院暨北京肿瘤医院乳腺癌预防治疗中心的李金锋医生就说过："规范的乳腺活检不会增加肿瘤转移率，活检后经过规范、合理的治疗，也不会增加局部复发的机会。"中国中医研究院西苑医院肿瘤科主任杨宇飞还做了更详尽的解释："穿刺对组织损伤很小，即使癌细胞脱落并进入血液循环，免疫系统也会很快将其消灭，何况手术时还会广

泛地切除穿刺针道及包块的，因此不会造成癌细胞扩散。"

然而当时，即使再恳切的说明也消除不了我心里的疑虑：癌症患者不是因为免疫功能低下才得这种病的吗？既然如此，那么免疫功能还有没有能力及时将癌细胞吞噬？癌细胞脱落并且在血液中运行的速度有多快？手术一定能抢在它落脚之前吗？记得早就有人说过医生用手指检查肿瘤时不宜用力过大，否则会导致癌细胞脱落。那么穿刺呢？穿刺不是比手指厉害百倍吗？更何况那时的我还没有看过这些书，心里只是怀疑，只是恐惧，只是本能地躲避着穿刺这种方法。

我对G说："我想问您一个问题。"

"你说。"他的表情缓和了些。

"不穿刺行吗？"

"这是手术前必须做的。"他想也没想。

"穿刺不会导致扩散吗？"

"不会啊，你担心的问题几十年前就解决了。"一副不容置疑的口气。

我的心一下子松快了不少。我不知道几十年前是怎么解决的，但相信解决了，肯定解决了，我是在自寻烦恼，想得多是我的老毛病了。其实与其说我相信了科学不如说相信G，我相信他，直觉告诉我这个人是不会随便说话的。

午后，白色的科鲁兹又载着我去了总院。

做穿刺的人不是太多。我填了单子，看着上面的患者须知，神经绷得紧紧的，我第一次知道这属于一种小手术。凡是手术就有风险，那么里面说的风险会光顾我吗？万一出了问题，怎么办？

我忐忑不安地靠在走廊里一张闲置的桌子上，一会儿怕风险，一会儿又担心痛，前面那位患者从里面一出来我马上就走过去问："完事了，是不是很疼？"

"不疼，就像……就像蚊子叮了一下似的。"她冲我笑笑，口气很轻松。

我的心放下了，心想只要不疼就行，别的也顾不上了，我忽略了她是个甲状腺瘤患者。我走进屋子，背墙而坐，解开上衣露出左侧胸部。

一位女医生反复核对着我的名字："是如是吧？如是。"

我说："是。"

"左边对吧？左边。"

我说："对的。"

另一位医生拿着根细长的东西走过来。

我心想这就是穿刺的针了吧，赶忙把目光闪开了，扭着脸，不敢正眼去看。

"别动啊，可能有一点儿疼。"她在我的胸前忙碌着。

我还没做好心理准备呢，针噌地一下子就扎进去了，疼得我立时吸了口冷气！这可不是一点儿疼啊，是刺骨般的疼，是硬生生地剜肉，我死死地咬住下嘴唇不敢松口！

接下来我犯了一个致命的错误。我没有按医生嘱咐的多按一会儿，而是有意识地揉着穿刺后的肿块儿，心想这样血就不会淤住了。

我疼了一路，也揉了一路，回到病房后感觉穿刺的部位木夯夯的。

侧身掀起衣服一看,糟了,好大一片青紫啊!说不定连肿块儿也找不着了,要是影响到手术可怎么好呢?

3

我住的是三人间,进门后是一条过道,左边一顺摆着三张病床。靠北面的那张是个年轻女孩,二十多岁吧;中间一张空着;南面就是我的了。

我喜欢这个位置,转头可以和人说话;如果心闷了,就面朝窗子、墙壁,给自己一个虚拟的空间。这就是我的秉性,有些孤僻,即使在最兴奋的时候,也喜欢安静,那种感觉不是在喧嚣中可以找到的。

北床的病人长得很秀气,披肩长发,黑而细的眉毛,鼻子略有些扁,柳叶般的眼睛里带着哀怨。我不时地看着她那一头秀发,心里庆幸没和光头住在一起。

我说:"你的头发真好。"

她勉强笑笑说:"好啥呀,现在少多了,原来一只手都攥不过来。"边说边爱惜地拢着发丝。她说话的时候始终低着头,眼睛看着别处,眸子罩着一层水汽。

我趁她去卫生间的时候问她妹妹说:"你姐姐得的什么病啊?住了这些天头发还那么好,不重吧?"我近乎病态地以为在此治疗的人都得光头或者半光头。

她妹妹叹了口气说:"唉,别提了,咋不重呢,在老家做的手术。大伙都劝她切去算了,不听啊,非得保啥乳。这不?两年了,刀口总流脓淌血的，又担心没切净，没辙了才上这来了。"这妹妹倒有些心直口快。

其实她妹妹说得也不对，伤口愈合好坏和保乳还是全切没有关系，可是那时候我也不清楚。我随嘴问了一句："良性的还是恶性的？"

"恶性呗，上这来哪有几个良性的。"

我刚想说什么，听见门口有脚步声，闭了嘴。

那妹妹却不管不顾："这一天天的，比蹲大狱还难受。阿姨你是哪边？也是恶性吗？"

我用手指指左侧乳房说："等穿刺结果呢。"

是的，等待，已经到了最关键的时刻了。后边的路怎么走都不重要，关键是即将来临的宣判！此刻，在我貌似平静的外表下，心已经紧得不能再紧。我不像在侄女家里时那么恐惧了，穿刺留下的疼痛再一次在我的心里燃起了希望之火。细针勾出的那一小块儿肉此刻有答案了吗？还是正处在仪器底下？那些该死的细胞是士兵一般规规矩矩地排成队列呢，还是像炸了窝的蚂蚁一般，杂乱无章地，你挤我，我挨你？

房间里很安静，北床的姐妹都睡着了。

我听见腕子上的表针在嚓嚓地走。

等待法官判决时的犯人也是这种心情吧？

我不敢想了，也不能再想，等待是我此刻唯一能做的。

午后，病房里又来了一个患者，六十来岁吧，很胖，说体检的时候发现乳房里有多处钙化点，两边都有，于是赶紧从老家跑到这来了。她忧心忡忡、惶惶不安，脸上的每一道褶皱里都堆满了惊恐。

陪同的人百般安慰着说:"别瞎想了,怎么会长那东西呢?不会的,医生不也让你保持情绪稳定吗?你总这么胡思乱想的,没病也想出病来了……"

我默默地看着那张愁苦的脸,心想每个人都一样,都一样。

房间里亮起灯光的时候,G走进来了。

中间床的几个人都不在,可能出去透气儿了,室内很安静。我坐在自己的床上,隔着中间那张床,和北床的姐妹俩说话。不记得当时说什么了,一点儿也没有印象,只记得我是笑着的,神情愉快,我知道自己的外表和内心是多么相反!

G就在这一刻走了进来,脸上带着惯有的严肃,白大褂在灯光中也有些刺眼。北床病人不是他的患者,中间床也不是。他径直朝我这边走来,好像有话要说的样子,走了几步又停住了,眼睛越过我头顶看着墙壁:"家属呢?"

我说:"不在,回去了,有什么事儿就跟我说吧。"

他好像没听见似的,眼睛依然望着墙壁:"过一会儿让她给我打电话啊,四五分钟以后。"

我目送着他从灯光中走出去的背影,胸口一下子就缩紧了。G找我侄女有什么事呢?穿刺结果肯定出来了,是手术方案?还是性质不好……恶性?否则为什么不告诉我?

我胡乱猜想着,给侄女挂了电话,心里恐慌到了极点!北床的姐妹不说话了,偶尔看我一眼,又低下头;我也不再说话,屋子里瞬间便静了下来。

4

我就在这片安静中睡着了,不知道是怎么睡着的,也不知道是什么时候,反正无思无虑地睡了一宿,而且还做了一个梦——

我梦见一片无边的原野,远近都是朦胧的昏暗,没有一点声音,也没有一个人影,就连我,也发觉不了我的存在。我心想人怎么能自己看不见自己呢?小时候就听老人们讲过,人不是变成鬼才无形无迹吗?心里一害怕,就醒了,意识到自己还躺在床上,天已经快亮了。

早饭后,侄女和男朋友一起过来了,我一眼就看出侄女的眼皮有点儿肿。

"昨晚睡得怎么样啊?"侄女问,努力装得和往常一样。

"挺好的呀。"我也努力挤出笑容。

"有件事和你说一下啊,"她毕竟年轻,想得少,站在床边面对着我,"昨晚给G打过电话了,你的不怎么好,今晚就做手术。"

我一下子愣住了,整个人如泥塑木雕般,没有血液、温度,也没有思维和表情。尽管早有心理准备,可还是承受不了这突如其来的打击!心里一股劲儿地想:怎么会呢?怎么会呢?!怎么可能?怎么可能?!……我这才清醒地意识到,所谓的思想准备都是空话,是不无真诚的谎言。事实是我一直都没有放弃良性的想法,一直都没体会到什么叫残忍、冷酷,一直都沉浸于一个美好的梦!

在事实面前,我的本不强大的精神一下子被击垮了!

侄女说:"今晚就做手术了,午饭可以喝点儿稀的,晚饭不能吃,

一会儿G找你谈话……"

我点点头说:"好,午饭也不吃了吧,我一点儿不饿。"

心想给F打个电话吧,告诉他穿刺结果出来了,我预感准确,是恶性,马上就要手术了。明天,或者说今天夜里,我就成了另一个人了……可是打电话有什么用呢?即使华佗再世,也难改悲惨的结局,只能让他牵挂而已……算了,不打了,咬紧牙关,自己的梦自己圆吧!

仿佛心灵感应般,F来电话了,我们之间经常这样。听得出他勉强控制着心里的沉重,"怎么样?穿刺结果出来了吗?"

我说:"没有,没出来,大概还得几天吧。眼下患者特别多,有了消息再告诉你。"

"真没出来?"

"真的。"

"我担心得很,眼皮也跳,怕万一性质不好,你承受不住。"

我用玩笑般的口吻说:"放心吧,我是谁呀?久经考验的钢铁战士嘛。再说老天也未必那么残忍啊!"

他笑了,说:"你这样我就放心了。"

放下手机,心里酸痛,有一股苦涩往肚子里咽。

午后,G找我们谈话。他讲了有关手术的事情,与我沟通了想法,还谈了乳腺癌这个病。G说:"在所有的癌症中,乳腺癌是比较缓和的,生存期相对较长,术后生活质量也不大受影响……"我表面认真地听着,心里却稀里糊涂的,几乎什么也没记住——我还没有从突如其来的打击中清醒过来。

G说:"你可以选择全切,也可以保乳,看你想怎么做了。"

我说:"切吧,都切了吧。"我下意识地以为保全一只不完整的乳房是危险的事。

整个谈话过程我只记住了一句话,G说:"虽然目前乳腺癌的治疗比较先进,可是,这个病去不了根!"

我感激他告诉我实情,让我有心理准备,而不至于长久地蒙在鼓里。后来,我从好几本书里都看到了,乳腺癌还不能根治。即使患者各项指标都正常了,也只能说是暂时的平安,是缓解。

缓解,多么无奈而恰切的字眼儿啊,汉语的词汇太丰富了。缓解就意味着你终生都是一个癌症患者,你的身体里始终埋着一个定时炸弹。说不定它什么时候不高兴了,就从某个器官里钻了出来,而潜伏的时间可能长也可能短。我因此而痛苦,而绝望,也因此而增强了理性。我得学会接受,敢于面对,不能稀里糊涂地活着了。

我拿起笔,在面前的那张纸上找到患者及家属后面的空白处,签了字。

G站起身,伸出手,"预祝我们手术成功!"

5

回到病房后我对侄女说我困了,想睡一会儿,扯起被单蒙住了脸。我没有流泪,也不是惶恐,只是想与眼前的一切彻底隔绝。现实太恐怖了,恐怖到令人无奈的程度!我一路行走,一路挣扎,还是没有逃避过去。不过想一想也该庆幸啊,毕竟又往前走了一步,

离终点近了一点儿,是不是?最纠结而又令人寝食难安的一段已经过去了!

时间真伟大呵,当你在灾难面前想止步不前甚至退缩时,只有它,冷酷无情,不离不弃,拖着你往前走。此刻,一切都尘埃落定了,心里空空如也,再也没有什么牵挂,有的只是等候,等候。

走廊里响起熟悉的手机铃声,是陶喆演唱的:《就是爱你》;A的手机铃声也是这首歌。这里信号不好,手机的主人大概正走向走廊尽头的小露台,歌声也就雪花般一路飘洒着——

> 我 一直都想对你说
> 你给我想不到的快乐
> 像绿洲给了沙漠
> 说 你会永远陪着我
> 做我的根 我翅膀
> 让我飞 也有回去的窝
> ……

我在床上默默地听着,心里忽然一动:我想起了A的那个电话——

A为什么谈起B患了癌症的事?我为什么如此迷恋那本《油画词语》?我小说里的主人公为什么会因癌症死去?为什么有了本地专家的结果我却依然放心不下?还有首次去医院时那半阴半晴的天、灰塌塌的树……还有看完E的门诊后的种种担忧……原来结论早已经设好了，所有这一切都在暗示我，暗示我得了不好的病，得赶紧治。

我不知该怎样感谢慈悲的上帝，是他及时为我敲响了警钟，让我当即走进医院而不至于延误病情。我很清楚，所有的恶性肿瘤到了晚期都会以人类无法控制的速度疯狂地生长；我也从未如此地怨恨上帝，这万能的天父真是太霸道了！他造出了人类的始祖，却不允许他们聪颖；他亲手捏出女人，却使她们承受分娩的痛苦；他让女人的胸前耸起两个乳房，又让毒瘤在里边生长……所以，我乳房里的肿块儿，也就不可能不是恶性。它冰冷霸道，说一不二，唯我独尊，就像当初创世时一样！

裹着白色的单子，我仿佛真的睡着了。恍惚间，我看见了年三十的夜晚。那时的我还是个孩子，特别喜欢玩，也特别会玩。那时的年三十可比现在热闹多了，几乎家家都挂灯笼，贴对子；孩子们还提着灯笼在街上走。我的父亲是不会给我们做纸糊的灯笼的，父亲喜欢我们规规矩矩的，或者读书，或者做事。我悄悄地找出父亲备课用的白纸，一张一张地粘接起来，糊在秸秆和铁丝做的灯笼骨上，里面粘一截子蜡烛。果然，成了，我的灯笼比谁的都亮！

可是走着跑着我的灯笼就先灭了——我不会在底座上钉一颗铁钉子，把蜡烛插在上面，我的蜡烛是化些烛泪粘住的。那一刻，我孤零零地站在街心，感觉四周特别黑，特别暗。

而我此刻的心情，和小时候一模一样。

七、手术

1

一个陌生的护士进来了,是手术室的吧,嘱咐我换病号服,里面要光光的,一点儿不剩。这使我有些为难,有些不习惯。

我从小就习惯了穿内衣内裤,而且得是我自己的,也不能有污点儿、褶皱,哪怕是裤脚袖头窝在里面呢,否则心里就不舒服。我知道这不是什么好习性,不能将就的人,长大了就得吃苦。也许多少还有些洁癖?记得上幼儿园的时候,几个孩子围着一张桌子吃饭,我不知怎么就把碗端到窗台上去了,一个人趴在那里,离了群。阿姨说:"你怎么不在桌子上吃呢?"我指着刚才坐在我身旁的一个伙伴说:"她太脏,淌大鼻涕。"把阿姨一下子逗笑了。后来这女孩子成了我小学时的同班同学。人家一点儿也不脏,从头到脚都干净着呢。

何况是医院的病号服啊,谁知道都什么人穿过呢。连裤头都不许留,太难受。

"腋窝有汗毛吗?"

"没有。"我抬起胳膊。

"没有是吗?"她朝我的身体看了看,"那就休息吧,等着手术。"于是我就躺在床上休息,死人一般,什么也不想,也不说,也不做。

该想该说该做的都做过了，此刻剩下的，只是等待，等待即将来临的手术。

6点50分进了手术室。我不知怎么上的平板车，怎么出的病房，怎么过了走廊里那长长的一段路。那时，天已经有些晚了，印象中走廊里没有人，也许都在屋里吃饭吧，空旷而安静，静得像一片亘古的坟地。

手术室的门徐徐打开了，里面没有人，同样空旷而安静，静得人心冷。屋顶很高，墙壁也远。青白色的灯光笼罩着静静的屋子，一个穿墨绿色手术服的护士在我身边忙碌着，不时地问我一声："冷不冷？"

我说："不冷。"

她说："冷就关空调啊。"

我说："有点儿凉。"

她过来给我掖掖被子。

我感觉自己很清醒，或者说叫麻木之后的清醒更恰切，抑或是清醒混合着麻木。其实我以前做过手术，一次是甲状腺囊肿，一次是卵巢囊肿。当然，结果证明后者是误诊了。

我知道手术是不会有危险的，我信任E；但让我心里难受的是左侧那只乳房将永远失去了！它陪伴了我五十七载，给过我少女时代的羞赧，青春年华的美丽，老年后的健全，我从没想过有一天它会先我而去。

我想用手再摸摸它，却没有动，已经要失去的东西就不必留恋了。更何况它已经彻底背叛了我，表面乖乖女一般安静地伏在那儿，

内里却心怀鬼胎,蠢蠢欲动,想要吞噬我的身体。

我心想怎么就没拍张照片呢?拍一张健全时的裸体胸照,日后也好留个纪念。

又过了一会儿,里边一扇门打开了,G从里面走出来,站在我的头顶旁,两手摩挲我的眉骨说:"皱什么眉呀!"

我没有说话,因为我没有意识到皱眉,也不知道说什么好。我想当时的紧张也是我意识不到的。

他显得很从容,声音和缓,脸上好像还带着笑,是平时所没有的,大概是想舒缓我的情绪吧。

紧接着E也从那道门里走出来了,一直走到手术床边,站在我的身体左侧,拿起那张已经备好的钼靶片子问我:"如是,对吗?"

我说:"对。"

"左边是吗?左边。"

我说:"是的。"

他一边看着片子一边用另一只手的指背碰了碰肿块儿。外科医生的手真硬啊,疼得我一哆嗦,身体不由自主地躲了一下。

意识忽然从心底里冒出来,我很清楚,再过一会儿我就什么都不知道了。麻药将注入我的体内,麻痹我的神经,我同死人没有区别!

我问E说:"您吃饭了吗?"

"吃了。"

"我能跟您说两句话吗?"

"说。"

"请您别管什么美不美的,做干净点儿就行。"我担心他考虑女人爱穿低领衫而留下隐患。

他说:"行。"

我还想说我还得写作呢,还有年过八十的母亲需要照顾,还有那么多的好书没来得及读……话到嘴边又咽回去了。算了,听天由命吧,说多少也没有用,不能给他增加负担。万一干扰了他的思维,影响到手术效果就不划算了。

"口罩"戴上了,有人在脚那头开始推药。

世界瞬间便从我的意识中消失了。

脑子里闪过的最后一个想法是:如果能在麻醉中死去,也是件幸福的事。

2

冷,格外冷,冷得彻骨,好像掉进冰窟窿里了,又好像是在北极的冰天雪地中。牙齿咯嗒嗒地打战,浑身都在发抖,抖得床板都跟着动了——这是意识恢复后的第一感觉。

我不知道怎样出的手术室,怎样穿过走廊,怎样进了我所在的病房。身子落到床上后有些清醒了,感觉就是冷,冷极了,平生从未这样冷过,冷得浑身都快抖碎了!

从远方赶来的弟弟以及侄女和她的男朋友此刻都守在我的床边。他们不停地和我说话,问这问那的,是医生的嘱咐。我恍惚听见G说:"和她说说话,别让她睡着了。"可是我不想说话呀!我嗓子眼儿发紧,嘴里发干,连舌头都没有水分了,每句话都得从嗓子里往外挤!

G干吗让他们和我说话呀,他不知道我心里烦恼,脑袋昏沉,身体从里到外都难受吗?我不想说话,一个字都不想,只想睡觉,睡觉!我唯一的念头就是只要能好好睡一宿一切就都过去了!那会儿我的态度一定很恶劣,恍惚记得我不耐烦地说:"谁也别和我说话了啊,别说了!"

我从心里往外想睡觉,从心里往外想啊,可是怎么睡得着呢。脑袋里倒是昏沉沉的,睡意充盈;可身体不听使唤啊!腹部以上肩膀以下的部分都被紧紧地缠起来了,纱布、棉布、胶带,一层又一层,缠得很紧,勒得我气儿都出不来了!床摇起来了,再放下一些;被子堆在枕头上面。平躺着憋闷,侧卧着憋闷,指头不安地在右边肋骨下的边缘处摸索着,想弄出点儿缝隙来,终没有成功,也是不敢。

我原以为手术后会很疼的,尤其是第一夜。记得十年前做完那个所谓的卵巢囊肿手术后,我就疼痛难忍,好像钝刀子割肉一般,而且还一直用着止疼泵。帮我联系医生的同事不停地叮嘱说可别忘了给我们用泵啊,一定得用泵,有泵就不受罪了。

我心想这次也和上次一样吧,用泵,况且还是个大手术呢。想不到除了出不来气儿以外竟然不是很疼,至少忍受得住,而且一支止疼针也没打。是随着年龄的增长我的痛觉神经已经不敏感了呢,还是手术做得好?抑或乳房这东西本来就属于皮里肉外?我说不准,也许是上帝在冥冥中帮我吧!

我对疼有一种特殊的敏感。自小身体就弱,肚子疼、胃疼、痛经、风湿、胆囊炎,都不时地光顾我,在我的身体里面作祟。每次疼痛来临,我都如临大敌一般,紧张得不得了。尤其疼痛伴随着呕吐时,那滋味简直比死还难受。

记得读小学时,有一次害急性胆囊炎,我跪在床上,头抵着床板,汗水把床单都湿透了。我对小姨说:"给我弄点儿药来吧,让我死……"对生的恐惧和死的意识也许就是从那时的疼痛中得来的吧。

20世纪50年代出生的人有几个没看过《红岩》啊?印象最深的情节就是江姐受刑了。竹签子钉进指头里是什么滋味?就连指甲盖里扎根刺还疼得了不得呢。我一次又一次地拷问自己:假如我在那种情形下,能守住秘密吗?会不会成了可耻的叛徒?仔细想想,答案总是肯定的,我因此崇拜英雄而鄙薄自己。

已经过了半夜吧,值班护士进来了,问陪护的侄女说:"怎么样?有尿吗?"

侄女说:"没有。"

护士掀开单子,拍拍我的肚子说:"都绷绷的了还说没有啊?一定得让她尿出来啊。"

尿不湿和病人用的便盆手术当天下午就买来了,侄女把尿不湿铺好,再把便盆塞到我的身子底下。我心想可别弄脏了床单啊!不一会儿,竟然痛痛快快地尿了一大泡,太顺利了,顺利得出乎我的意料!

后来有一个病友对我说,她当时就是尿不出来,肚子憋得鼓鼓的,用手揉,听水溅在盆底发出的声音,都不管用,只好插导尿管了,可遭罪呢。是心理障碍导致的生理障碍呢,还是纯粹的生理现象?我不得而知。哪怕再微小的事情,也可能成为女人难以逾越的门槛。

手术后就开始输液了,一袋、又一袋,其中有一种很好的营养

液。后来我听侄女说 G 当时就告诉她这个钱是不能省的。果然,我的身体迅速地恢复起来了。静脉取血的护士刚把针从血管中拔出来,血就"呲"的一下子蹿出来了!

护士惊讶地看着我说:"血这么旺啊?!"

我笑了,心想我的血可不旺,平日里取个耳血还得三挤两挤的呢,是个典型的亚健康人士。我知道癌细胞有两条转移途径,一个是淋巴,一个是血液,心里一直担忧那些狡猾的家伙会不会趁手术之机顺着血液溜走了,会不会已经偷偷地潜藏在了体内某个适宜生长的地方,准备在那里安营扎寨。果真如此的话,就只能靠我自身的免疫力了。我的想法是旺盛的气血可以将癌细胞清除出去,使它们到处流浪,没有落脚之地,最后只能被吞噬掉。我从心底感激 G,他是个好医生,心里有数,而且能替患者着想,肯替患者着想的医生才令人有信任感。

3

中间床的患者已经做过穿刺了,正等待结果。她也不说话,也不看电视,只是侧身躺着,蒙着脑袋睡觉。

我想此刻的她大概也和当时的我一样,一分一秒地等候着,内心无比沉重,紧张而焦灼。如此看来,有了结果真好,哪怕是恶性的呢,哪怕乳房再也保不住了,只要心安,只要尘埃落定!人这东西,或许天生就受不了折磨的。

一个比患者年轻的女人坐在我床边,看着被单里隆起的那个身子说:"我嫂子命真苦,从小就赶上挨饿,后来又赶上'文化大革命',

再后来又上山下乡。好不容易从农村回来了,进了镇里的纸箱厂,又赶上改革,厂子黄了,两口子一起下了岗。唉,神人也架不住这么折腾啊!"

我往里挪挪身子说:"她现在做什么呢?"

"唉,能做什么呀,就是摆摆小摊,倒腾点儿鱼虾啥的呗。"

我想起来北京前曾在一本书上看到过,乳腺癌不一定都有钙化点,有钙化点的也不一定都是乳腺癌,就说:"你嫂子的病兴许不像她想的那样呢。"

她说:"谁说不是啊,咱长了透视眼咋着?可她不听啊,认准了是癌症,这人就是个犟眼子。"

"行了啊,都快死的人了,还编派我干啥!"那患者猛然从床上坐起来,呼啦一下掀开被单子,气嘟嘟地噘起嘴巴,抹搭着眼皮,谁也不看,踏着拖鞋踢里趿拉地出去了,弄得我多少有些尴尬。

一个拱着肩膀的男人赶紧跟了出去,低着头,无声无息的,可能是她丈夫吧。

那年轻女人倒不生气,冲着患者的背影对我说:"看着没?就这样,逮啥说啥,没深没浅的。"

一个念头忽然从心里生出来:此人不是癌症,百分之九十九不会,癌症患者的性格不是这样的。那么癌症患者的性格什么样呢?我也没仔细想过,只是凭本能感觉有其独特的性格和心理。

不一会儿中间床患者的穿刺结果就从总院那边回来了,果然是良性,没有恶变,定期观察就可以了。病房里好一阵欢腾,死而复生般,就连少了只乳房的我,也从心底里为她庆幸!在前来就诊的患者中,

良性的概率太小了，小得好像中彩一样。其实，对于生死来说，中彩又算得了什么呢？

中间床很快就腾了出来，和我进来时一样，空了，空得让人欣慰又有些失落；北床的患者把脸扣在枕头上。

那个妹妹边拽着患者身底下的被子边说："先起来一下啊，给你盖盖腿。怎么了？又哭了？动不动就淌眼抹泪的，这病还能好吗？你看看人家阿姨。"一边说一边用手指指我。

我说："不一样的，年纪不同，就不一样。"我说的是心里话。已经活到五十几岁了，经历了很多事，甜的、苦的、酸的、辣的，可谓苦辣酸甜都尝过了；而让一个不到而立之年的生命在生死面前坦然自若，是不是太苛刻了？

时间已经接近晚上，输液也结束了，病房里亮起了灯光。我将吊在床上的引流袋拿下来，用别针别在裤子上，走到北床那个病人的身边，一只手轻轻地揉着她的肩膀。她慢慢地止住眼泪，转过身，紧紧地攥住了我的手。我感觉那只手好瘦、好凉。

北床患者说她也得出院了，不能再住了。伤口老是不彻底愈合，再住下去就扛不住了。我明白她的意思，家里还有辛苦的丈夫，有年幼的孩子，虽说生命诚可贵，也得省着点，总不能为这该死的病倾家荡产吧。

第二天晚上，病房里只剩了我和侄女两个人。

八、告诉我还能活多少年

1

手术后的第二天午后就可以下床活动了。

一条长长的走廊，方向是说不准了，廊顶很高，里面也还宽敞。

每天早晨起来或者晚饭后，我都在走廊里散会儿步。有时是半小时，有时是一小时；有时午饭后闷得难受，也出来走一走。上身穿着"小马甲"，腿上吊着引流袋。

引流袋里是紫红色的分泌物，体液，夹杂着血。它们均来自我的体内，经由一根透明的管子进入袋子里，与我的身体分离了。

走廊里只有两三个人，像我一样有头发穿着"小马甲"的，或者没穿"小马甲"也没有头发的，都慢吞吞地，在走廊里来回游荡。走到碰头了，也许看对方一眼，也许不看——"小马甲"还勒得我喘不上来气儿呢。

有好几个夜晚，我竟情不自禁地回想起伏契克的散文《二六七号牢房》里的句子：

从门口到窗户七步，从窗户到门口七步……在庞克拉茨监狱的这段松木地板上，我来回踱过不知多少次了。我曾因看穿了捷克资

产阶级的腐败政策对人民的危害而坐过牢,也许当时坐的就是这间牢房。现在他们正把我的民族钉上十字架,德国看守在我的牢房前面的走廊上来回走动,而在监狱外的什么地方,盲目的政治的命运女神又在纺着叛卖的线。人还需要经过多少世纪才能洞察一切呢?在人类走向进步的路上已经经历了几千座牢房呢?还要再经历几千座牢房呢?……

出院后,我核对过了,没错,伏契克是这样写的。那时,即使我没有量过从走廊这头到那头有多少步,也有一种坐牢的感觉,就像伏契克似的,被囚禁在监狱里。可是,伏契克坐牢是因为德国法西斯和捷克反动势力的迫害,是为了民族的美好和未来,而我呢?我因为什么?又为了什么?就因为那个可恶的小瘤子吗?为了我的瞬间就变得捉摸不定的未来?

"人类得救的道路茫茫。"——这句话说得真好。那么,我还能得救吗?我的未来还有多远?

廊顶的灯光也有些犯困了,走廊里算不得明亮。几个人影在灯光中移动着,令人有一种凄凉感。我低着头慢慢地走着,心里是一千个无奈,一万个不甘!我一遍遍地问自己:我怎么一下子就成了癌症患者了?为什么会这样?为什么?我还能回到过去吗?

没有人回答我,也没有人能回答我。只有我那颗不甘的心,在一次次固执地发问。

2

我想起了我单位的 H。

大约七八年以前吧，H 患了乳腺癌。她是个心思细密的女人，发现乳房里有个肿块儿就赶紧去医院做彩超。医生告诉她是良性的，没有问题，而且瘤子特别小，做不做都无所谓。暑假期间她感觉有些疼，正好要来北京，就顺便到了医院，结果竟然是恶性的。

据说 H 手术后身体状况很好，心情也很高兴，逢人便说给她做手术的医生是个留学归国的博士。水平是没得说了，对病人也特别好。听到这番话的人都说 H 肯定没事了。

我见到 H 是在学校的班车上。我坐在靠窗的位置，H 坐在我的身旁。

我犹豫了一会儿说："你身体还好吧？"

她说："现在看还好，谁知道以后啊？反正发现挺早的，治得也不错。"

我说："看你脸色挺好的。"

她摸摸脸蛋笑了，说："可不是嘛，胖了好几斤。"

后来，大约有两年之久吧，我再也没见过 H 的面。我问她班上的人 H 身体怎么样了，那人小声儿说："你还不知道啊？都转移到骨头上了，不行了，正在北京住院呢。"一边左右瞅瞅，好像怕有人听见似的。再后来就听说 H 把各种方法都试遍了。她求生欲望特别强，想方设法地治，借款，卖房子，卖股票。可是癌细胞已经遍布全身了，骨头、肺部、脑袋里，都有，终于撒手人寰了，可怜只

有三十八岁。

我又想起了早年的朋友I。I是肺癌，发现的时候就已经是晚期了。单位里谁劝他去北京做手术也不听，就是不肯离开自己那间小屋子。

那时我已经不在那个城市工作了，我调到了现在的城市，是I身边的那个女学生告诉我的。女学生说："老师你过来看看吧，我们谁说也不行，你兴许能劝动他呢。"

我赶到那个城市时天已经晚了。

我对躺在床上的I说："您怎么这么不珍惜自己的生命呢？"

他说："不是我不珍惜，是老天不让我活了。"

我说："您这么睿智的人也信天命吗？"

他说："不信能咋着？信不信都这么回事啊！医生说了，我暂时死不了，还有五六个月时间吧。"

我说："让我看看您的片子吧。"

他坐起身，从床头柜里拿出张X光片子。

我发现上面有好几块白点儿。

I是个残疾人，病倒后都是由学生照顾。一个女生悄悄伏在我的耳边说："别听他瞎扯了，医生说不手术也就两三个月吧，活不多久，昨天还咯了好几回血呢。"

I指点着片子上的白点儿说："看见没？这，这，都是，手术也没有用了，白花钱受罪。"

我说："谁告诉您这些都是呀？兴许是钙化点什么的呢？就算是，切去了不也能保条命吗？我小时候的邻居切去一个肺叶，到现在还活着呢，啥事没有。"

他显然有些动心了，一边琢磨着片子一边说："你说的都是真的？"

我从他的眼睛里看见了一闪而过的光。那不是想死的人有的，而是想活！即使再悲观的人也有求生欲望的。蝼蚁尚且贪生，何况人呢！我继续鼓励他说："您不是还想写自传吗？那可是您的心愿啊，您不能给自己留下遗憾，五六个月的时间怎么够用呢？"我说的是真心话，I一生坎坷，饱经磨难，的确够写一本厚厚的自传了。

他眼睛里的光更强了，犹疑着说："要不然就去北京看看？"

可是去北京的头天夜里I就死了。是接他的工会主席最先发现的。夜里没有人，他可能上不来气，自己去够氧气瓶子。工会主席说I的左手还朝氧气瓶子伸着呢。

最让我痛心的是J的死。

J是我高中时的同学，脸蛋白白嫩嫩的，一笑，眼睛就眯成了一条线。

我们一起考上大学，一起在这座城市里读书，后来又一起在这里工作。

她教职专，我在师院。我们是真正的君子之交，有时一年也见不上两次面。

可是有一天午后她突然跑到我家里来了，坐在沙发上低头说："如是，我病了，这回我可真完了……"

我说："什么了不起的病啊一张嘴就完了完了的。"

她说："真的，是……癌。"一边指指自己的乳房，面色苍白，声音低弱，秀美的眼睛里含着泪。我的心也忽悠一下子。

我知道 J 是心高气傲的女人，别看表面柔弱，内里却有股狠劲，不是沉重的打击不会这样的。我看了她好一会儿才说："什么时候的事啊？"

"就刚才啊，我不敢回家，出了医院就上你这来了。"

"不会误诊吗？"

"……不可能，已经看了两家医院了。"

J 告诉我超声显示是 1.5 厘米，拇指盖大小吧，在右侧乳房，无痛，腋窝没发现肿大的淋巴结，医生说发现的倒是挺早的；我这才松了一口气。

J 说："我不担心别的事，就是我孩子还小啊！真要是走了，孩子咋办呢？"

我一边将削好的苹果递给她一边说："瞧你，想哪去了，这么早就发现了，切去不就成了？"

J 怔怔地看了我一会儿，放下苹果，扭身扑到我的肩膀上哭起来。哭得浑身颤抖，泪水滂沱，头发都弄得湿淋淋的了。我至今还记得她伤心的样子，她一定是太孤独太无助了，抖得像野地里的一棵枯草，也像风里的一片树叶。

那时 J 才三十三岁呵，可谓风华正茂。她很勇敢，想方设法地治疗、调养，顽强地活了十八年，活到了孩子上大学的时候。她死的那天我远在西北，参加一个学术会议，连葬礼也没赶上，只是从几千里外给她丈夫发了个短信。

我一回来就去了她们家。那个学土木工程的男人没开口就掉眼泪了，说："J 到最后也不想死，让我想法子救救她，可是我有啥法子啊？有啥法子？我到现在都不敢想她那眼神儿啊！我原以为过了这么些年，没事了，谁知道那该死的病还是卷土重来了……她是多好的女人啊，你看看我这屋子吧，这摆设，走路都打晃了还撑着收拾呢！唉，我真是个窝囊废呀……"

我不忍心再听下去了，安慰他几句，逃也般地离开了屋子。没有J的两室一厅显得那么空旷，空得像一片坟地，空得我的心都碎了！从小区里走出来时我再也忍不住眼泪了，几十年交往的情形在眼前闪过，我心如刀绞，心想世上再也没有J这个人了。

还有我的父亲，我的姐姐，也都没逃离癌症的虎口，都走了。

……

3

我在走廊里走着，想着，脑袋里满是不祥的念头，满是沉重。

引流袋里的液体越来越少了，喘不过气儿的感觉也差了些，脸上渐渐有了血色。种种迹象都表明身体在好转，兴许过几天就能出院了。

我表面平静，心里却怎么也乐不起来。

有时候，我也看着廊壁上贴的那张图做康复操。手术一侧的胳膊抬起来很费劲，我一个动作一个动作地比画着，一节一节地往心里记。护士说做操可以预防患肢水肿，尽早恢复患肢功能。我心想也许是这样吧，也许是。

恢复患肢功能为了什么呢？为了能更好地活着，是不是？可是

假如不久的将来便转移了,复发了,连命都没有了,功能恢复得再好又有什么用?就像人们所说的,皮之不存,毛将焉附?

我知道以我的病情暂时还不至于就丢了命,可是这暂时到底有多远呢?半年?一年?还是三年五载?抑或更远一些的将来?将来,会怎样呢?转移?还是复发?也像我经历过的那些人吗?

可是我还有很多书要读,有很多东西要写,这世上还有爱我的和我爱的人!我还想体验一下更丰富的人生,还有未完的事要做,还有老母亲需要照顾啊!

是谁写过这样一首诗——

> 假如你不曾直面过死,
> 　就不要谈恐惧;
> 假如你不曾经历痛苦,
> 　就不要说伤悲;
> 假如你不曾有过牵挂,
> 　就不要谈爱;
> 假如你不曾体验沉重,
> 　就不要说超逸。
> 傍晚的走廊里一团昏暗,
> 　我看不透人生,
> 　参不破存在,
> 　也把握不了我自己。

4

术后第五天，首次换药。

换药室唯一的床上已经躺着一个人。

我按 G 的要求坐到椅子上，感觉他一层又一层地解开了"小马甲"。

我之所以说感觉是因为我始终抬着头，移开目光，眼睛盯着对面的墙壁，怎么也不敢往自己的胸前看。

我怕看见什么我本该关心的东西，怕看见那个我曾经熟视无睹的部位的变化，怕看见那种意料之中的失去。

我的目光游弋着，先是对面的墙，然后朝几米外床上的患者斜过去，突然像被磁铁吸住般地不动了！

那患者的胸前有一道长长的疤，左侧还是右侧？已经记不清楚了，只记得疤痕的形状。它从业已切掉的乳房里侧开始往下滑，滑出一段后，拐了个弯儿，然后沿着同侧肋骨的下缘朝后背滑去。有拇指粗细吧，曲曲弯弯的，黑褐色，像农夫捂在胸口的那条蛇，丑陋、粗鄙，正琢磨着从哪里下口才惬意！

我心里一阵发紧，赶紧收回目光，以为所有乳腺癌患者的疤痕都一样。

悲哀从心底涌上来，我低下头，看着冰冷的地面，心里说不清楚是什么滋味。

伤口已经被纱布遮好了，那个念头再次涌进我的脑子里。已经积累好长时间了，却不敢出口，是我心里最敏感最脆弱的区域。

我鼓起勇气问 G 说:"大夫,告诉我还能活多少年?"

他仿佛并不出乎意料,却也没有言语。紧跟着,当我再次追问时,给了我一个乐观的答案。

他已经不像手术前谈话时那么坦率了,那一次,他告诉我说,目前这个病是无法根治的。

后来我心想 G 是在敷衍我,就像鲁迅无法回答祥林嫂灵魂有无似的,他也不知道我还能活多少年。可是又不能让我悲观,让我失去与疾病抗争的勇气,于是就用一个遥远的年限搪塞!可是我当时却非常高兴,是的,非常高兴,体内的每个细胞都沸腾起来了!假如我真能活那么久,一定要百倍珍惜余生!

现在想来,我真蠢,也是当时对乳腺癌的了解还远远不够。我问这样的问题有什么意义呢?没有人是先知,也没有人能预测你的未来,你的生命如同你的指纹一样没有重复性。即使是那些被广泛使用的患者生存期统计数字,其科学性也大打折扣;更何况那时我的病理报告还没出来呢。

可是,那一刻,我就是要问,不问心里就不安,就沉重,总感觉自己没有多少时间了。

生死关头,每个人都难免不是阿 Q。

5

北床已经住人了,是一对年轻夫妇,贵州那边的。男的有点儿像吉卜赛人；女的白白胖胖的，一笑俩酒窝，很可爱。她说她的瘤子很大，得先做化疗，时下称为新辅助疗法；等瘤体小了再做手术。说这些的时候她仍然是笑着的，笑得很单纯、很甜美。

我心想乳腺癌专拣美的女人吗？还是美的女人本身就人生多舛？

术后第六天中午，中间床也来人了，也算年轻，膀大腰圆的，留着条时下少有的大辫子，长相有点儿像《红灯记》里的李铁梅。我看着她身后跟着的两个女人想谁是患者呀？她冲我嘎嘎一笑："看不出来吧？我。"拇指朝胸口一指。不一会儿，那两个女人走了，她一边抖搂衣服一边朝她们的背影喊："吃完饭过来呀，我带着扑克呢，咱们斗地主。"

午后她去总院穿刺，仍然一阵风似的，穿起外衣就出去了；瘦得像根竹竿子似的丈夫跟在后面。我心想此行不知是吉是凶？大约四五点钟吧，她丈夫一个人回来了，气急败坏的，满头大汗，弯腰就拽床底下的拉杆箱。打开，收拾东西，把床上的毛巾衣服什么的统统塞进去。

北床患者直起身子说："你们要转院啊？"

他低头擦了把汗，"转啥院啊，不治了，回去。"

"你们那的医院哪有这边好啊？"我也插了句嘴。

"谁说不是呢？可她不听啊。"那男人把身子转向我，"这不吗？我们有个亲戚在北京，给她找人看了看，说情况有点儿复杂，过两天请专家会会诊，她就受不了啦，非得说自己是晚期的，已经不能治了，死也要死在家里。"

"医生说她是晚期的了?"

"哪有啊,人家就说会会诊,是她自己从网上看的。"

"肿块儿不是不大吗?怎么就成了晚期呢?"我心里纳闷。

"说是有橘皮状,橘皮状就属于晚期。"那男人垂头丧气的。

"这会儿还在总院哪?叫她回来吧,我们帮你劝劝她。"北床的患者热情地说。

"在啥总院啊,在亲戚家哭呢,谁说也不好使,连回去的票都买了。你们说我有啥法子?总不能绑着治吧。"

我心想是不能绑,没有人被绑着治病的。绑着治的,是疯子,疯子是丧失了理智的人。

后来我从一本书上看到橘皮状恰好是早期的一种表征。是中国医学科学院肿瘤医院内科主任徐兵河主编的:《应对乳腺癌专家谈》。书中说乳腺癌的早期警告信号有乳头流出液体、乳头凹陷、乳房形状和大小改变、皮肤凹陷——"酒窝征"、外表改变——"橘皮症"、腋窝肿胀或肿块等。

其实,目前乳腺癌的治疗已经有了很大发展,即使真是晚期,也不等于很快就死,也能争取到一定的生存时间。直到现在我有时还在想:那位自以为已经到了晚期的患者还活着吗?身体怎样了呢?有没有再回北京治病?

在疾病面前,理智和意志有时是多么薄弱啊!

九、等待病理结果

1

手术后第九天，我出院了，又回到了侄女家的那间小屋。

小屋里和原来一模一样，温馨、逼仄，不一样的是我的身体和心境。

侄女和她的男朋友每天都在忙，多数时间，屋里只剩下我一个人。我把自己闷在屋子里，在床上躺着，靠床头坐着，或者看那些无聊的电视剧。

我不再看《甄嬛传》一类的宫廷剧了，也不看现实题材的家庭剧。它们往往令你忧愁，使你难过，不知不觉地引出你的眼泪。这对手术后身体的恢复可不大好。我看《悬崖》，看《神枪》，看《苍狼》，看《神探狄仁杰》……紧张而跌宕的情节使我暂时忘记了现实中的一切。

眼睛被屏幕吸引着，心里却空落落的，仿佛丢失了宝贵的东西，却不知怎么去找，要寻找什么。未来希望渺茫，情绪低落得和这没有光的空间一样。有时候，眼泪也会悄悄地流出来，无声无息的，即使只挂在脸颊，也能感觉出淡淡的苦。

午后，天气若是好，也出去转转。

出了那条小胡同就是公路。高大的白杨树隔开了车行路和人行路。树叶子不算绿,好像蒙着一层灰尘;天也不太蓝。南来北往的车流在我的身边涌来涌去。

我在路边默默地走着,有一搭无一搭地看着拥挤的车辆和迎面而来的行人。没有人注意我,也没有人留心我残缺的身体。所有的面孔都是不相识的,就如同他们不认识我一样。

陌生真好呵,那是道无形的屏障,将你和他人隔离开来,使你不至于受到伤害。在陌生人面前,你不必遮掩,也不必恐惧。你可以获得完全的自由,仿佛进入了无人之境,优哉游哉。而这不正是我所希求的吗?

自从生病以来,我一直刻意隐瞒着,不想将消息扩散给任何人。我希望它永远只是我自己的事,就像一本小说的题目写的:一个人的战争。

我发觉我好像患了一种病。每逢有女人迎面走来的时候,总爱扫一眼人家的乳房,看两边一样不一样,是不是有一边扁;结果却总是让我失望。没有哪个女人的乳房是一侧扁平的,两边都一样。也就是说,她们都没有得过乳腺癌,都高耸着,抖动着,甚至有些耀武扬威!

心里很难受,心想在医院的时候,大家都是病人,你就不觉得自己特殊了,没有失落感;而当回到正常人的环境中后,你就成了统计学上的1.709/10000,是个别了。可是你能怪得了谁呢?曾几何时,你不也是正常女人中的一个吗?是你自己忽略了它们,对乳房健康不闻不问。而且明明知道患乳腺增生,也摸到过结节,甚至有过短暂的乳头瘙痒和下陷，可还是愚蠢地自欺欺人！

我羡慕那些有两个乳房的女人们，羡慕她们的骄傲，也为自己不珍惜曾经的拥有而悔恨。假如命运能让我重新活一回，我一定百倍珍惜，小心呵护，不让我的乳房受一点儿委屈。

人行路的另一边有几棵槐树，其中一棵朝北歪着，树干相对光滑，没有疤疤节节的，深得我的喜爱。每次，我都在这棵树前停下来，用患侧的手按着树干，蜗牛似的，一点儿一点儿地往上爬，一寸，又一寸……指头抖抖索索的，患侧的胳膊好像有千斤重。往日灵活的肩关节，而今也僵直地不听使唤。

日复一日地，我发现患侧的那只手能抬到嘴巴了，与鼻子平齐了，爬过眼睛了，到了头顶……汗水在额上涔涔地流着，每升高一寸，心里都是一阵欢喜。我得坚持，得锻炼，不能使自己成为废人。

记得J手术后的那些年里，每当我问及她的伤口时，她总是垂着眼帘说："好啥呀，胳膊老肿着，可难受了。"一边动动那只胳膊。J说手术后锻炼晚了，筋缩在了一起，没抻开；我得接受她的教训。

午后四五点钟的时候，太阳西斜了，火热的天气凉爽下来。树影投在一幢老楼下的水泥台阶上，那里便会出现几个老头老太。七八十岁了吧，也许，八九十岁？白发苍苍的，就那么干坐着，悠闲而又安静。眼睛似乎望着什么，又似乎什么也没有望。

以往看见这情景并不留意，现在看了，却怦然心动。一个人能活到古稀之年是何等不易呀！他们这一生也有过七灾八难吗？还是一直都很顺利？不管怎么说，都走过来了，有的已经快到终点。而我呢？我会被拦截在哪个年龄段？六十吗？还是七十？不知道。都

说五六十岁是个多灾多难的阶段,眼下看来,还真是这样。说不定哪一天,这个世界就没有我了,化作了烟,化作了雾,就像徐志摩诗中写的:轻轻的我走了,正如我轻轻的来。

2

那时我的心里虽然苦闷、压抑,却也没有到控制不了的程度。该割的已经割去了,即使再伤心,再难受,又有何用?比身体的残缺更令人焦灼的是等待病理报告。

我是7月23日手术的,术后十二天才出病理报告单,这期间我就只能等,等。术后伤口疼痛时还好说,住院时这种焦灼也比较淡漠,可是出了院就不一样了。出了院,啥事没有,一个人闷在屋子里,走在路上,心里想的几乎就只有这一件事——

我的肿瘤属于哪种类型?恶性程度高还是低?晚期显然不至于,那么,算得上早吗?接下来还要怎么治?会像很多患者那样,也化疗吗?还是根本就不涉及这道程序?

每逢一想到化疗心就揪紧了,我恐惧化疗,恐惧得厉害,就像老鼠怕灭鼠灵一般,怎么表达都不过分!那时的我还不完全了解眼下的化疗,只感觉那是一种要命的东西。它会把你本来已不强壮的身体完全毁掉,让你恶心、呕吐、腹泻或者大便干燥,让你的脸色苍白、毛发脱落,整天在痛苦中挨着,瘦得皮包骨,最后尝尽百般煎熬死去。

住院的时候,一次夜深人静,我就听到过患者嗷嗷的呕吐声。

我的恐惧是有来源的。

二十五年前,我父亲因结肠癌住进了医院。术后办理出院时,我问主治医生用不用化疗,他模棱两可地说:"化不化都行,太晚了。"

那时的我真是愚蠢透顶,以为治得越彻底就越能挽救父亲的生命,至少延长生存时间,因此恨不得把所有的医疗手段都用上。当我鼓起勇气对父亲说肠子里的肿块儿眼下虽然是炎症性的,却并非没有恶变的可能,所以还是化几个疗程好时,看得出,父亲有些担心,有些犹豫,到底还是听从了儿女的安排。

离家那天父亲显然不太情愿,他刮了胡子,穿好了衣服,走到大门口了还回头往院子里瞅了瞅。我们住进了本地区最好的医院,找了最权威的肿瘤医生,再一次住进了肿瘤科病房。

父亲的化疗是每周用五天药,休息两天。

第一个疗程结束时身体和精神状态都很好。他每天都在医院附近活动着,散步,做气功,还说以自己现在的状况,走到火车站都没有问题,须知医院离火车站有十多里路呢。

第二个疗程结束时也还可以,只是食欲不振,老说我做的菜没有味道,不好吃,脸色发黄了,精神也显得有些疲惫。

那时的我真是聪明得可以,我一方面鼓励他坚持下去;一方面给他增加营养,买牛奶,熬鸡汤,以为只要化完所有的疗程身体就会逐渐康复,起码能多活几年,我们甚至已经在心里为父亲筹划未来了。小弟说:"等化疗结束了就给父亲买几箱蜂子,让他在果树园子里养,免得待在屋里烦闷……"我怎么就没想到那些该死的药正残忍地吞噬着父亲的身体?!它们良莠不分、善恶不辨,在杀死

癌细胞的同时也将好细胞一起剿灭!

果然,第三个疗程开始时,父亲体力不支了,脸上也越发黄瘦。超声显示已经出现了肝转移,而且是多处,连身上的皮肤都发黄了。没多久父亲就卧床不起了,饮食艰难、浑身无力,每天不知要呕吐多少次,眼睛都懒得睁开了。

化疗药已经撤了,用的是营养药,可是已经回天乏术!

那是我有生以来最痛苦的日子,每天提着饭盒到医院去,想想躺在床上的父亲,心里便充满了绝望。我一次次看着蓝天白云想我的父亲再也见不到这温暖的阳光了,再也见不到了……夜里,就躺在床上悄悄流泪。

那时我还没有对化疗进行过反思,只以为是病情使然,这该死的疾病!后来这些年里,当肿瘤病人日益增多,治疗方法日渐发展,而我对癌症也有了一些了解的时候,我曾不止一次地想:假如父亲当年不做化疗,假如我们换一家更好的医院,假如化疗方案更科学更人性化一些,病人会不会活得比较长久?就算也活不了几个月了,起码不会遭那些苦、受那些罪吧?也许在死前痛苦一段,也许在衰弱中安然离世,甚至带着满足,带着微笑,知识分子是能够看穿生死的。

可是所有这一切都被该死的化疗打破了,留下的是永恒的四分五裂、支离破碎,以及无法弥补的悔恨。

二十四年后,姐姐也重复了化疗的罪。

也是父亲住过的那家医院,第一个疗程中,我去探望她,坐在旁边床的床沿上。一个老女人在地上溜达着,弯着脊梁骨,头皮光光。

转悠了一会儿,转身朝自己的床走去。

姐姐用眼神指着那人的背影小声儿说:"我的头发也那样,都掉了。"

我看着姐姐头上那顶雪白的帽子,心里很不是滋味。

我们姐弟中,姐姐的头发是最好的,乌黑浓密,略有卷曲,几乎看不见一点儿头皮。可是化疗药的力量更大呀,生生将它们的领土剥夺了,留给你的是一片不毛之地!

姐姐的病也是晚期发现的,结肠癌肝转移,手术的意义已经不大。医生说:"先化着试试吧,看有没有效。"于是就开始化疗,就开始恶心、呕吐,就开始拉肚子、贫血、脱发。第二个疗程中白血球竟然降到了零,把医生吓得够呛,赶紧组织人手抢救。

做完了第二个疗程照例回家养着,吃大骨头肉,喝大骨头汤,打针吃药,白血球却怎么也上不来了,直到再次住院也没有达到化疗要求。整个人软得很,又是春天,站在门口都能感冒。她很清醒,说:"出院吧,化疗救不了咱的命,别花钱找罪受了。你没看恶心的时候呢,连油腥味儿都闻不得;肚子疼的时候,往对面厕所跑都来不及。"

那一次我坐的也是她旁边这张床。我惊恐地看着对面贴近门口的那个女人,她半截身子趴在床上,半截悬空,两只手把着床沿,不时地朝地上的盆里呕吐一阵,嗓子里发出的声音像受了伤的野兽在痛苦地咆哮。我又盯住对面女卫生间敞开的门,心想往厕所跑都来不及是什么样呢?会拉在裤子里吗?还是弄到便池外面?果真这样可怎么好呢?

我扭头看了一眼身子底下的这张床,姐姐说:"人没了,肺癌,

昨晚上走的,化了五六个疗程呢,打的都是进口药,不管用。"

病房里的窗户都关着,屋子里很暖和,我却感觉后背发冷。

我勉强微笑着,看着姐姐头上的帽子和身上的棉衣。我已经没有当年的勇气了,到医院来的次数是有限的,心灵再也承受不了至亲骨肉在我面前形销命殒了!每次去医院探视,都做出一副淡定的样子,仿佛已经看破生死,心里却是万般沉重。有时已经快到病房门口了,又折转身,躲到楼梯口,定定神,仿佛胆小的士兵一般,重新鼓起勇气咬牙上阵。我明白自己在有意逃避,逃避亲情,逃避死亡。在死神面前,我是货真价实的胆小鬼!

姐姐的身体一天比一天小了,好像婴孩般,躺在床上,本来尖尖的下颏也越发消瘦了。只有那两只大大的眼睛,还是那么清澈,那么明亮有神,令人觉得不可思议。她看病的头一天还好好的,还在做家务活,在地里劳动。只是晚上洗了会儿衣服,夜里肋下痛,以为是洗衣板硌的,于是到了县里的中医院,这才发现已经病得很重了。

我心想假如她不知道自己有这个病,也不化疗,会不会活得更久些?假如采用别的治疗方案,比如中医药,生命能否再延长一点儿?就这还活了七个月呢,比医生的预言超出两三个月。

3

已经好久没跟 F 联系了。说假话,敷衍,或者索性关机,折磨他也折磨我自己。我知道长久下去不是个事儿,于是发了条短信,说:"肿瘤性质不好,手术做完了,已经出院,正等待病理结果呢。"让他不要担心也不要生气。

他好一会儿才小心翼翼地问:"可以通话吗?"

我马上回了一个字:"不。"

他叹口气说:"唉,怎么能不担心?生气也没法子。你这么长时间不来电话我就知道情况不好了。手术也不告诉我,也不让我陪着,我对你还有啥意义呀!如果不是腰疼我早就过去了。"

"怎么犯的?去没去医院?"我知道他有严重的腰脱。

"没事儿,已经能动了,女儿在冰箱里备了不少东西。你伤口还疼吗?是微创还是全切?身体恢复得好不好?"

我说:"不疼了,是全切,身体恢复得很快,我已经是个残疾人了。"

他说:"别这么说,真的,永远也别这么说。我知道你心里难过,我也是,这几天又开始失眠了。倒不是因为别的,就是怕你思想负担太重。你有头脑,有知识,怎么能是残疾人呢?别的先不说了,我只想去陪着你。告诉我具体位置,我让女儿送我过去。"

眼睛湿润了,心里有个声音在急切地说:"来吧,来吧,好想见你!我已经有些撑不住了……"指头却在默默地写:"即使全世界的人都陪我又怎样呵。你身体不好,别来了,来了也没有地方住。"

"那我就把你接回来。"

"我心里很乱,只想一个人静静地待着,谁也别打扰。"

他沉默了,好一会儿才发过来几个字:"钱够用吗?"

我说:"够。"

"有人给你做饭吗?"

"……有。"

"夜里休息得好不好?"

"挺好的。"

"我一天看不见你,就一天心里不安,你怎么这么折磨人呢?"

"别说了,我哪都不去谁都不见。再说还得拆线还得等病理报告呢,这里毕竟离医院近点儿!"我几乎发火了,点了个大大的惊叹号,怪他太琐碎、太啰唆,心里明白这火气发得是毫无道理。

他兴许感觉到了,回说:"记住,病理出来了就打个电话,不管什么时候需要我都会守在你身边的,你不是一个人。"

泪水在眼圈里转动着,我久久地看着这几行字,心痛到碎!

我像失忆一般每天都看几遍手机上的日期,尽管心里清楚,也要看,觉得时间过得太慢了,恨不得一下子就拿到病理报告单,就知道到底要不要化疗,就清楚能否逃过这道鬼门关去。

在医院里的时候,我就像精神病人似的,一次又一次地对G说:"我不想化疗,我身体差,挺不过去。"仿佛这样就能解脱了。

G说:"你先着什么急呀,病理不是还没出来吗?说不定不用化呢,带点药回去就是了。"

G的话给了我莫大的安慰,我焦灼不安的心也多少有些稳定了。假如真的不用化疗,那可是前世修来的福分。不仅免去了对身体的摧残,也说明病情轻,还可以多活些年,甚至兴许是原位癌呢。

/ 一个乳腺癌患者的手记 /

4

我是 8 月 5 日那天看见病理报告的,也就是手术后的第十三天。

那天正好是换药的日子,在医院的走廊里,我碰见了一个本地病人。

我说:"你不是出院了吗?"

她说:"是啊,可是医院通知我化疗。我真不想过来了,我女儿和他动员了半天。你不知道,我不怕手术怕化疗啊!"

我心想我和你一样呢,这时侄女的男朋友悄悄对我说:"姑,病理出来了,在大夫桌上呢。"

我赶紧到了医生办公室,赶紧拿起那张报告单,赶紧看上面的文字。只见病理报告单上写着:

肉眼所见:

左乳改良根治,大小 15×16×2.5cm,附梭型皮肤 10×4cm,乳头无内陷、糜烂、结痂,皮肤表面无橘皮征、陈旧瘢痕、新鲜切口。书页状切开乳腺,于外上象限见一肿物,大小 1×1×0.8cm,切面灰白灰黄色,质硬、界清,距胸肌筋膜 2cm,距皮肤最近 0.8cm。周围乳腺灰黄质软。腋窝脂肪中找到淋巴结数枚,直径 0.2~1.2cm。

病理诊断:

(左乳改良根治标本)

左乳浸润性癌,非特殊型 Ⅱ 级,未见明确脉管瘤栓;乳头、皮肤及胸肌筋膜未见癌。周围乳腺未见异常。

淋巴结未见转移癌(0/17),另见少许横纹肌组织。

分期：pT1N0

免疫组化：CK5 & 6(-)，E-cadherin(3+)，EGFR(-)，ER(80%强+),PR(弱+<2%)，HER2(2+需加做FISH检查)，P53(1+)，TOP2A(1+)，Ki-67(约30%)。

我感觉有的还好，比如乳头、皮肤及胸肌筋膜未见癌，周围乳腺未见异常，淋巴结未见转移癌，以及分期为Ⅰ期，等等；有的就不怎么样了，比如乳腺浸润性癌；还有的我根本就看不懂，比如什么是非特殊型？什么叫脉管瘤栓？横纹肌组织又是怎么回事？都不明白；至于免疫组化那堆字母和数字，就更是一窍不通了。

那会儿我心里特别紧张，感觉情况不如想象的好，心里很有些失落，有些难受。

我问G："要化疗吗？"

他没吭气儿。

我说："要吗？"

他低头说："还得做一项检查看看。"

十、FISH，FISH

1

我知道 G 所说的检查就是免疫组化中提到的那个 FISH 了，心里不禁又燃起了希望。以我当时的理解，如果 FISH 检测结果是阴性，就不用化了，而阴性者据说占 70% 呢。

手术后的第二天我曾调进一个双人间，另一个病人就在等待 FISH 检测的结果。我亲耳听见总院一个医生对她女儿说："FISH 的结果出来后，要是没啥问题，就回去吧。挺大岁数了，受那个罪干啥。"那位医生指的就是化疗。

后来我才知道我当时的理解不完全对。FISH 的检测结果如何只涉及用药，如果是阳性，就可以用靶向治疗药物了，比如赫赛汀；而患者化疗与否并不单纯取决于 FISH 的检测结果。

那时的我似是而非的理解太多了。医学真是一片浩瀚的海洋，即使只是肿瘤学，只是乳腺癌，也深不可测，由此也越发增加了我对医学和医生的敬仰。我不是肿瘤研究者，关注的只是自己的性命。我一心想知道我的病情到底有多少转移和复发的危险，一心想把心头的每一种疑惑都消除掉，一心想将每一道没有答案的难题都探讨出个所以然来。

在侄女家的小屋里,我又开始了新一轮的等待。

其实,自从发现肿瘤以来我就是在等待中度过的:一开始是等待肿瘤的性质,接着是等待穿刺的结果,然后是等待病理报告,现在又等待 FISH 了。FISH 的检查结果会怎样呢?我不知道,只知道每一次等待都是失望、失望,我好像陷入等待与失望的循环之中了!

好在这将是最后一次。

2

我不顾伤口还没有恢复好,每天除了短暂的散步,大部分时间都扑到电脑前,或者钻进手头仅有的两本谈乳腺癌的书里,逐项搜索着病理报告单上的术语,琢磨着每项结果的含义,了解着乳腺癌这种病。

我对自己病情的思考是:

选择改良根治术还是正确的,起码对于我是这样。尽管有人说全乳房切除是西方发达国家十几年前的主流术式了,近年来已经为保乳手术所取代;尽管有人说保乳术与全乳切除术相比五年生存期不受影响;尽管如今人们已经认识到乳腺癌是一种全身性疾病,言外之意就是乳房切得再干净也没有用;尽管根治术会使患者生理残缺,形体改变,有时甚至产生患侧上肢功能的障碍,对患者的生活质量造成影响;尽管我的肿瘤规格较小,完全符合保乳手术范围,而根治术则会使我永久性地失去一侧乳房。可是,假如重新来过,我还会选择改良根治术。

我的理由是：病理报告显示我的肿物距胸肌筋膜只有 2 厘米，距皮肤最近 0.8 厘米。那么，安知这可恶的家伙在生长过程中没有在附近撒落癌细胞？兔子不吃窝边草，可肿瘤不是兔子啊，不讲仁慈，选中的或许正是身边这块地儿呢，有的癌细胞已经安营扎寨了也说不定。

而且全切也省去了术后放疗的麻烦。为了防止局部复发，做保乳术的患者术后都得接受常规放疗，以便杀死局部残留的癌细胞。这也就是说，保乳术导致局部癌细胞残留的可能性还是有的。可是放疗真的能将残留者全部剿灭吗？未必，我亲眼看见有的患者就属于局部复发；就连有的书上也说保乳后局部复发的机会要大于全乳房切除呢。

最主要是我的个性心理。我生性敏感、怯懦，不是那种大大咧咧不管不顾的人。假如做的是保乳术，我会天天担心肿瘤会不会在病乳中再一次钻出来，有一点儿风吹草动就失魂落魄，那种滋味可不好受。

"乳腺浸润性癌，非特殊型Ⅱ级"可不算好。虽然非特殊型浸润癌最为常见，甚至达到了总体的百分之七八十左右，可是预后相对较差。它的魔爪已经悄悄突破了基底膜向周围组织伸展，不如非浸润性癌，也不如非浸润性特殊型癌，况且还有一个Ⅱ级跟着呢。Ⅱ级应属细胞恶性程度的中间状态，既不像Ⅲ级那么差，也不如Ⅰ级那么好，而恶性程度的高低对于日后生存显然是很关键的。在医生办公室时我一眼就扫见了"乳腺浸润性癌非特殊型Ⅱ级"这几个字，它好像迎面打来的一巴掌，让我心里发沉，我甚至在那一瞬间诅咒

这该死的命运!

"未见明确脉管瘤栓"是什么意思呢?应该是好事吧,医学常识的缺乏实在令人太别扭了。后来我从李金锋的《如何应对乳腺癌》一书中找到了答案:"乳腺组织内有多条血管和淋巴管,并相互连成网络,它们就像高速公路一样为乳腺细胞提供营养并运走废物。如果在乳腺癌组织及其周围的血管和/或淋巴管中发现成团的癌细胞,肿瘤发生复发转移的机会就增加。病例报告中常常写成可见或未见脉管癌栓。"

李金锋博士的语言功夫很深,表达准确、凝练,因此也就使我对报告单上的这句话感觉不托底。"未见明确脉管瘤栓"可不是未见,而是未明确见,如此说来,是否还有存在的可能呢?

"另见少许横纹肌组织"含义何在?也不知晓。什么是横纹肌组织呢?只见少许,是好还是坏?还是根本就不说明问题?

分期是好的,Ⅰ期,还早,说明预后尚好。不是中期,也不像晚期那么令人绝望,普通人不就是以早晚来判断危险程度的吗?可是它能够与其他危险因素抗衡吗?在整体存活因素中,分期所占的比重到底有多大?

至于免疫组化的内容,我几乎一项都不明白了,只查到了 ER 是雌激素受体,PR 是孕激素受体,HER-2 是细胞内的一种特殊蛋白质,Ki-67 是细胞增殖指数,P53 是一种抑癌基因,等等。

我看得稀里糊涂,查得不清不楚。一开始心里还挺轻松的,心想不就是个指甲盖大小的瘤子吗?淋巴又没有转移,切得又这么彻底,应该不会有事的。可是越看越害怕,越看越不托底,越看心里越沉重了。想来想去，觉得除了分期早，再也没有其他优势了，可是分期早的病人也不是没有复发转移的啊！

3

已知的都摆在那了，未知的是 FISH 的检测结果。专家们说，FISH 是指荧光原位杂交，是 fluorescence in situ hybridization 的缩写，也就是一种病理诊断技术，用于检测乳腺癌组织中的 HER-2 基因是否过表达；而在日常生活语境中，FISH 却被翻译成鱼，鱼肉；捕鱼，钓鱼，总归是与鱼相关的东西。

病理检测技术与鱼有什么关联呢？不属于遗传也不是变异，连远亲也攀不上，可谓风马牛不相及。可是它们却用同一个词语表达了，缩写后完全相同的词语！

我喜欢看鱼和鸟，喜欢看它们一个在天上飞、一个在水里游的样子，喜欢那种自由自在。我们从小就学会了说鸟在天上飞，鱼在水里游，取的是否就是那种自由自在呢？也许人类最初对自由的感觉就是从鸟和鱼身上获得的吧！

疾病太折磨人了，我想回到从前那种日子里去，自由自在地走在街上。想随心所欲地读书、生活、写作……那种自由感不是言语可以形容的。

我渴望自由，也许受了太多束缚的缘故，我从年轻时候起便将自由看得高于一切。记得有人问过我：假如世上只能选择一种东西，你选择什么？

我说自由。

在我的观念里,假如没有自由,生命也就失去了存在的意义。

我想做一条鱼、一只鸟、一缕风。

有一次我和F讨论来世。他说:"哪有什么来世啊,是人们为了满足永生的心理虚构的,不能当真。"

我说:"假如有呢?假如有,我是不想做人了,我想做一只鸟;不,一片云;不不,做风。云彩也是有形体的,可是风就来无影去无踪了,不受任何条件限制,多好。"

他说:"你的思想挺虚幻的,世界上哪有不受条件左右的东西啊。就说风吧,不也是在力的作用下吗?"

我不管。我又不是做科学考察呢,哪里要那么确凿?我就是想自由自在、无拘无束,就是想做风!

可是眼下的我却被FISH困住了,或者说该死的HER-2,或者说乳腺癌!我被困在了这充满雾霾的都市里,困在了难以见到阳光的街道上,困在了这空间逼仄的小屋中。

路上的公交车总是吸引着我的视线。记不清有多少次了,我琢磨着路边站牌上的标示,知道有两路车可以坐。然后呢?只要转两次或者三次车,就能到F住的小区了,到我们温暖的家。两路车的间隔时间都很短,好几次,眼看着它们快到站点了,双脚便不由自主地走过去,眼睛盯着打开的车门,手也握住了一枚硬币。眼看最后一个人也上完了,却狠狠心,转身离去,包裹着我的是自己的丝结成的茧!

或许是乳房对于女性的特殊意义吧,乳腺癌术后的病人几乎都会产生一些心理障碍。尤其我，似乎更甚，多年的遭遇让我的心里有一种特殊的固守和防范。挫败感每天都在我的体内蔓延着，那么浓，那么重；近乎病态的自尊和虚荣也接踵而至。我总觉得自己已经成了另一个人——一个体态丑陋残缺不全的绝症患者，甚至可能不久于人世……

我的坚持不见终于把F惹生气了，他说："你怎么就这么固执呢？嗯？怎么不替我想想？怎么就不能理解我一下？你来了这么多天了，一面都不见，你知不知道我心里有多难受？你说那边方便些，也可以，我只是想看看你还不行吗？你是不是想让我一个胡同一个胡同地找？"

我任他在电话的另一端发泄着，只是不吭气儿——我已经不是原来的我了。我怕与他相见，怕他出现在我面前，怕深情的凝视……那一刻我会控制不住情感的宣泄的！我会悲伤，会崩溃……而且过度的感情冲击会不会导致肿瘤东山再起？

心里有些酸楚，也有些难受。短促的铃声传来，手机没电了，自动关机；电脑也被我关上了。

死人一般地躺在床上，眼睛茫然地盯着屋顶，尚未愈合好的伤口也隐隐地痛。

我对生活的要求极其简单，只希望宁静、安稳、恬淡，上苍为何偏将痛苦和混乱强加于我？曾几何时，还有人羡慕我的身体，说我没病，怎么眨眼间就成了癌症病人呢？

床体太软了，身子在往下陷，我轻轻地合上双眼，感觉安泰俄斯那力大无比的双手正卡住我的胳膊，把我放进阴冷潮湿的地狱底层。

不知第几次了，我在心里祷告着，祈望FISH的结果是阴性，我的病会好，而且千万不要化疗，不要再一次折磨我，让我在人世间多活几年。

4

8月12号是最后一次换药的日子，按规定，FISH的检测结果也应该出来了。

我和侄女的男朋友早晨8点多便赶到了医院乳外科。

我原以为FISH的检测结果也像病理报告一样送到这边呢，G说不是，得去总院取；侄女的男朋友就开车去总院了。临走前我告诉他取回后先给我看看。我不清楚自己为什么这么做，只感觉越早知晓越好，哪怕是一分一秒呢。

不知为什么，那一刻，我心里特别不安，仿佛塞着团草似的，总觉得结果可能有问题，不会那么顺；我的第六感官灵验极了。

从医院到总院有四十几分钟的车程，这四十几分钟，等于四十几个小时，四十几天，四十几年……我的心被折磨得好惨好惨！

我独自坐在走廊拐角处的连椅上，心里乱极了，低着头，咬着嘴唇，一会儿起身看看走廊的另一头，一会儿又起身看看，看侄女的男朋友回来没有。明知去总院不可能这么快，可就是按捺不住。我真怕检测结果出来了，单子上写着：阳性，或者是一个加号，那样一来我就被打进地狱了！

那时的我仍然以为这项检测结果决定着我是否化疗呢，如果是阳性，就得化；而阴性便就此结束，我就可以带药回家了。其实阴性的意义何止是回家啊，好处多着呢，说明我的病不重，不用遭化疗这份罪。不化疗我的头发就不会掉，我的身体就不受摧残，我的可怜的自尊心也就得到了保护，因为我在别人眼中还是个正常人。

走廊里有患者经过，去卫生间，戴着帽套，我知道那里边是什么。

一个中年女人在我的身边坐下了，头发很好。我住院期间见过的，是位母亲，她女儿得了乳腺癌，正化疗呢。

我说："化到第几个疗程了？"

她说："第三个。"

我说："感觉怎样？还好吗？"

她说："好啥呀，可难受了，这不，刚才还吐呢，到这会儿啥也没吃。"

她心疼的样子让我不忍心再问下去。这工夫，侄女的男朋友回来了，满头大汗的，伸手把报告单递给我，一边说："我看没啥事。"

我刚扫了一眼就觉得不对了。什么肿瘤异质性啊 HER-2 信号分布情况的我看不明白，可是后边的结论却分明写着：HER-2 基因状态不确定。不确定是什么含义呢？我不清楚，但肯定不是阴性，也不是阳性，我的病情可能又出麻烦了。我走进医生办公室把单子交给 G，他想想说："你们先回去吧，等我电话。"

穿过通往侄女家的那条胡同时我两腿发沉，沉得几乎拽不动脚步了。直觉告诉我希望可能又落空了，那么些天的等待，那么虔诚地默祷，那么强烈的渴望，都落空了，仿佛落进虎口的包子一般，只闪了那么一下子，便影都不见！

我隐隐地感觉有一只隐形魔爪在捉弄我,它每次都给我以希望,劝我平静,让我耐心等待、等待,然后又把希望一掌打碎!我在就医的路上走了多长时间了?从初诊到穿刺到手术到病理到FISH检测,每一步都是等待,都是焦灼,都是失望乃至绝望,心已经太累太累了!

也许这只魔爪是我自己种植的,是心魔?也就是说,是我让我自己抱了太多的希望,产生了太多的焦虑,生发了太多的怯懦,也存有着太多的思考?有道是心生则种种法生,心灭则种种法灭,可是这心魔怎么消除呢?

我不想再这样焦灼下去了,爱怎样怎样吧,随它去!反正太阳每天都从东边升起从西边落下!顺其自然好了,就像受尽了漂泊之苦的鲁滨孙,将一切都视为造物主的智慧。

侄女是做餐饮的,下班很晚。每天回来的时候,我已经睡了。

我在开门的动静中醒来,迷迷糊糊地问一句:"G有电话吗?"

侄女说:"没有。"

我回一声"哦",又沉沉睡去。

接下来的一天还是这样。我在开门的动静中醒来,问一句:"G有电话吗?"

侄女说:"没有。"

于是我又沉沉睡去。

手术后第二十七天,也就是FISH检测结果出来第七天的时候,我们接到了G的通知。G说:"几个专家都说了,以我的病情,还是应该化化,化化好。"

当侄女在电话中把这个消息告诉我的时候,我正喝水。水杯在手中颤抖了一下,我心里发沉,一时竟不知怎么好了。一切似乎都在预料之中,又似乎完全在意料之外。心想挣扎了这么久,还是没躲过去,难怪佛家说:在劫难逃啊!

十一、发明镜子的人是最冷血的

1

在等待的这段日子里,洗澡是个最大的难题。淋浴不敢用,怕伤口感染。虽然G说过了,可以淋浴,可以将纱布扯去,我还是不敢,总觉得手术过的地方还没长好,而事实可能也是这样。

因为,每逢弯腰,每逢上半截身体下探的时候,我都觉得受过伤的那一片隐隐作痛,好像皮肤和里面的组织没黏合好似的。而随着时间的延长,那种感觉已经越来越轻乃至没有了。

每隔一两天,我就用冷水和开水兑成一大盆温水,弄湿一条毛巾,从上往下,一点点地擦洗着身子。

左胸前的纱布裸露着,像战争片里的伤病员。

我固执地保留着它,遮挡着所有人的眼睛,遮挡着我悲哀的视线,遮挡着我身体的丑陋,给我一种虚幻的精神慰藉感。

我恍惚觉得那里只是受伤了,只是拉了一道口子,暂时还没长起来而已。等时间一到,一切都会重新出现,就好像以前割破过手指一样,一切都会好起来的。

对面墙上就是一面镜子,我极力控制着,眼睛从不往那边看。每一次,我都是侧对或者背对着它。我是个懦夫,没有直面自己影像的勇气。

入院的前一天晚上我又烧了一大盆温水,然后,关好门窗,拉好窗帘,准备好好清洗一下身体。天气太热了,尽管每天都在擦拭,还是觉得皮肤不爽,甚至有一股汗津津的味儿。

明天,我就要再次入院了,如同手术时一样,走过我生命中的另一时段。这段旅途中的我会怎样呢?出师未捷身先死?还是勉为其难?抑或挣扎着走到终点?我不知晓,只知道这是我人生中前所未有的一段,心里是一百个忐忑,一千个不安,一万个不情愿!

我要像圣徒洗礼般地纪念它,不带走我过去的丝毫痕迹,给它一个全新的开始。在我心里,即使能熬过去,也得脱胎换骨,也是另外一个人了。

我把衣服一件件地脱下来:裙子、短袖衫、背心、袜子,只剩下始祖用来遮羞的那片树叶。

心里犹豫着,看看墙上的钟,感觉时间还早,侄女他们回不来。于是,又脱掉了丝光裤头。

此刻的我成了上帝创世时的模样了:赤身裸体的,没有衣服,没有裤子,没有一片树叶的遮挡,甚至多少还带点儿土腥味儿。

我像怀斯的油画《恋人》中那个女人一样在镜子前站了一会儿(是的,太像了!一样的夜晚景色,一样的明暗相间。只不过她是坐着的,有两个乳房,身前没有镜子),然后,用右手的指头掀开伤口处的胶条,第一次,一点一点地,将纱布揭了下来。

在这之前我已经感觉到伤口的形状了,不是那种弯刀形的、蜷曲的,而是一条直线。这一点,给了我不少勇气和欣慰。感谢E的

手法,感激医学,感恩上帝,没让我身上趴着一条蛇!

其实病理报告中已经写明了,是书页状切开。

书页状,多好听的名字啊,那么安静、文雅,一定是乳腺癌手术最漂亮的形状吧!我甚至已经闻到了一股淡淡的书香,清幽的,若有若无的,仿佛檀香般,在胸前缭绕着,符合我的审美情趣。

刀口露出来了,果然,是横着的一条,大约有十几厘米吧,小指头般粗细的,带着针脚的痕迹,褐色。

一瞬间,我的心急剧地跳了几下,血一股劲地往头上涌,脸也涨红了。

尽管我早已接受了失去乳房的事实,也不止一次地隔着衣服抚摩那扁平的区域。可是,事到临头,还是有些承受不了!

我左侧的乳房呢?那跟随了我几十年的乳房?!它不是一直老老实实地待在这儿的吗?怎么忽然间就不见了?!声音好像要从喉咙里蹦出来了,那么焦灼、苦痛,而且明显带着哭声!

没有人回答我,小屋里静悄悄的,只有我的心,在呐喊,在颤动,鲜血淋漓瞬间破碎!

泪水慢慢地从眼睛里流出来,流过脸颊、脖子,滚到横着伤口的胸脯上。自从手术以来,我还是第一次哭呢,冷酷的生存环境磨炼了我的意志,我生活的空间里已经没有人相信眼泪了。

我曾经有过健康而活泼的少年时代,身体发育也比较好。当多数同龄女孩子的胸前还是一片平地的时候,我的已经鼓起两个小包了。

我能感觉到生理的变化,感觉到女孩子们惊奇的目光,也能感觉到男孩子们的迷惑和觊觎。

后来，做婚前体检的时候，那个女医生坐在我对面的椅子上，一边看我系衣服扣子一边说："嗯，你的乳房很好。"

女医生和我一样，也是外地人，也是大学毕业后从一个城市来到另一个城市的，所不同的是有着比我还要瘦小的形体。虽然那会儿她是坐着的，不过即使站起来，估计也没有起伏的曲线。

乳房很好是什么意思呢？是指乳房很健康？还是很美？可是那个年代的女人不讲究美哦。那个年代的人比较朴实，尤其是受过传统到近乎封建的家庭影响的我。

在我全部的生理知识中，乳房除了标志性别，就是哺乳用的，哺育下一代，可是我的乳房没有发挥过它的哺乳功能。我之所以不要孩子不是像时下人那样，为了潇洒、浪漫，而是出于一种世俗难以理解的责任感，或者说忧虑，当然了，也可以说——爱。

爱孩子是女人的天性，包括已出生的，未出生的，甚至没有踪影的。这种爱其实在你有了婚姻之后、在你准备孕育他的时候就萌发了，而不是在他以实体的形态存在之后。

然而，当你意识到你们双方的缺陷，当你对未来没有把握，当你自己都对婚姻充满了失望时，你又有什么理由把孩子拖到世上受罪呢？一个纯真无辜的孩子？

失败，异类，选择了羊肠小路的悲观者！可是我毕竟是女人啊，我需要乳房，少了一只乳房的女人算什么女人呢？！

造物主创造人类时一定是经过深思熟虑的，所以人的诸多器官都呈对称形态，比如两只眼睛、两个耳朵、两只胳膊、两条腿，就连乳房也是两个。由此，诗人们歌颂造物主的伟大，歌颂人体的平

衡美。

我泪眼模糊地看着镜子里的女人——不,那不是女人,是一个怪物!她胸前一侧耸立着乳峰,另一侧却平坦坦的,仿佛一张紧闭着的嘴,没有唇齿、颚骨扁平,就连那条唇线也不好看……

记得动物世界中有很多奇特的怪物,比如罕见的双头蛇,长绒毛的猪,头部连在一起的暹罗羔羊……那么这个一只乳房的怪物是什么呢?是传说中的独角马吗?还是只有乳区而没有乳房的鸭嘴兽?

发明镜子的人是最冷血的,他不给你丝毫的遮掩,让你清清楚楚地看见你的残缺和丑陋,然后再把你钉在冰冷的十字架上,挣扎,受苦,令你此生解脱不得!

我把镜子翻过去,把洗澡巾沾湿了,轻轻地搓着身子。然后,用清水洗净,用毛巾擦干。

一切都做完的时候,我重拾起那片纱布,仿照原来的样子,小心翼翼地把伤口遮住了。虚假有时就是比真实美。遮着吧,就这么遮着吧,一生一世遮掩下去,永远、永远……

2

那时的我尚没有意识到我对乳房的认识还只是局限在普通的范围内。

大约出院半年以后吧,我做了一个梦——

我梦见我正坐在换药室的椅子上,胸前缠得厚厚的纱布被一层又一层地解开了,里边光秃秃的,露出一条如眼睑般闭得紧紧的缝儿。令人惊讶的是那条缝儿竟然是我的眼睛！没有睫毛，没有眼球，甚至没有正常的凸起，只有一条缝儿！

我那蚕豆般挺立的乳头呢？那褐色的乳晕呢？还有柔软的乳房，都哪儿去了？

我用已经成了一条缝儿的眼睛焦急地寻找着，可是无论怎么努力也睁不开了，好像被眵目糊粘住了似的，只恍惚看见前面有一小团绿蒙蒙的光……

我不知对身边的什么人说："我看不见了，一点儿也看不见了……"泪水一下子涌了出来——

几乎一整天，心情都特别坏。我挑钟点工的毛病；怪羽绒服做得太厚，穿在身上沉；新买的白钢炒勺质量也太差；接了一个打错的电话，竟然恶狠狠地说请你往后注意点……

我心想一个普通的梦怎么使我变成这样子了呢？尴尬、错乱、低落、凄迷，言行几乎完全逸出了理性之外？

那个夜晚，我照例久久地不能入睡，失眠已经是我的常态了。当我在枕头上对着屋顶的一片光斑琢磨我的梦时，心里忽然明白了：我失去的不仅仅是一只乳房，而是一个连通外界的器官。我们身上的每个器官都是通往外面世界的一扇门，以便被称为生命的东西能自由地出入。现在，我身上的一扇门关闭了，那么，生命中的一部分也就随之枯了、死了。

这一次，我没有哭，只是感觉心痛、心痛，或许冥冥中的神在通过梦启发我对死做新的思考吧！原来死亡并不仅仅是停止心跳的那一刻，而是有个凌迟的过程。当你的某个器官丧失了功能后，你

就已经在走向死了,或者说局部死,只是没到彻底的地步。

假如每个患者都意识到这一点,我想,即使再坚强的人,也难以承受。

十二、走进化疗

1

这天晚上侄女回来得比较早。我叫着侄女的名字说:"我想过了,明天早晨我们先不去肿瘤医院了,去广安门,找中医开几服药。"

我的想法是有道理的。化疗对人体的伤害世所公认,我的体质又不好,是典型的亚健康状态。假如一边化疗一边吃中药调理,会不会好一些呢?假如能借此减轻一些副作用,比如呕吐之类,就更好了,我最怕化疗时呕吐了。

第二天早7点,我们赶到了广安门中医院。一楼大厅里已经没有多少人了,侄女到挂号窗口一问,回答说林洪生、卢雯平的号都已经挂满。

我一听心里就着急了。两位专家是我从网上精心搜索出来的。和手术前锁定外科专家一样,反复读专家们的简历,看患者的反馈意见,和我的病情做对比,最后才确定了这两个人。而且,为稳妥起见,又征求了F的意见。

F说:"可以挂这两个人的号,哪个都行,后者好像更合适一些,中医治疗肿瘤北京就数广安门最有名了。只是名家的号不好挂,万一没号了,就请她加一下,中医的修养是很好的。"

我心想事已至此也只能去碰碰运气了。侄女说:"能加上吗?"还在那里咨询保安。保安说:"你6点多来还差不离,这个时候,没戏了,明天早点儿过来吧。"

我心想明天我已经在肿瘤医院了,别说明天了,午后就得过去。化疗早些为好,一般不超过一个月,我已经是术后第二十八天了;再说G还在那边等着呢。

我们急三火四地来到了9楼卢雯平的诊室门口,走廊里已经坐了一排人,还有不少人站着,熙熙攘攘的,都是病人和家属,有的已经挂着了号。我看着挤在门口的那些人,心想得有多少人想加号啊?心里没底,就在人少的地方转悠着,等候卢医生的到来。

快8点的时候,卢医生来了。和网上的照片一样,气质超好,洒脱而沉静,门口的人立刻把她团团围住了。她显然每天都得经历这种场面,不慌不忙的,一边走一边和患者或者家属们说话。

我向来不喜欢人多的场合,那时却不知哪来的勇气,跟在卢医生的身后就进了诊室。我说:"今天午后我就得去肿瘤医院化疗了,昨天才得到通知,想在化疗前看看中医,请您无论如何给我加个号。"

我心想她会不会以为我在编造理由呢?这想法一出现,心里即刻有些难堪。想不到她痛痛快快就答应了,对一旁的助手说:"给她加个号。"

紧张的心情立时轻松下来,心里的感激简直无法形容!医者仁心,这些中医名家更是平和而谦逊。他们的修养是由民族传统文化陶冶的,更何况,卢医生还受过西方文明的浸润呢。

轮到我的时候已经是中午12点多了,四十多个病人,一个一个地诊断、开方子,还得叮嘱一些必要的话,回答一些患者的提问,工作量之大可想而知。看得出,她有些累了,拄着桌子的胳膊透出疲倦,可是有什么法子呢!

我说:"我很担心化疗,不知道身体受得住受不住;更怕恶心呕吐什么的。请您帮我把这一关过了,不管怎样坚持下来。"

她一边看着助手事先写好的病历本一边诊脉,又看了舌头,然后说:"没多大问题。"

只这一句话,我心里就有了底。

2

车子载着我们像奔赴一场盛宴似的朝肿瘤医院驶去,到科里时已经过了午后上班时间了。测血压,量身高、体重,登记住院信息,带着自己的东西走进病房。一切都和术前入院时一样,几乎没有丝毫差异,所不同的是我心里已经没有那么多混乱、幻想和期望了。

接着便是化疗前检查,抽血、留便、彩超、CT、骨扫描。有的要到总院那边做,更多的则是在病区这边。

检查安排得很紧,一项接着一项。除了抽血、留便,其他每一项都得等待,都得耗费不少时间,令人有喘不过气儿来之感,心里也多少有些郁闷。

在连椅上静静地等待的时候,有两次,我竟莫名其妙地想起了怀斯的《1946年的冬天》那幅画。男孩子的身影在我的眼前闪动着,一次、又一次……仓皇的眼神直视着我。我心想我们俩多么相像啊,

都是茫然失措，疲于奔命，漫无目的，不知结局怎样。这种日子何时是头呢！

我以前从未有做增强CT、骨扫描一类检查的体验，躺在硕大的仪器下，身体缓缓移动，就好像躺在时间的列车上。车身呼啸而过，瞬间冲进隧道，任凭一只无形的手，把你推向时间深处，推向不可知的远方……

是的，列车—隧道！隧道—列车！为什么人在迷茫的时候，总会想到列车和隧道呢？

记得在父亲死后的一段时间里，我一度执迷于生命在弥留之际的秘密。我写过一篇悼念父亲的散文，文中写道："……他进入了一条暗得几乎伸手不见五指的长长的隧道，借着不知哪里发出的一线微光，缓慢前行，听到了一阵由弱转强的音乐……"

而我的作家朋友杨明在《浮生一瞥》中也曾这样写："人乘坐在时间的列车上，列车风驰电掣，交错而过；人惶惶四顾，惊魂未定。""声音穿透声音，人生如白驹过隙！说时迟那时快啊……大背景中的漆黑混沌一片"。

在时空的流转中，生命是多么短暂而渺小啊，人又是怎样的卑微无助！你不知救世主在哪里，你该怎么办，面对的只是内心的空虚与杂乱。

负责给我化疗的是女医生K，她有一个很好听的名字，人也和名字一样，年轻而秀丽、爽快而活泼。入院的当天晚上K就找我谈话了，详细介绍了我的化疗方案，而且逐条讲解了可能出现的副作用，以及一些缓解的办法，等等。

我坐在K的旁边认真地听着,心里有些茫然、迷乱,也有些恐惧。我没有心思关注所谓的效果了,只关心可能出现的问题,紧张的程度不亚于手术前与G的那次谈话……最后她交给我一张化疗知情书,说:"如果没有意见的话,就可以签字了。"

我看着那满满的一页纸,心里只是担心,只是害怕,迟迟没有提笔,不敢把已经风雨飘摇的身体交付出去。我知道只要不签字就不会化疗的,就说:"让我再好好看看吧。"

其实我能看出什么来呢?在已经没有多少选择的情况下?就像任何一例手术前签字似的,知情书会写着各种可能存在的风险、意外,甚至死亡,你怎么办?你能就此退回来吗?我知道有些人能,但我不行,软弱使我不习惯说不,我常常被已经认可的规则牵着鼻子走。

一连两个晚上,我的确三番五次地看了那张知情同意书,眼睛老是在那几行字上转悠着:

化疗药物在杀死肿瘤细胞的同时对人体某些生长代谢旺盛的正常组织细胞(如骨髓、消化道上皮细胞等)也有一定毒性。化疗的毒副作用主要表现为恶心呕吐、腹泻、血象降低、脱发、口腔炎、静脉炎等,某些药物还可对人体的心、肺、肝肾功能以及神经系统造成不同程度的损害。另外有些化疗药物局部刺激性较强,外渗或外漏后可造成局部组织损伤,严重者可引起组织坏死。

那时我不了解化疗的反应是因人而异的,以为所有的患者都可能出现这些情况呢,心里只是害怕、害怕,仿佛在给生命预约死期;

其实个体生命之间的差异非常大。即使是同样的方案,反应也有轻重。是我错把想象当成了事实,把个体当成了整体,把他人的经历当成了自我经历。

每次回想起来,我都觉得这是我在此次化疗包括整个治疗过程中最大的收获,纠正了我不少观点和习惯,乃至可以终生受用。可是那时我不知道啊!那时,我只是拖延着,不敢签字,而且用国产药还是进口药也令人纠结。

我实在拿不准主意了,就去找另一间病房的一位老乡。她已经化疗三个周期了,全用的进口药。我说:"国产的和进口的到底有什么区别啊?"她说:"当然有了,外国人和中国人能一样吗?你看我的指甲、趾甲,一个也没变。"

我看看她的指甲、趾甲,果然不一样。虽然略显苍白,却没有些患者的紫黑色;可是与她同病房的另一位患者说话了:"行了啊,别在那吹了,我也是进口药,还不是照样吐?头发也掉了不少了。"

入院后第三天早晨是我签字的最后期限。我知道拖不过去了,只好去问 G,我欣赏他的严谨和理性。

G 说:"没有必要用进口药啊,方案都定了,病情又不重,花那钱干啥?"几句话就把我说服了。

我心想已经没有时间犹豫了,就按他说的做吧,反正也拿不准主意了,心里很清楚是缘于信任。信任是一件难得的事,它使你心无杂念,安稳笃定,尤其是在医患之间。假如没有这种信任感,以我当时的状态真不知纠结到什么时候呢!

我终于在化疗知情书上签了字。后来,当我从曾任浙江省肿瘤医院院长的肿瘤专家吕桂泉那本《癌症不可怕——30年肿瘤诊治手记》中看到他对用国产药还是进口药的观点时,感觉我的选择是对的。尽管他也认为对于术后只做几次辅助化疗就能完成治疗方案,而且进口药又对症的,那么在患者经济条件允许的情况下可以用进口药;可是又说癌症用药最好采用循序渐进的方法。高档药也有耐药性,如果一上来就用了,很可能给后续治疗造成麻烦。

也许我的理解不完全对,比如后续治疗到底指什么呢?也许我过于悲观了,化疗才开始就想到了以后的复发或转移;可是小心总是没大差的。乳腺癌是不能治愈的,转移或复发的风险随时都在,我不知道我的缓解期有多长。如此一来,也就不能不做一些准备。

3

我一共化了四个疗程,每个疗程二十一天,住院五天,每次住院后的第三天才用化疗药。

第一次用化疗药时我表面坦然,心里却紧张得很。保姆中午才能到,一切都得自己应付着。输液前我就把拖鞋和脸盆在床边摆好了,心想如果来不及去卫生间,就往盆里吐吧,可不能弄到床单和地面上——我以为反应都发生在用药的时候呢。

在广安门医院候诊时侄女曾碰见一个熟人。那人患宫颈癌,已经化疗完了,正在用中药巩固。她反复强调说:"化疗的时候有啥反应一定得说出来,一定得告诉医生,他们会及时采取措施的,否则晚了可就不好治了。像我,可能就得终身残疾。"一边指指自己

的右耳。

我已经发觉她与别人说话的时候总喜欢侧着头,还以为是习惯动作呢,想不到是化疗把她一侧的听力夺去了。我说:"你当时什么感觉呀?"她说:"就是两眉之间有点儿疼,心想药物反应呗,化疗哪有没反应的呀?也没当回事。可是出院后就聋了,耳朵越来越不好使,连医生也说不好治了。"

塑料袋里的营养液快输完了,我按了对讲机,护士很快就过来了,一边往输液杆上挂塑料袋一边说:"这回是化疗药啊。"

我说:"什么名字?"

她看了看本子说:"环磷酰胺,有事叫我们就行了。"

我表面平静,心里却不由自主地紧张起来。

邻床的患者朝我笑笑,我也笑笑,彼此心照不宣,表情也有些尴尬。这可恶的东西会使我的身体怎么样呢?过一会儿会出现什么反应?我默默地盯着那无色的液体从袋子里流下来,一滴、又一滴,经过过滤器进入我的血管、我的身体。

据说化疗药的毒性之大不是普通人能想象的,配液人员在操作时得"全副武装"。假如不慎滴在桌子或者纸上,就能烧坏了。无生命的物质尚且如此,何况人体呢!?进入血肉组成的人体以后会怎么样?我默默地盯着那无色的液体从管子里一滴滴落下来,心里等待着,等待反应的到来,好像初上战场的士兵躲在战壕里等待对方射来的子弹一样。

可是,没有,一切都很平静,与此前输液时一样,没有一点儿特殊反应。莫非是我的身体有异于常人?还是时间还短,液没输完,体内积攒的药量不够？抑或如 K 所说，是用药轻？我想起了广安门医院那位患者叮嘱的话，便小心品味着。果然，不一会儿工夫，两眉之间有点儿酸唧唧的了，好像还有点儿辣，一直通到鼻子里，眼睛也有些模模糊糊的。

心里多少有些紧张了，心想这不和那位患者的反应一样吗？也是两眉之间，也是不太舒坦，只不过不是疼，是什么呢？有些说不清楚，不过时间倒是不长，也就几分钟吧，过去了。

这时 K 推门进来了，用她一贯清爽的口气问："怎么样？"

我说："还好，就是这有点儿酸，还辣酥酥的。"一边指指自己的前额和鼻子。

K 说："是有人有这种感觉啊，像感冒似的，对吧？没事儿，挺好的。"弄得我倒不好意思往下说了。我心想可千万别把我化聋了呀，真要像广安门那位患者似的，岂不是既没了只乳房又丢了只耳朵！

中午 12 点多，一天的输液结束了。我心里那个高兴啊，做梦也没想到化疗会是这种样子！满天的阴云统统消散，照此下去尽可高枕无忧了！根本不会像有些患者那样，呕吐、腹泻、打不起精神来。早知如此，何必担那么多的心！

手机响了，是 F 的电话，问我感觉怎么样，身边有没有人，要不要他过来守着。他知道我今天用化疗药。

我说："放心吧，啥事儿没有，好得跟没打化疗差不多。"

可能太出乎意料了，电话里静了一下，随即响起开心的笑声，转而又紧张起来："你没骗我吧？"

我说:"没有。"

"那就好,好!好!今儿中午我能吃顿好饭啦!"他一连说了几个好,声音轻快,仿佛一瞬间便年轻了好几岁。

午后基本上没事了。我先是吃了一个苹果;大约两点来钟吧,保姆送来了午饭。保姆是亲戚推荐过来的,四十出头的样子,有些自来熟,一见面就姐呀姐的,我们之间也没有多少陌生感。

住院的当天下午我就让侄女在附近租了间房子,和医院只隔条小路,走起来特别方便,我不想在侄女家再住下去了。多年来我基本上独自生活,惯了,冷不丁和别人住一起,休息不好;而且她住的地方离这里也比较远。整个化疗还有近四个疗程呢,每天车接车送的,不忍心,北漂的年轻人都很忙的。

保姆是老家那边的,丈夫孩子都去外地打工了,家里又没有多少地,就想出来赚点钱。我叮嘱她说:"你每天主要是买菜做饭。饮食要清淡,干净些,否则对我身体不好。"

她说:"姐你这说哪去了,别的我不敢说,做饭在我们屯都数得着,不信你问问去,你就把心放肚里吧。别的活也都是我的。可有一点啊,你可别瞧不起我们农村人。别看我干伺候人的活儿,咱可是平等的,不低气。"

我心想这保姆还挺有思想呢,就冲她笑了笑,心想你让我对你不平等我也做不到啊。别说还是亲戚推荐来的,就是陌生人,也不能够。

吃完饭我就靠着床头躺下了,精神一放松,就有些困。保姆说:"姐你好好睡一会儿吧,我回屋做晚饭去。"我点点头,看着她收拾起饭盒筷子,装进塑料袋,不一会儿就迷迷糊糊地睡着了。

也就半个小时左右吧,肚子里开始叽里咕噜地叫。我赶忙从床上爬起来,趿着拖鞋进了卫生间。只几秒钟的工夫,肠子里的储存就全泻出来了!从午后到晚上,我便了八次,可是不觉得难受,最后便出来的全是水!

我心想糟了,化疗药犯劲儿了,明天输液时可怎么办呢?提着药袋进卫生间?能来得及吗?心里便有些郁闷。可是夜里 10 点多吧,竟然说止就止住了,什么药也没吃,真是来得迅猛去得神速。

我心想到底是化疗药捣鬼还是菜有问题呢?还是吃了一个小苹果的缘故?记得午饭有一个菜是炒茼蒿,味道不错,我多吃了一点,难道是炒茼蒿吃坏了?后来我从网上发现茼蒿有消食开胃、通腑利肠、促进排便的作用,保姆放的油又多,我又刚用完药。虽说不敢确定,也不能排除,可见化疗期间的饮食是不能马虎的。

两天后,我出院了。

十三、疼痛难忍

1

我以为第一次化疗就这么过去了：眉心短暂酸辣，拉了几次肚子，仅此而已。哪承想更大的考验还在后头呢。

出院后的第二天夜里，我正睡得好好的，肚子突然间就疼起来了，疼得那个难受啊！而且越来越疼，连带着腰、背、脊椎骨都疼，那感觉简直是前所未有的。我躺着不行，坐着不行，用枕头顶着不行，弯腰跪在床上不行，双脚着地趴在床边也不行。反正就是个疼，往死里疼！疼得我一头一头的汗，指头把身上的衣服都抠破了！

我平生从没遭遇过这样的疼痛，心里是那么悲哀，那么无奈，那么孤独而无助，真是连死的心都有了！心想假如不是得了这该死的病，怎么会用化疗药，怎么会遭这种罪，怎么会这么毫无办法！

止疼药就在床头柜里摆着，不敢用，怕降低化疗的效果，那样子可就得不偿失了。

我几次想对保姆说去看急诊吧，可是看看窗外漆黑的夜，又止住了，再说我怎么能走到急诊科呢？楼里人都是外地来看病的，根本就不认识。请素不相识的人帮忙，我不愿意，我不想深更半夜地惊动别人。

保姆早在我的呻吟中醒了，眼睛盯着屋顶躺了一会儿，翻了个身，面朝里又睡了。我至今不理解她为什么那么冷漠，那么麻木，那么无动于衷。以为我是药物反应因而不必大惊小怪吗？还是生活在乡村，见惯了？抑或觉得我是小题大做？总之，她一句话也没问，一杯水也没给我，而且根本就没起身，难道就不怕我疼死吗？

我不想责备她，这个年代很多女人已经不会怜悯了，心灵粗糙而冷漠。况且即使她关心我，也没有法子，我说过了，我不敢随便使用止痛药。

第二天午前疼痛基本消失了。我简单吃了点儿午饭，午后上班时间一到就赶紧去院里的中医科看中医，想借助中药的力量，让痛苦别再卷土重来。

那位中医问我："怎么个疼法，是搅着疼吗？一阵一阵的？还是拧肠刮肚地疼？"

我说："不是，都不是，那疼法还真和往常不一样。反正就是个疼，干疼，闷呼呼的，想什么法子也没有用。"

其实干疼、闷呼呼的疼又是怎么个疼法呢？我也说不清楚了，更不知他听明白没有。对于表述病情而言，语言常常是无能为力的。

这次的腹痛可算得上是刻骨铭心了。我几乎每天都计算着：还有三个疗程，还得用三次药，还得有三次这样的痛——在我心里已经将首次反应等同于剩下的三个疗程了。我心想真得感谢制订方案的专家啊，让我只化四次而不是六次、八次，而且没用患者们所说的红药水，否则真不知怎么好了！

我以为每个疗程的反应都一样呢，心里已经做好了准备。F说

得对,我得坚强,得挺住,无论如何得坚持下来。而且医生也说了,化疗期间可以看中医,可以用止痛药,不会影响疗效的,并且开了布洛芬缓释胶囊。

可是,在接下来的时间里,除了第一个疗程打第二支升白针引起骨痛外,却再也没有这样疼痛过,只是味觉改变了,总感觉口苦,吃不出咸淡,胃也有些发堵,反应可以说够轻微了。

有时我甚至对此有些不放心,心想是不是产生耐药性了?我问K,她说:"不会的,怎么可能呢?你的反应不是还在吗?"我从徐兵河的《应对乳腺癌专家谈》一书中也看到了,并不是化疗的不良反应越大疗效就越好。也就是说,不良反应不是衡量化疗效果的标准,化疗方案的好与坏,很大程度上就取决于如何解决好疗效与不良反应之间的关系。如此看来,除了方案本身的原因,还是个体差异的缘故。

出院后回想当时的情况,感觉似乎还有些"化疗脑",听力也受到一些损害。有一段时间,记忆力特别差,脑子混混沌沌的,刚想起什么转眼间就忘了。化疗当时我并没有意识到耳朵不好使。记得K有一次问我:"你耳朵怎么样啊?"我说:"挺好的,没事。"——她可能是从我用手机听歌曲时音量太大产生怀疑的。后来,出院以后了,我才发觉听小的声音是有些费劲,好像重感冒之后似的,听不太清楚;可即便如此我还是觉得所有这一切已经再理想不过了。

个体差异使我感受到了生命的复杂性,意识到了以往认识的局限,也增强了在疾病面前的决心和勇气。我不会将一次等同于另一次了,也不会将自己再等同于他人。生命是一种多么神奇的存在呀!

无论什么事，假如你未亲身体验，就绝对没有资格说：我知道。

2

出院的第三天开始验血常规，每隔三天一次，采指血，地点在一楼的一个角落。假如对面不是彩超室，不是总有人等候做彩超，这里几乎是最安静的。

可是，即便如此，我也喜欢这里，喜欢它的简单和宁静。

其实它只是表面简单，你的血象如何，接下来怎么办，几乎都取决于这几滴血，都在这几滴血中得到显现。

手指伸出来了，每次都采无名指的血。为什么呢？不知道，反正它是倒霉了，也许是采血人的习惯，也许是这根指头的灵敏度差一些吧。

采血针在指尖上突然一扎，然后轻轻挤压，深红色的血流进玻璃管里。采血人给你一根棉签摁住伤口处，你道一声谢，然后就可以离开窗口了，等候你的检验报告。

等待的时候其实也挺焦灼的，怕白细胞下降，怕血小板减少，如果白细胞和中性粒细胞绝对值超出了最低标准就得打升白针了。

我第一次验血时白细胞就降到了最低参考数值以下，于是，K通知我打一支升白针。

别小看这小小的升白针，它可是个厉害角色啊！我早就听病友们说过了，打完后浑身疼，那滋味比化疗的反应一点也不差。有个中年患者曾龇牙咧嘴地对我说："哎呀呀，这东西可把我折腾苦了，

腰疼得跟啥似的，连脊梁骨都不好受，躺不下坐不下的，怎么着都不成。"

我一听要打升白针心里就害怕了，心想这可怎么好呢？我已经被疼痛折磨苦了。可是不打也不行啊！不打，白血球就升不上去，下个疗程就化不了，兴许前功也因此而尽弃了呢。于是咬咬牙出了房间，咬咬牙走进医院，咬咬牙看着护士把药推进去，再赶紧穿好衣服回到家庭旅馆，躺在床上休养生息，神经绷得紧紧的，等着疼痛的再次来袭。

那时已经接近中午了，我吃完午饭，看了会儿电视，想睡却又没有睡意。可是一直等到午后也没感觉有什么反应，晚上也没有，只是夜里，腿多少有些木夯夯的。

我以为又像化疗似的，是个体差异，我的身体就属于那种没反应型的，心里高兴得不得了；哪承想第二针就不这样了。

当时已经过半夜了，我睡得正香，就觉得臀部以下的骨头使劲疼，好像肉也疼，对了，是骨头和肉一齐疼，一下子就把我疼醒了！我在满屋子的黑暗中坐起身，蜷着腿，两只手紧紧地搂着膝盖。一会儿捏捏腿上的肉，一会儿用拳头捶捶，都没有用，只觉得从上到下、从里到外、从骨头到肉，都疼，疼得我一点办法也没有了，那感觉真是奇特无比！

我心想这回可不能干挺着了，便唤醒保姆，开了灯，找出布洛芬缓释胶囊。药到嘴边时忽然想不能吃啊，升白针是抵抗骨髓抑制的，万一疼痛是在刺激骨髓造血呢？干脆，还是挺着吧，看看疼到何时是了。

随着屋里的昏暗越来越淡,疼痛也渐渐轻微了,只是两腿还是发木。

白天走路的时候,两腿便有些不听使唤,用土话说,皱巴,好像小品里宋丹丹扮演的农村老太太的腿。

我心想看起来这升白针是不能不打了,也许每次都这么疼吧。心里一着急,就增加了改善血象的食物:菜里多加了胡萝卜,饭里增加了红豆,每天都炖大骨头汤,每顿饭还吃几口瘦肉。可是,作用不大,只要一用化疗药,白细胞就下降,有时甚至低得可怜。只是和那次化疗完肚子疼一样,升白针引起的疼痛也仅仅这一次,以后再也没出现过。尤其是第三和第四个疗程后,白细胞和中性粒细胞绝对值竟然均处于正常范围内,根本用不着打升白针了!

个体差异再一次在我的身上显现。

3

虽然化疗的日子早已经结束了,可是每逢回忆起来,印象最深的,仍然是那两次疼痛。我想令每个癌症患者刻骨铭心的,也是那种肉体的疼痛吧!疼痛,使所有人对这种病深怀恐惧、胆战心惊,唯恐避之而不及。尤其是濒死前的痛苦,只是旁观者的揣摩,也许比我们想象的强烈十倍百倍呢。

死于口腔癌的精神分析学家弗洛伊德就称自己病中的身体像"一座被痛苦环绕的孤岛";饱受腭癌折磨的德国哲学家彼得·伍斯特临死前也痛苦地呼唤:"死神还没来么?我实在受不住了!"

假如有一天,我的生命也被疼痛折磨得毫无尊严的时候,我宁可亲手结束它,也不愿苟延残喘。这不是愚蠢,也并非胆怯,倘若非得给它一种说法的话,就视为具有主体性的人对其人格的恪守,与痛苦的逆行,对命运的一种反抗吧!

当然了,在濒死的疼痛中仍渴望活着,仍然不肯放弃生命的人,也值得敬重,也不失为一种大智大勇。

疼痛,是人类的天敌!

十四、我是谁

1

大约出院一周吧,我开始脱发了。每天早晨起床后,我就像着了魔一般,开始到处捡头发。被子里、枕头上、床单上,都是;还有卧室的瓷砖地面,还有卫生间,甚至还有床头柜、灶台和小茶几。

灶台上的头发令我百思不得其解。那时我还没有亲手做饭,没上过灶,那里的头发是怎么回事呢?可是已经验证过了,的确是我的头发,长长的、细软的,波浪般弯弯曲曲。

看着每天都在减少的头发,我的心颤抖着,抖得像风中的一片落叶,簌簌声连我都听到了。我是女人啊,怎么能没有头发?没有头发的女人还叫女人吗?

头发是有生以来就与我在一起的。

听母亲讲,也许是怀孕的时候营养好吧,我一出生头发就很好,很长。不仅鬓角处齐整,后脑勺上的都耷拉到脖子了。那时候的孕妇可不像现在呀,新生儿都干巴巴的,瘦得可怜;母亲也就一直以我的胎发为骄傲。

很小的时候,我就喜欢摆弄头发了。母亲没有时间,给我留了个分头,连耳朵尖都不到。跑起来耷撒着,像男孩子似的,又短又丑。

稍大些开始梳短发了,刘海齐齐的,把额头都遮住了,周围的与耳朵梢一般齐,干净而利落。那时人们管这种发型叫灶坑门。

再大些,上小学了吧,我开始留起了小辫子。辫子是两边梳的,一只耳朵后一条,半尺来长吧,拇指粗细,辫梢用粉色或红色的绫子打了个蝴蝶结;有时也缠根塑料头绳,空心或者实心的,也是彩色。

可是我的发质细软,不像姐姐那般油黑浓密。打蝴蝶结一半是为了遮丑,一半也是为了美。那时我已经懂得美了,每天早晨都面对一块小镜子,花很长时间,编了拆,拆了编,为此没少被母亲指责过,心里却不以为然:哪个女孩子不喜欢打扮啊?

上中学的时候已经是"文化大革命"时期了,辫子改成了两个刷子;不久后又变成一条马尾巴,一尺来长吧,弯曲着,吊在脑后,走路一甩一甩的,很精神。那时我已经到农村中学读书了,也不知为什么,教农业的老师对我的马尾巴很反感,而且不止一次在她的班上讲:"……辫子梳在后脑勺上,走路也和农村学生不一样,像什么话!"

我不知辫子梳在脑后怎么就成了罪过了,更不知走路怎么跟农村学生不一样。犹豫一阵子后,没舍得剪。果然,期末的时候受到惩罚:农业卷59分。

后来就到生产队参加劳动,接着高考、读书,马尾巴也一度改成了清新的短发。

再后来,我毕业了,成家了,和很多女人一样,头发也烫成波浪卷儿了。我有时将它拢起来,有时又披散开,有时也像贵妇人那样,奢侈一把,使用很好的香波和发卡。

其实我不算是爱美的女人，不喜欢打扮，尤其在现代化的生活里，好多名牌服装和化妆品的名称都不知道。可是我喜欢整洁，喜欢淡雅，喜欢有自己的气质和精神。与别的女人相仿，不是我心仪的。

头发陪着我一路走来，柔美甜蜜、忠贞不贰，给了我不少美感和欣慰。我做梦也没想到有一天我会离开它，或者说它离开我，我们俩都够狠心的！

我每天都小心地拾着，一根、又一根，仔细地攥在手心里。然后拧成一缕，卷起来，放进一个褐色的纸袋。

几天工夫，纸袋里就已经有十几缕头发了。

保姆朝放纸袋的地方一指说："那东西也留着？啥用啊？还纸包纸裹的，扫扫扔垃圾桶里得了呗；再不就那儿——指指角落里的卫生间。"

我不置可否，我舍不得把它们送进垃圾箱，更舍不得从坐便器冲走，然后再进入肮脏的地下管道，沾一身黑色的泥污。它们可是我身体的一部分啊，带着我的体温、我的血液，就这，我已经对不起它们了。

拒绝F的口气是凶狠的，说你不要来，来了我也不见，我说得到就能做得到。

每天，都得捡拾起数百根头发。我的心颤抖着，想起《油画词语》作者的那篇散文。是的，飘落，痛苦的飘落，无休无止的！每个经过化疗的患者几乎都得承受这种痛苦的飘落，即使费尽心机，也无处逃遁，几乎没有几人是幸运的。

梳子不敢用了，镜子也不想用了，每天用指头草草地拢一拢，

拢顺溜些,看着别毛毛糙糙的就行了。而且基本上也不出门,老鼠一般在屋里待着。如果一定得出去的话,就戴帽子,遮住逐渐裸露的头皮。

其实那会儿头发掉得还不是十分厉害,零零散散的,掉了三分之一吧,大部分还厮守着我,只是头皮有些稀疏了。书上说脱发是发根的毛囊细胞受化疗药损害的结果,如果脱发严重,也可以提前剪掉,还能避免因脱发引起的感染呢。

保姆见我每天都辛苦地捡头发,就说:"干脆剃了算了,反正也保不住了,还留着干啥?没看对门的女孩子吗?一开始就剃了,光溜溜的,多省心哪。"

我心想她说得也有道理,第一个疗程就这样子了,往后也难保住。想想每发现一根头发都那么烦恼,那么心痛,真想咬咬牙走进理发店,别人能做我怎么就不能呢?可是事到临头还是狠不下心,不情愿,舍不得。

算了,让它一点儿一点儿地掉吧,一根一根地,掉完了事。就当我们之间的缘分未尽,就当它们在一分一秒地和我告别,一切顺其自然好了。

2

9月5日是我生命中难忘的日子,这一天,我的头发终于离我而去了。

是晚上,大约8点来钟吧,本来准备睡了,觉得头皮有些痒,就想洗一洗。

和往常一样，我先是兑好了半盆温水，散开头发，一股脑泡进水中。头皮泡舒服了之后，便倒上洗发液，一点儿一点儿地揉搓着。然后取过梳子，想和往常一样，一下一下地梳理着洗。

糟了，不知怎么回事，头发梳不开了！仿佛浸过黏液般，在水中搅成一团，怎么也理不顺溜了。

我用手摸摸那一大团头发，那么沉，那么涩，和以往完全不一样了。

心里着急，回手取过另一瓶洗发液，想看看效果怎样。

水盆是放在马桶盖上的，我用平生从未有过的耐心一点儿一点儿地梳理了半天，还是不行，累得我腰都发酸了，做过手术的部位也隐隐地痛。一直弄了有一个多小时，没有丝毫效果，心里失望到了极点。

保姆在外边乘凉呢，门虚掩着。透过门板，能听见她喋喋不休地，正和楼里人说话。

心里有些发烦，又不能这样子出去，于是就裹着毛巾坐在椅子上等，想等保姆回来了，去超市买一瓶柔顺护发素，看看怎样，兴许就能开了呢。看看表，又担心超市关了门，便暗自埋怨这保姆不尽心。

护发素倒是买回来了，不行，还是老样子，没有丝毫作用，弄得我哭的心都有了。

我心情坏透了，草草擦干头发，用毛巾裹了，气呼呼地说："走吧，不要了，不知道发廊还有没有开门的？"

保姆说:"有,有没关的,我从超市回来还看见一家营业呢。"这种事她倒是挺用心。

楼门外的路旁还坐着几个乘凉的人,我对门的房客,也就是保姆说的那个女孩子,也在里面。她显然意识到了什么,扫了我们俩一眼说:"这么晚了还上哪去呀?"

没有人答话,我明白她的想法,却不愿搭理她,患者之间本应互相同情的。我们穿过胡同到了街上,找到那家发廊,推门进去。一个年轻理发师问我您是剪头还是烫头啊?

我说:"不剪也不烫,是剃。"

他没有丝毫惊讶,把我带到角落里的一把椅子前,像掠掉一张纸似地掠开我头上的毛巾搭在椅背上。然后,弯刀割韭菜一般,一手抓住发团,一手拿着推子,唰唰唰,几下子就推光了,弄得我的心好痛好痛!

我说:"师傅您仔细点儿啊!"

他说:"仔细啥呀?不都这么推吗?推头发还能整出啥新花样?"

我从镜子里看着他,可能是剃多了,脸色平静得如屠夫一般,没有一点儿怜悯,残忍的事做多了心也就狠了。

而且,这里离肿瘤医院也着实太近。

果然,当我问他有没有女人剃这种头的时候,他平静地说:"哼,男女都有,哪天不剃几个呀。"

回来时我仍然裹着那条毛巾。路旁乘凉的人们还没散呢,见我这副样子,表情便有些奇特,对门那个女孩子就嘎的一声笑了:"哎,你俩这么晚干啥去了呀?"

我说:"剃头去了,美美容,活着就得像回事啊!"

她可能觉察出我不高兴了,眨眨眼睛,没再说话。

屋子里黑漆漆的,保姆已经睡熟了,而且扯起了鼾声,一长一短的,像有人把脖子掐住了。整个楼里都很静,静得如原始世界一般,连隔壁患者说梦话,也隐约听得见——

那宫颈癌患者含含糊糊地说:"不烤了,我不烤了……"

不一会儿又响起她丈夫低沉的声音:"看你,又做梦了。"

我静静地平躺着,两眼盯着屋顶,没有一丝丝困意。夜色从四面八方漫进来,包围着我,挤压着我,让我心里烦闷,呼吸也变得有些艰难了。

我在黑暗中看了对面床上的保姆一眼,悄悄起身,下床,穿起拖鞋,把自己关进卫生间里。

指头摁在开关上,咔嗒一声,小小的空间一下子亮了,突兀而蛮横地,弄得我有些不知所措。

我站在镜子前,摘掉事先准备好的帽子,打量着我那光秃秃的脑袋。

然后呢?然后,我做出了一个未经思考的动作——

我下意识地将冰冷的指头放在脖子下,一个一个地解开了贴身穿着的短袖衫扣子,将我的胸部裸露出来。

镜子里的影像是那么陌生,没有头发,没有左乳,整个胸部白煞煞的,高低不平的,是一片沙漠,是丘壑相连,使人感觉荒凉一片。

我和镜子里的人久久地对视着,我不知道此人是谁,而她(他)似乎也不认识我。

镜子里的人是那么陌生,那么丑,简直难以辨出性别。假如不是脸部和胸部柔和的线条,假如没有另一只乳房孤零零地耸在那,真看不出有多少女人的痕迹。

泪水慢慢地涌进我的眼眶,也慢慢涌进了她(他)的眼眶。

我竭力控制着,不让泪水滚落下来,不想让她(他)看笑话。而她(他)也学着我,咬牙切齿地,与我对峙着,其顽强的程度一点儿也不差。

心里多少有些茫然,有些迷惘:我到底为谁而悲?为了过去的我?还是现在的我?还是与我不相关的另外一个人?

假如以前的我就是这样子,假如女人天生就是秃子,或者从小就被规定留光头,和男人一样,平胸、寸发,带着个秃脑壳满街跑,我还会不会难受呢?很可能不会吧,是的,不会。

那时,假如只有我长发飘飘,胸脯高耸,我会以为自己是个怪物,是个野人、另类,想方设法地躲藏起来,因为我和别人不同了。

这么说我的痛苦、羞怯、身心疲惫并不是因为我,而是因为乳房、头发,以及其他与我不相关的存在?

可是我一直被认为是很独立的啊,不合流俗、我行我素,难道说我对我自身也不了解吗?我是非我?

3

不知怎么,我想起了早年的同事L。

那时我刚刚大学毕业被分配到那个城市的一所学校,与L同在语文组，同教一个年级，我的办公桌在L的对面。

L身材高挑，面容娇美，喜欢戴一顶讲究的帽子。人也特别要强，聪明能干，所教的班级每年高考都名列前茅。只是人有些不苟言笑，神情忧忧郁郁的，动不动就坐在椅子上掉眼泪。

我心想这是为什么呢？校领导拿她当个宝，女儿才上小学一年级，丈夫对她也百依百顺，到底为什么难过？

不久后，组里一位年长的老师对我说："你可千万别和L唠头发的嗑啊，千万别唠。"

我记住了年长老师的话，可是，我不说，她说。仿佛有意无意地，她就说起了自己以前头发怎么怎么好，辫子怎么怎么粗，都耷拉到屁股蛋子了发梢还不分叉呢，还拿出一张黑白照片让我看。

那时我只有二十六七岁，喜欢美，于是挑了个星期天，将头发底边烫了，往里弯弯着，与下颌平齐，有点儿像某个电视剧里的。

我发觉L的眼神充满了羡慕。好几次，我夹着课本、教案，走在楼梯上，听见她在身后与别的同事说："瞧如是那一大把头发吧，真厚！多好！"

我心想我的头发可不多呀，是烫了显的。

其实不仅是我，她也关注别人的头发。

后来，也不知过多久了，只记得是一个寒风刺骨的早春，课间操过后，我和L以及另一位老师一起上厕所。厕所在楼外边，与教学楼隔着操场。春风扬起了操场上的尘土，吹掉了L的帽子，也吹起了她的短发。

我忽然发觉她的头发是那么薄、那么少，只有头顶上的一层往

下耷拉着,里面竟然光秃秃一片,典型的不毛之地呵!于是赶紧低下头,这才明白了那位年长老师的话,也明白了她为什么动不动就哭,心里很是替她惋惜。

那位年长的老师叹着气说:"可不是咋着,好好个人,得了这种病,全国大医院都跑遍了,就是治不好。"

再后来,我们俩就分手了,她携全家去了大连,我只身来到了现在的城市。我曾按照她留给我的地址写过几封信,都是泥牛入海,心想也许工作忙,也许家务累,也许已经把我忘了。

几年后,我工作过的那个学校组织旅游,一位同事就过来看我。我们俩唠到星星都困了的时候,她忽然说:"对了,忘了告诉你,L死了,到大连以后,是肠癌,不知你听说没有?"

我做梦也没想到有这种事,一股身坐起来,心里既惊讶又难受。心想L现在也就四十出头吧?这么说,三十几岁就死了,就赴了黄泉路?怪不得不与我联系呢,怪不得没有回音!多么出色的女人啊,命运之神也太残忍了!

L到底是死于肠癌还是死于忧郁呢?抑或是忧郁引发了肠癌?她太追求完美了,也不知到大连后脱发的病治好没治好,临死前有没有一头健康的头发!

假如所有的女人都和她一样,都是秃子、脱发,她还会心事重重、不苟言笑,动不动就坐在椅子上掉眼泪吗?

我无法验证结果,但理解L的心情。因为,此刻的我和当年的她,一样。

那么所谓的"我"到底在哪里呢?我不知道,很长时间都不知道。

直到出院大约有半年之久了,我做了一个梦——

我梦见我在自己家的床上躺着,床很大,是装修时打的。两头靠墙,一面靠窗,有些像农村的那种土炕。

房子的格局也有些奇怪,没有客厅,一进门就是卧室。我头朝下平躺在床的一端,手里摩挲着一只玩具宠物,好像是兔子吧,也兴许是狗?另一端的床沿上坐着个年轻女人,秀美,安静,是小学时教过的一位学生。

她正低着头为我织毛衣呢,神情很是专注,长发耷拉到胳膊上。

我光着脑袋,一会儿让兔子或狗举起手来,一会儿又让它打立正,感觉这玩偶挺有意思的。

我正玩得入迷呢,女学生的丈夫进来了。眼睛往我头上一扫,脸上立时有些难堪,进不得退不得的。

女学生看看我又看看他,轻声说老师想休息一会儿呢。

我这才意识到我的脑袋,于是一股身爬起来,慌乱得不得了,左一下右一下,在床上的衣服堆里寻找帽子。

女学生说话之前我没有留心自己的样子,没感觉到自己的光头、自己的丑陋,自己和别的女人哪儿不一样;当我意识到女学生话里的含义,或者说觉察到她丈夫脸上的表情之后,事情就发生了。

这么说,我是因为我的意识才存在的吗?或者说,我存在于我的意识之中?

我弄不清楚。世界上,弄不清楚的事实在太多了。

4

发卡和梳子都收起来了,藏在了旅行包底层,为的是永远不见,估计很长时间里我是用不着它们了。

假发是事先买好的,在一家大超市里。那家柜台里假发的样式多,我一眼就看中这款了:短发、有刘海、齐耳长。果然,对着镜子一照,和我大学毕业时的发型一模一样。

旅馆和医院里都有光着脑袋的女患者们,晒太阳的、打开水的、洗碗筷的,清清爽爽、大大方方,可是我无论如何也做不到。我的脑袋上总是戴着假发,仿佛性命一般,即使歪在行李上看书,即使屋里只有保姆一个人,即使到楼外晾衣服的当儿,也离不得。

住院的时候就更不用说了,我戴着假发醒来,戴着假发睡觉,戴着假发上厕所,洗漱,去食堂吃饭。假发俨然成了我的保护神,让我有安全感。

假如有脚步声朝房间里走来,我做的第一件事就是抄起假发戴上;可是,每当人们欣赏我的假发,问我在哪买的,和真的一般无二,不细看简直看不出来时,我脸上笑着,心里却有些不高兴。

这个戴假发的女人是我吗?抑或本来就是另外一个人?假如说是我,我是没有头发的呀;假如不是我,那又是谁呢?

化疗的日子里闲暇时间是很多的,几乎每天午后,我都拖着残缺的身体,戴着假发,在医院后边的小广场上走来走去。

附近有两家做酒店器皿生意的超市,有几家小饭店,有一个大停车场,还有两条辨不清方向的柏油马路,还有行人和车。望着周围的一切,我的心时常被困惑包围着,感觉一切都是那么遥远、那么陌生、那么茫然,不知自己置身何处。

我想起了西方那个脍炙人口的哲学命题:我是谁?从哪里来?到哪里去?

是的,我是谁呢?不知道,也许只有上帝才知晓吧!

十五、保姆和江湖医

1

假如倒退二三十年,普通市民家雇保姆肯定算得上奢侈。可是随着家庭结构的变化,随着生活水平的提高,随着老龄化社会的来临,雇保姆已经很平常了。常听人们说保姆好雇,好保姆难找,到底怎么个不如意法?我一直不知道。

以我的心理和性格是不适合找保姆的,可是,此一时彼一时也。尤其是患侧功能没有恢复好的那一段,我拿不起重物,去不了超市,受不得炒菜时的油烟子熏,也不敢长久地在尘土飞扬的街道旁等候卖菜的。至于房间里那扇离地面足有两米高的窗户,更令我望而生畏了,而在八九月份的季节,每天不开窗关窗是不可想象的。

平心而论,我的保姆还算不错,尤其刚来的时候,每天买菜做饭的,挺殷勤,账目管理得也很清楚,最主要的是能听我的话。

她一来我就对她讲化疗期间我的胃肠功能弱,身体抵抗力也差,所以房间里要保持清洁,衣服洗完了要在太阳底下晾干,被褥也要常拿出去晒晒。尤其是饮食,更得注意,否则身体会吃不消的。她一一应承着,说:"姐你就放心吧,你说的我都明白,管咋着咱也在城里待过两年的,你看我哪做的不对告诉我就行了。我虽说没照顾过病人,可侍候过月子,你说的这些我都会。"

她的确认真做了几天,可是没过多久就变了,变得懒散、狡黠、愚昧,不像刚来时的那个人了。当然,说变了也不对,也许本来就这样子,只是初来乍到的,不好意思表现出来罢了;也兴许是受了别人的挑唆。

家庭旅馆的走廊里有两个公共洗衣机,不过没有人用,脏衣服都是用手洗。那时我的伤口还没有恢复好,左胳膊使不上劲,尤其拧水的时候,手心通着腋窝疼。我说小件东西我自己洗,外衣什么的就归你吧。她一开始还行,后来,就仿佛没看见一般,任凭脏衣服堆在那,害得我只好自己动手了。

她总说自己身体好,地里啥活都干过,没有落人后的。我心想吃过苦的人应该很勤劳吧?可是发觉她特别能睡觉。每天晚上七八点钟就睡了,早晨6点左右起来,看看表。假如觉得时间还早,就再睡,好像永远也睡不够似的,就连午觉也能睡到午后三四点钟。

化疗期间饮食清淡,我叮嘱她每次做菜油不能放得太多,她说这我知道,可是几天工夫油瓶里就下去了一大截子。我感觉她好像是觉得油少了自己的身体吃亏,就说:"要不然你辛苦点儿,做两样,你是你的,我是我的。"她挺高兴,做了两顿,嫌麻烦,又变成我们俩吃一样的了。

有两次大骨头都有味儿了她还往锅里放。我说:"你好好闻闻,能吃吗?"她说:"这可十九块钱一斤呢,高压锅炖炖,啥事儿没有。"我说:"得了癌症十九万也不够。"她心疼地看着手里的大骨头说:"要不你别吃我吃得了。"气得我不知说什么好。

她消化好,每天早晨起床后总要上一次卫生间。我见她从里边出来就去淘米洗菜,就说:"你得先洗洗手啊,从卫生间出来怎么能不洗手呢?"她一愣怔,仿佛才想起来似的,把手里的东西放下就洗手去了,一点儿难为情的样子也没有。

没过几天老毛病又犯了,我说:"你怎么又不洗手了呢?"这回她不发愣了,也不去洗了,大大方方地盯着我说:"在里边洗完了。"

二十几平米的空间里有流水声不可能听不见,可是能怎么着呢?像学前班老师检查儿童卫生似的,拿起手看看?还是强行命令她去洗?都做不到。我说:"入口的东西一定要干净,否则人就会生病的。"她也不理睬,弄得我心里老别扭了。

我早就叮嘱她青菜至少要洗三遍,包心菜一类农药多的,可以先泡一会儿,换换水,我不相信专家讲的什么水压会把农药堵回到菜里边。我见她每次都洗吧洗吧就完事了,就再三提醒,可是她转眼工夫就忘了。

我说:"你把西红柿再洗一遍,好好洗洗。"她背着身子糊弄几下,甩甩手上的水,转身气嘟嘟地说:"姐你是不是烦我们农村人啊?烦你就直说,我回去。"

我说:"我哪烦你了?"

她说:"那你总嫌我这不好那不好的?"

那时我肯定被癌症吓怕了,总担心转移、复发,一心想着怎样才能不叫它出来。我发现这保姆并不像她表白的那样,基本不会做适合病人吃的饭菜,就想了个简单可行的办法:用高压锅炖大骨头汤,里边至少加两种蔬菜,既好消化又有营养;主食基本就是红豆熬大米或者高粱米粥。

可是，就连这，她也能弄出毛病来。

她喜欢逛超市，喜欢扎堆儿，有事儿没事儿的总在楼门口待着，屁股底下坐张泡沫板，和患者或者家属们说闲话，有两次竟然把做饭的事忘了。可能怕我散步回来责备吧，豆子没来得及泡就和大米一同下锅了。那两次，她倒诚实，吃饭的时候主动说："姐，把豆子挑出来吧，不咋烂糊，不知为啥不烂糊呢？"

我说："你喜欢在外边坐着我理解，屋子又小又热，可以在外边待着，可是该做的事情得做好啊，否则我不是失去让你来的意义了吗？"有两天她倒不去坐门口了，却躺在床上睡大觉，从中午开始睡，一直睡到午后4点，醒了也不赶紧做饭。至于少食多餐什么的，也许我说的时候就没在意，也许是嫌麻烦，她早就忘到耳旁脖子后去了。

我觉得这保姆太令人失望了，心里有气，表情也不那么亲切了。她见我不高兴了，也不吭声，不知道给谁发短信。有两次对我说亚萍给她发信来了，问她在这里咋样，干得好不好，还叮嘱她别累着什么的。她回信说一切都挺好的，活不累，姐对我可满意呢，待我像亲妹一样，把我弄得哭笑不得。亚萍就是推荐她过来的我家的亲戚。

可是每次侄女过来，她表现得都很好，忙这忙那的。衣服也赶紧洗了，卫生间的垃圾桶也倒了，卧室也收拾得整整齐齐，好像换了一个人似的。

有两次她直言不讳地对我说："连对门的都劝我了，这年头谁使劲干哪？傻！累有病了得自个儿遭罪，何况我这破体格呢。"她

所说的对门的就是指那个女孩子。

我说:"你身体怎么了?"她好像感觉说走了嘴,忙说:"没事儿,没事儿,随嘴说说呗。我一年也不吃一片药,连感冒都不得,真的。"

不久后我就发觉她身体还真不好。那时天气还不太凉,我只在里边加了层衬衣衬裤,她却早早地穿上毛衣毛裤了,而且穿上了二棉鞋,还在床垫子上铺了层泡沫板,去卫生间的次数也明显多了。

我心想她一定是泌尿系统有毛病,就说:"身体不好得吃药啊,万一拖严重了,怎么办?"她警觉地扫了我一眼,多少有些害羞地说:"姐你想哪去了?我没病,有病还能来侍候你?那种事咱可不干……"

我感觉这保姆实在不招人喜欢,就想把她辞了,反正我的身体也恢复一些了,与其跟她惹气,还不如自己做呢。侄女说:"辞了她你咋办?不管咋着她得听咱的,有她在我们俩还是省心。"

有时候我和保姆也一起去超市。超市离住的地方其实并不远,只是隔着条街,然而有护栏,要走到百米外北边的十字路口才能绕过去。保姆见我一出门就沿着路往北走了,赶紧过来拉住我说:"姐,不用绕弯儿了,我有近道。"脸上得意洋洋的。

我说:"哪有近道啊?"

她说:"你跟我走得了呢。"不由分说拉住我的手,把我拽到了一处护栏豁口。豁口显然是贪走近路的人破坏的,两边的护栏都被扭断了,里一半外一半的,人倒是可以穿过去。

我看着路中间来来往往的车说:"这多危险啊?不行,我们还是从北边过吧。"

她说:"你这人咋这么傻呢?放着近道不走绕远啊?"

我说:"你也不怕警察罚款?"转身顺着人行路往北走。

她兴许是拗不过我,想想,噘着嘴巴跟过来了。

不一会儿我们就来到了十字路口,刚要过横道,对面亮起了红灯。

她见我停下又着急了,说:"你走不走啊?你要不走咱就回去。"一只手往豁口那边一比画。

我说:"你没看见红灯吗?"

她显然不明白交通信号灯的意思,茫然地往前看看,也不知想的什么,迈开步子噔噔就过去了。

那一刻,我不知不觉地想起了高晓声,想起了高晓声的小说《陈奂生上城》。可是我的保姆是70后啊,生活在现代化的21世纪,而且还在城里打过工。在城里生活过两年的人不懂得信号灯?不可能,兴许是觉得不必理会吧。

有时我也反省自己,心想是不是太挑剔了,要求过高?可是我只希望她诚实勤快讲卫生懂规矩呀!我的要求高吗?还是她不约束自己,抑或不具备保姆的素质?保姆不应该是这样子的。

老龄化社会使保姆这个行业的价值已经凸显出来了。从事这项工作的人不仅应具备相应的素质和能力,而且还得有服务意识;社会也应有切实的培训和监督机构。我不只听一个人说过:保姆那活儿好干,谁都行;也常听人们说:那活儿一般人可干不了。两种截然对立的观点都说明社会对这个行业的理解还差得远。

有一次,她午睡醒了,坐在床上也不吭气儿,嘴里嘟嘟囔囔的,听不清说的啥,这情形以前也有过两次。

我说:"你说什么呢?"

她好像没听见一般,两眼半睁半合,还是絮絮叨叨的,两片嘴唇飞快地动。好一会儿才停止了,转身神秘兮兮地看着我说:"姐你不知道啊,我身上有东西,刚才不是我说话,是那东西让我说话,我睡觉的时候它就把我搅和醒了。"

我又好气又好笑,说:"什么东西呀?让我也知道知道。"

她说:"你不信咋着?真有东西,我还能给人治病呢。"

我说:"你要能治病就先把我治好了。"

她低头说:"你的病我不能治,能治头疼脑热啥的,但凡有病的人身上都有没脸的。"

我说:"你怎么个治法呀?"

她像绕口令般地说:"不是我治,是我身上的东西治。所有人身上都有东西,我身上的东西通上别人身上的东西,就能治了。"

我说:"你看我身上有没有什么呀?"

她歪着脖子,仔细打量了好一会儿,说:"你没有,你身上挺干净的。"

我心想我都得这种病了身上还干净?魔鬼早就把我缠住了,说不定这会儿正高兴得手舞足蹈呢!可是这话我不能和她说,她听不明白的,我们之间不好沟通。

我说:"你刚才是在治病啊?"

她说:"刚才不是,是我身上的东西和我说话呢。它挺生气的,说你挣钱我跟着受罪,不讲理。"

我说:"怎么叫你挣钱它跟着受罪呢?"

她说:"我不总上医院啥的吗?医院有来苏水味儿,它闻了难受呗。"

我说:"敢情它嗅觉还挺灵敏的呀!"

她说:"姐你别打岔,我真能治病,不信你问亚萍啊。前几天她妈脑袋疼,吃止疼片也不管用,她弟弟把生辰八字给我发来了,我一念诵,立马就好了,不信你回去就问问。"

我说:"这么灵得收不少钱吧。"

她说:"不多,一回也就百八十块的,乡里乡亲的有时候也不给,送个人情呗。"

我心想以我俩的关系她是不能跟我说这些的,即使真有什么,也得守口如瓶,为什么要把秘密告诉我呢?是想让我给她拉主顾吗?我生活的圈子虽然世俗气也很浓,可是不会有人信这个的,绝对不信,这个忙我可帮不上。

2

大约9月中旬,第二个疗程出院以后吧,我租住的那家旅馆来了对兄妹。妹妹宫颈癌复发,哥哥陪着看病,和我一样住在一层。

北京的雾霾使人分不清晴天还是阴天,不过这天是真的阴,早饭后还下起雨来了,沥沥啦啦的,不停地下,简直没完没了啦。我一看没有停的样子,就打着伞去医院查血。回来的时候见屋门虚掩着,屋子里没有人。

我心想准是又跟那些陪护的家属打涟涟去了,心里便有些不高兴。

果然,过了两三个钟头吧,她回来了,一进门就神神秘秘地说:

"姐,咱楼里来了个中医大夫,挺有名的,治癌症可拿手呢,已经治好不少人了。"

我说:"你怎么知道啊?"

她说:"人家自己说的呗,别的病也能看,小老板都让他看了,吃了两服中药,牙疼立马就好了。要不你也看看去?"

小老板是这幢楼的房主,一个五十多岁的男人。个子比较矮,大家就都叫他小老板。

那会儿我正躺在床上看一本乳腺癌方面的书。我说:"我不去,别是个江湖骗子吧,怎么偏偏上这来了?"

她嘴一撇说:"看你说的,人家是只开方不卖药,能骗咱啥?"

我说:"方子不收钱是吗?"

她说:"那倒不是,就收五十块,五十块眼下能干啥呀。"

我说:"你是不是想请他看病啊?"

她说:"我有啥病啊?我没病,就请人家把把脉。他说我亏气亏血,开了个方子。姐你帮我看看吧,水平咋样啊?边说边从兜里掏出一张纸。"

我说:"我哪懂中医呀。"懒懒地接过来,见上面写着十几味药,有人参、黄芪、阿胶、大枣什么的。我说:"我看不明白,好像都是补品吧,他收了你五十元钱是吗?"

她有些不好意思了,说:"钱还没给呢。姐要不你就过去看看呗,治癌症真的挺拿手的,在当地有店,身份证都给我们看了。"

我说:"本事这么大还用得着四处跑啊?"

她有些不高兴地说:"人家不是陪妹妹看病来了吗?他妹妹得

了宫颈癌，复发了，他听着信儿就赶紧带妹妹过来了。"

我心里发烦，说："行了行了，既然他治癌症挺拿手他妹妹怎么还复发了？"

她说："他妹妹一开始没告诉他，瞒着了，怕哥哥着急上火，现在吃他开的药已经好不少了。"

我没心思再理她了，转身对着墙壁。这时，有人在外边敲门，嗒嗒嗒的，声音轻得很。

她一股身就从床上下来了，几步跑到门口。开门的当儿，我瞥见门口站着个穿白大褂子的身影。仿佛怕我瞧见似的，一眨眼躲到旁边去了。

午后，雨还没停。她好像满怀心事，躺在床上，一会儿若有所思地盯着屋顶，一会儿又翻来覆去的，想和我说话。见我不搭理她，又起身出去了。我猜她又去了中医的房间，果然，做晚饭的时候回来了，连声说："那中医真好，看我挺困难的，没收费，说就算积德行善了。"

晚上睡觉前她好像无意地问我说："姐，咱那汤药还有几袋啊？"

我说："这可说不准了。这回又开了7天的吧？吃了3天了，还有4天，应该还有8袋吧。"

自从化疗以来我就一直吃中药。手术已经两个来月了，化疗药用得又轻，再加上中医的辅佐，出租房里的患者和家属们都说我恢复得好。

过两天保姆又问我："姐，咱的汤药还能吃几天啊？"

我想了想，说两天吧，心里感觉挺奇怪的。她总问我这干什么呢？

该吃几天吃几天呗；后来我才发觉这里边可能有景儿。具体怎么回事我也不知道，但肯定有景儿，否则她不会三番两次地问我的。

这天晚饭后，我照例出去散了会儿步，回来洗漱完了就想吃中药。

药都是事先在医院熬好的，封进塑料袋里，每次只用温水烫一烫就行了。

我用电水壶烧好了水，倒在碗里后对保姆说："中药放哪个冰箱里了？"

她正看电视呢，低头说了句，"我拿吧"，一扭身出去了。

不一会儿工夫，回来了，手里绞着个空塑料袋："姐，药咋没了？是不是吃完了？"

我一听就来气了，说："怎么可能呢？药是你从药房取回来的，是哪天你应该记得。每天两袋，你算算吧，怎么能吃完了？还有两天的量呢！"

她说："我也觉着还有两天啊，可今天早晨我就没看见塑料袋里有药，就寻思吃没了呗。"

我说："你再去冰箱里看看，是不是东西多压底下了？"

她身子连动也没动就说没有，肯定没了，塑料袋都在这呢么。刚才我翻了个底朝天，也没看见。

我想了想说："是不是你取药时没数，给少了？"

她眼睛一翻说："数了呀？我放在旁边椅子上数的，不少。"

我心想也是啊，记得当时叮嘱过她的，再笨的人也不至于数不好十几个数吧。

房间里没有冰箱，每家的食品都放在走廊尽头的两个公用冰箱里。偶尔还会出现被盗事件。有人说刚买来的大骨头丢了；过几天，又有人说馒头丢了，肉丢了，也不知是拿错了还是怎么着。可是中药也能丢吗？根据我的病情开的中药？没丢又哪去了呢？整整4袋啊，两天的量，合起来二百多元钱，更主要的是太令人莫名其妙了！

我说："莫非长翅膀飞了？"

她自言自语般地说："是怪，按说也没有人偷药啊。"

我没有再追究下去，既然已经发生了，追究也没有用，我至今也不知道是怎么回事。我对她以诚相待，她却与我人心隔肚皮，这种保姆真是受用不起了。

几天后，我对保姆说："我自己能料理自己了，马上就要秋收了，你可以回去了。"她说："没事儿，还得一段呢。"我知道她是想多赚几天的钱。

离别那天早晨，我送她到楼外的公交站点，心里有一股说不清楚的滋味。相处一月有余了，按说总该有些留恋才是。可是，没有。我从她的眼睛里没有发现可以称之为留恋的东西，她从我的眼睛里大概也没看出来。

十六、爱的支撑

1

《爱的奉献》——一首曾经传遍大江南北的流行歌曲。韦唯、龚玥、卓依婷，还有巴基斯坦歌手 Hadiqa Kiani，都演唱过，此外还有其他的人。

我不熟悉这其中的某些歌手，但熟悉这首歌。多少年了，在火车上、校园里、宾馆、高雅而幽静的休息室……都听到过，歌词几乎倒背如流了。

坦诚地讲，不大喜欢，或者说不符合我的口味，有些主流意识形态色彩的歌词给人一种正统的味道。我喜欢的歌曲是优美的、抒情的——带点儿感伤和甜美的抒情，或者饱含世事沧桑人生悲怆的那一种。

可是，这一次，这首歌却深深地打动了我。

化疗期间有的是闲暇时间，我走在医院后边的停车场上，拿着只墨绿色外壳的手机，不时地翻出一首首歌曲。于是，有意无意间，韦唯的声音就流进了我的耳朵：

这是心的呼唤

> 这是爱的奉献
>
> 这是人间的春风
>
> 这是生命的源泉
>
> 再没有心的沙漠
>
> 再没有爱的荒原
>
> 死神也望而却步
>
> 幸福之花处处开遍
>
> 啊——
>
> 只要人人都献出一点爱
>
> 世界将变成美好的人间
>
> ……

天有些阴，也许是雾霾吧，北京的天气总是这样子。我漫步走着，仔细品味着那一句句歌词。几个年老的或者年轻的、光着头或戴着帽子的女人的身影，也不时地从停车场的另一边闪过。

泪水渐渐地涌进了眼眶，鼻子也有些酸涩。我忽然意识到，不是歌词本身的问题，是我的心在人世的行走中已经不知不觉地变得麻木了。这首歌写得多好啊！那么深情、温暖，那么真诚动人。词作者莫非有过什么不幸的经历吗？于是发出了爱的呼唤。而我身边的这些女人，不也是从心底发出爱的呼唤的人吗？

自从走进乳外科那天起，我就发现这里的气氛并不像我想象的那般沉重，那般压抑。你经常可以看见患者们愉快地交流着经验，或者相互间开个玩笑、自嘲，甚至爆发出由衷的大笑。

有时我想,是什么支撑着她们活得这么坚强而愉快呢?疾病本身的性质肯定是主要原因,也就是说,缓刑期相对较长,不会马上就死。可是大家毕竟都是游走在悬崖边上的人啊!稍有不慎,就会粉身碎骨。尤其是晚期患者,即使万般小心吧,也难免跌落下去!

那么,到底是什么使她们活得坚强而愉快?我的答案之一,是爱,来自方方面面的多种多样的爱。

2

在我了解的女性癌症患者的生活中,J的丈夫可以说是最好的男人了。我前边说过了,他是学土木工程的,毕业后很长时间工作不对口。后来,就辞职了,到了一个工程队。

他在工程队里做得很辛苦,钱也没少赚,可是对J的呵护并未减少。

有一段时间里,大约手术出院以后吧,J对我说她时常整宿整宿地睡不着觉,有时刚一合眼就惊醒了。怎么着?害怕呀,担心这担心那,眼圈总是青虚虚的。

我说:"这可怎么好呢?瞪着眼睛熬到天亮?好人也得弄出病来呀!"

J说:"没关系的,难受就找驼驼呀,让他陪我说话。"她喜欢把年纪轻轻就有些拱肩而且总是低头走路的丈夫称为驼驼。

我默然,心里想象着那男人疲惫的样子。辛苦一天了,已经睁不开眼,可还是尽力回应着妻子的呼唤,用那张本不善言谈的嘴或者画过图纸做过粗活的手,抚慰妻子受伤的心。

J说驼驼对她可好了，尤其生病后，重一点儿的家务活全包了，说话总是轻声慢语的，不像以前，动不动就发急。如果有什么应酬，肯定提前给家里信儿，要是有女人到场就一准带着她。

我看着J娇美的容貌故意逗她说："还不是怕你这只天鹅飞了呀。"

J凄楚地笑笑："翅膀都折了，还往哪飞呀！再说我家驼驼可不是癞蛤蟆。别看他整天不言不语的，心里可有数呢，我受一点儿委屈他都心疼。"

有时我想，支撑着J手术后活了那么久的是不是这种爱？爱情给了她抚慰，也给了她勇气，给了她与病魔搏斗的决心和信心。假如没有这份爱，J说不定早就垮了，不可能坚持那么多年。

I的情况是更罕见的一个版本，罕见到你会以为我是个想象力发达而又不谙世事的人。也许只有那些喜欢胡编乱造的小说家，才热衷于这种虚构呢。

我不止一次地想过，假如世上还有坎坷二字的话，I的人生可以说是当之无愧了。童年时的他便缺少完整的父母之爱，不是死亡或者离异，是父亲从军，只剩下母子相依为命；稍长，又患骨癌，乃至不得不截去一条腿，就此成了终身残疾。而后厄运仍然没有离开他：大学期间被打成右派，情场失意，毕业后落到了边远的小城，然后便是孤身独处，艰难度日，乃至最终患上了绝症。

I生病期间全靠一个女学生照顾。好像是他教中学的时候吧，女学生便对他产生了景仰之情，而后，又发展成了爱，只是I自己不承认。也许是不愿承认，不敢承认。以我对他的了解，I肯定认为以残疾年长之躯去占有一个健康年轻的身体是可耻的。

我在那个城市的时候正赶上两人经常赌气。不，不是两个人，是一个人——I容不了那个女学生。那时女学生已经在工厂工作了，有了空闲便去看他，洗洗涮涮的，做些他做不了的事。I却总是把人家赶出来，连兜子都扔出来，挂在墙上的衣服也扔出来，态度很恶劣。

起初我以为是反感所致，觉得她坏了他的名声，或者他心里根本就没有爱。后来才知道全然不是这么回事，真的，全然不是这么回事。

我离开那个城市的前一天午后，特意去他的小屋与他告别。我们谈了很多，人生的、文学的，也谈到了他的个人问题。我劝他面对现实，不要太清高了，也不要固执己见，不管怎么说年纪也是一年比一年大了。

他这才说出了心底的话。

I说："我也是个血肉之躯呀，也喜欢年轻的女孩子，更何况小X对我这么好呢。可是她父母不同意呀，而且上门央求我，求我不要毁了他们的孩子，就差给我跪下了。你说这种情况下我怎么办？嗯？能怎么办吧！"脸上的每一道皱纹里都盛着痛苦。

我同情地看着他，心里既吃惊又难过。事情原来全然不是人们想象的样子，不是I不喜欢小X，而是小X的父母觉得不合适，而且小X的父母也不是无理取闹呵。两个人都是出于爱，都在寻找自己的幸福，可是又都陷入了痛苦之中，纠结而无奈。是的，既然是这种情况，还能怎么办呢？只得听天由命了。

I查出癌症的时候女学生已年届不惑了，而且有了自己的家庭和孩子。那时她仍然在一家工厂上班，仍然对I照顾有加，而且据说婚前就与丈夫说好了,说要照顾I,照顾他一辈子,无论发生什么事都不能抛下他不管。

女学生的丈夫答应了妻子,而且主动承担起家务,让妻子在工作之余有更多的时间照顾I。这位丈夫可以说是天底下最伟大的男人了,心胸宽广到了可以和大海相比的程度!而女学生呢,无疑是上帝派到人间的纯真的天使!

每天黎明时分,她便早早地赶过来,为I做好早午两顿饭;晚上下班后再过来,照顾I吃晚饭,洗洗衣服,收拾I白天咳嗽时扔在地上的带血的纸。

我去探望I的时候他正在床上躺着,一侧的床头有张桌子,桌子上有两个相互扣着的碗。

我问I:"你午饭吃什么呀?"

他嘴巴朝桌子上努努说:"那不是吗?小X早晨做好了,带晌午的,晚上她回来再做。"口气就像谈自己的家人。

我说:"她对你一直很好吗?"

他说:"好,一直很好,没有她我就活不到今天。"

I去世后女学生写来一封长长的信,信中详细说了I患病时的情况,她对I的歉疚,以及I的丧礼,等等,好几处字迹都模糊了。女学生一定是边哭边写那封信的。我还记得信中有这样的话:老师,不是他对不起我,是我对不起他,要不是我后来结婚了他可能就得不了这种病。我最难过的是他一直跟我客客气气的,把我当外人,起身都困难了,也不让我帮他解手……

I是穿着女学生亲手织的毛衣毛裤、亲手做的料子服料子裤走的,

夫妇两人一起,把他送到了墓地,场面冷清而肃穆。墓地也是女学生精心挑选的,背靠青山,面朝渤海,用尽了I仅有的一点积蓄。

看着这封信,我心里说不出是什么滋味。我为女学生夫妇的行为而感动,更为I而欣慰。是女学生的爱扶持了一个病弱的躯体,支撑着I走完了最后一段人生之路。尽管我没有看见死者的仪容,也相信他的心里充满了幸福。假如没有女学生无私的爱,I的病榻生涯将是多么艰难而尴尬呵!

我没有心思去探讨女学生的行为是否符合道德标准,只钦佩于一颗心所绽放的耀眼的美!女学生的心没有被尘埃所污染,也没有被清规陋习所遮蔽。尽管她也会承受到世俗的高压,却依然故我,依然默默地去做。在这种人生境界面前,什么样的道德标准不黯然失色呢?

3

午前患者们一般要挂吊瓶,午后,尤其晚上,停车场上的人就会多一些。与我经常在这里相遇的是一位安徽患者,三十七八岁的年纪吧,三年前在当地做的手术。不久前,转移了,于是住进了这家医院。

转移,多可怕的字眼!在我以往的观念里,转移就意味着麻烦,就意味着不治,就意味着死。可是她给我的印象却一直很淡定。也许是药物的作用吧,身材有些臃肿,脸上也没有一丝皱纹。

我说:"你怎么就发现转移了呢?"

她说：" 胯骨疼啊，特别疼，没有人帮着都起不来床了。一开始还以为是坐骨神经痛呢，就贴膏药，拔罐子，按摩，怎么着也不好，这才去做了骨扫描。"

我说："转移对你打击很大吧？"

她说："也大也不大。其实我是有心理准备的，只是不跟家里人说罢了，哪个手术完的患者不担心这事啊？倒是我爱人，受不了啦，躲进医院卫生间里哭了。"

我说："你爱人对你挺好的。"

她笑了，说："那是啊。其实他是挺幽默的人，可是自从我生病就没打心里笑过。我说你别发愁，反正都转移了，咱不治了，该咋着咋着吧。他抹了把脸说你这不是剜我的心吗？就听医生的，上北京，上上海，上大医院治。钱不够不怕，还有房子呢，实在不行就把它抵押了。我说房子没了你们父女俩住露天地呀？再说你看哪个转移的治好了？到时候落个人财两空，何苦呢？他梗着脖子说治，不治不行，就是押也得把你押北京去！到时候你就是林冲，我就是薛霸——他是故意逗我呢。我这人轻易不掉眼泪，可是那天晚上真哭了。结婚这么些年，也没少吵，没少闹，想不到他对我还这么好！你别说，治了这几个月，还真好多了，能走能撂的，起床也没事了，前几天还到颐和园玩了一趟。"

我说："你女儿知道你的病吗？"

她说："知道啊，怎么能不知道呢？从一开始我们就没想瞒着她。最初检查出乳腺癌那次她也跟去了，指着诊断书上的'左乳肿块'说妈，啥意思啊？是不是你的乳房里长东西了？我说有个小疙

瘩，没事，那时我的确以为能治好呢；这回确诊为骨转移她也在场，只是当时没告诉她。那天晚上，我发现她情绪特别坏，不想吃饭，眼睛也像哭过似的。我把她叫到我的房间说你是不是有什么心事啊？她摇摇头说没有。我说好孩子是不兴撒谎的。她低着脑袋不说话了。我说是不是你爸爸跟你说什么了？她这才说爸爸说你的病重了。妈妈，你说我是不是你的克星？我说你怎么能这么想呢？她很认真地说你看啊，你自己去医院复查没事，你和爸爸去也没事，我一跟你去就出事了，上回是，这回也是。我搂着她说你爱妈妈还来不及呢，怎么能是克星呢？她仰头想了一会儿说妈，我得当你的救星，我要救你！我得让你好好活着！"

每次一提起女儿她的情绪就高了，滔滔不绝的，仿佛奔腾的江水一般，和我说这说那。她说女儿可懂事了，以前是饭来张口，衣来伸手，自从她手术后就跟换了个人似的。也不用督促做作业了，有空就帮着收拾房间。别看只有八九岁，说话像大人一样。这次他们俩到北京来，把她寄托在舅舅家了。家庭旅馆里没有电脑，每隔三两天，她就到外边网吧里和女儿视频聊天。

我说："你一定很开心吧？"她说："那是啊！每次女儿都问我妈妈，你现在怎样了？我说妈妈好着呢，一点儿也不疼了，你有没有不听舅妈和老师的话呀？她说没有，我表现好着呢，每天一放学就做作业，还帮舅妈干活呢，不信你问舅妈呀。我说你听话就好，妈妈的病好得就快了。她说妈妈，你和爸爸啥时候回来呀？"

每次听到这儿我心里都很难受，为她，也为那个孩子，心想小小年纪就承受离别的痛苦了。而且，说不定多长时间，病情也许就急转直下，紧接着就是生离死别……可是这位患者却看不出有多难受的样子。也许她生性坚强，也许对未来充满向往，也许已经难受过了。好几次，她盯着远处的建筑物自言自语地说："就算为了女儿，为了我爱人对我这一片心，我也得治好了！"

我心想这对母女每天晚上可能都做着同样的梦——火车或者飞机载着夫妇俩踏上了归程，包里是送给女儿的礼物：一件粉色的羽绒服、一本《格林童话》，或者一个美丽的芭比娃娃。远远地望见那个城市的影子了，走进小区了，看见自己家的楼房了。悄悄上楼，开门，女儿大叫一声——孩子事先竟然不知道爸妈归来，她是要给女儿一个惊喜的。然后呢？然后就是母女相拥而笑，相拥而泣。

我愿把这梦想送给她，带着我深深的祝福。是的，在心的呼唤中，死神怎么能不望而却步呢？

4

幸福能改变人的秉性，苦难也是。住院的日子里，我经常能看到男人在水池前笨手笨脚地洗衣服，拎着饭盒去食堂或者饭店，给妻子洗脚、按摩身体。他们，尤其来自农村的男人们可能一辈子都没做过这些事，可是现在做了，做得无声无息、无怨无悔。

我租住的那幢楼里有各种各样的癌症患者，比如胃癌、宫颈癌、膀胱癌、胰腺癌，等等，其中有一位陕西患者是肝癌，已经到了晚期了，黄瘦得跟螳螂一样，精神头儿倒还好。她的丈夫每天忙里忙外的，见了人就咧着满口黄黑的牙齿笑，一看就是个烟篓子；而且，

特别能喝酒。好几次，楼里人坐在外边乘凉，我都闻到他嘴里散发出一股酒气。

我趁他不在的时候对别的男人说："你们都得学老酒啊（老酒是家庭旅馆里的人们给他的外号），看看人家，啥时候有过愁眉苦脸的时候？这才叫想得开呢。"

有人说："得了吧，你是不知道，老酒才叫心重呢！不信哪天你问问他，一宿睡多少觉？他是隔半个点儿就醒一回，起身摸摸媳妇的脉，看人过去没有。"

我说："喝得懵天懵地的还半个点儿醒一回？"

他们说："你不信哪？不假，他媳妇亲口说的。有一回他以为媳妇睡着了，就躺在床上抹眼泪，一边哭一边嘟嘟囔囔地说：'娃他妈，你可得挺住啊，没有你咱可还叫个啥家嘛……'"听得我眼泪都快掉下来了。

我一直以为老酒邋邋遢遢的不知道心疼人，想不到感情这么重，他是以农民最朴实的方式表达着对妻子的爱。而他的妻子，那个螳螂一样的女人，病得这么久了，也还支撑着，有时脸上还带着笑，是不是因为有老酒的缘故呢？

让我特别感动的还有对门那个女孩子的父亲——一个年近六十的苏北男人。

假如说癌症对某些家庭特殊青睐，那么这个人的家庭算得上是一个了。女儿只有三岁的时候，他老婆就患了乳腺癌，不到两年，死了，两个弟弟也死于癌症。他还没从小弟死亡的痛苦中解脱出来呢，妹妹又患了宫颈癌。心想这回差不多了吧？即使再倒霉，灾难也不能总光顾他家呀！可是，女儿又患了卵巢癌！本来发现得比较早，切得也很彻底，子宫、附件，都切了，连医生都说没事了，想不到两年的工夫就转移了，在结肠重新扎寨！

于是，他辞了在镇上一家企业做仓库保管员的工作，陪女儿到北京治病。

我从未见过这样的父亲，他把所有的精力都倾注到女儿身上了。儿子的婚礼没有参加，儿媳生了孙子也没回去。每天不是买菜做饭，就是陪女儿到医院治病，忙得跟个陀螺似的。有时候也去楼外坐着，逗逗小老板的狗，和别人说说话。有他在，现场的气氛就欢快了。

有人说："老 X 你不发愁啊？"

他说："愁啥？我女儿的病见好呢，今早晨啃了两根大骨头。"

过两天又说了："这回好，打两个升白针白血球就达标了。"

他喜欢京剧，时常拿着个半导体听，有时听着听着就哼哼几句。

可是楼里却有人说："他女儿又重了，吃不了多少饭，昨晚上还吐呢，没见这两天没出来吗？"

有一天晚上，我散步回来晚了，走到楼外拐角处时，见黑暗中面朝里站着一个人。我紧张地问了声："谁？"

那人转过身，抽出根烟，点上。

火光一闪中，我认出是老 X。

我说："这么晚了怎么还站这儿啊？"

他说："嗯，站一会儿，心里好受。"

我说："回去吧，要不你女儿不放心了。"

他没吭声，好一会才叹口气说："我女儿大便解不出来了……"

灿若秋叶

我立时明白了老X为什么这么晚了还站在那,为什么从不抽烟的他竟抽起了烟,为什么告诉我他女儿大便解不出来了。不是出来换气儿;也不是男女有别,女儿的挣扎使他觉得有些不便;是他再也见不得女儿痛苦的样子、听不得女儿痛苦的呻吟了,一颗心早就碎成了八瓣!否则,以他的性子,就是用手抠、用嘴裹,也心甘情愿的。

八月十五是亲人团聚的日子。这天晚上,楼里几个喜欢喝酒的男人买了几瓶酒,做了几个菜,在我的隔壁聚起了餐。可能是因为老X烟酒不沾吧,就没有叫他。开饭前他女儿过来了,说:"你们咋不找我爹呀?我爹能喝酒,他自己一个人在屋里呢。"可是没喝上二两老X就醉了,跑到楼门外呜呜地哭。他一边冲着满天的星星手舞足蹈一边说:"老天爷呀,你行行好吧,有啥苦都加在我身上,别让我女儿离开我呀……"声音好悲凉,好凄惨,连躺在床上的我都听见了。

令人欣慰的是没几天女孩子就换了化疗方案,而且病情有好转的迹象。老X高兴得跟什么似的,逢人便说:"看看,是不是?老天爷开眼了!"

是的,死神强大,爱更强大。在爱面前,死神的脚步也延缓了。

即使孤单如我,自住院以来,不也时时体验到真诚的爱吗?

F不用讲,侄女和她的男朋友也不用说了。单只是我的学生们,就已经使我的心里充满了温暖。

我没把生病的消息公布出去,除了几个关系极好而又不得不说者以外,我不想打扰任何人,同情和怜悯都不是我所需要的。我的处世原则就是如果不能给人幸福也就不要使人增加痛苦。

我带的两个研究生最早知道我生了病,只是不知道真情。其中一个女生一次又一次地问:"老师,您到底怎么了?要不要紧啊?用不用我们过去照顾您?我母亲也想去看看呢。"

我早年的一个学生在教师节这天也打来了电话,说昨天就往家里座机上打了,没人接,手机又关机了,心里急得很,担心我是不是出事了。

我和这个学生的感情非常好。早在20世纪80年代初,我教她们班语文,她写的第一篇作文是《下雪的日子》。文中写了她父亲如何身患绝症,如何离世,作为女儿的她如何心痛,等等。我在全体学生面前读了这篇作文。我说这篇作文之所以好,不是辞藻华美,而是感情真切,写出了一颗女儿爱父的心。

我简单地向她讲述了病情,叮嘱她不要说出去,她答应了,却坚持要来北京,经我再三解释才同意缓缓了。放下电话后又发来一条短信,信中说:"……我理解您的心情,但是您要记住,如果需要帮忙,一定告诉我,我会第一时间赶到的,记得我一直都站在您一回头就能看到的地方,记得还有一个一直心疼你的人哦。"

是的,心疼。心疼是什么意思呢?心疼就是想着你,挂着你,每时每刻都惦记着你。我们已经十几年没见面了,十几年的分别啊,感情却没有被时间的河水冲淡!那一刻,我喉头发堵,想起了我后来供职的那所大学里一位老教师的话。

老教师说:"你问这里的人怎么样?打个比方说吧:你要是生病住院了呢,能过去看看,看你死了死不了。一看死不了,心里难受了,嘴上却不得不说些祝福的话;一看病挺重呢,眼泪都能下来,

心里却乐得飞儿飞儿的。"

那时我刚参加工作不久,涉世不深,不理解人心竟何以如此歹毒。这里不是高等学府吗?这里的人不几乎都是高级知识分子吗?知识分子是有学识、有修养的,怎么能这么冷酷呢?

5

中秋节的前一天,夜已经深了。我正迷迷糊糊的,铃声响了,是F的电话,说:"太晚了,是不是影响你休息?"

我说:"没有,我睡不着哦,正想有人打扰呢,你听听我对床的呼噜声。"把手机往一边斜了斜。

他马上把声音低下来,压着嗓子说:"别怪她。知道我为什么这么晚了还跟你通话吗?告诉你个好消息,书稿彻底完事了,明天送出版社。"

我一惊,心里顿时兴奋起来,仅有的一点儿睡意也跑到九霄云外了。改完了,终于改完了!两三年的时间,八九十万字的专著,稿纸用了一本又一本,笔芯换了一根又一根……夜以继日,殚精竭虑,就差把命搭进去了!

"最后一章写得可顺了,想到你化疗不折腾,我心里就高兴,几乎没用怎么改。"

我在黑暗中笑笑,心想高兴就好,只要你高兴,永远也别知道我被痛苦折磨的样子。

"这回可真累了,躺在床上一点儿也不想动了。不知咋弄的,还感冒了。"

我心里立时有些不安。F是不能感冒的,一感冒就咳嗽;一咳嗽就容易引起支扩发作,就咯血;控制不住就得住院,每次痊愈都需要十几天甚至几十天。

我刚想问吃药了吗?他马上觉察到了:"药已经吃过了,只是流鼻涕,没咳嗽,可能夜里被风吹着了吧。如是,你知道明天是什么日子吗?"

"什么日子?"

"中秋节呀,我估计你也是忘了。"

"骗你你都不知道。"我在黑暗中噘起嘴巴。

"呵呵,我还以为你真忘了呢。"声音更小了,却含着急切:"我多想再过一个去年那样的中秋节呀,真的,一边写一边想。"

我一时不知说什么好了。是的,去年中秋节前,母亲回老家了。我在本市一家老店买了他最喜欢吃的老式月饼和几样糕点,然后,千里迢迢,赶赴京城,与他共享天上人间。

那天晚上,月亮在天空游走着,不紧也不慢。我久久地盯着那轮明月,心里竟生出一丝怅惘,悠悠的、淡淡的。

我说:"咱俩都许个愿吧。"

他说:"许什么好呢?"

我说:"只要真诚,随便你。"

他想了一会儿,扭头贴着我的耳朵小声说:"但愿人长久。"

"千里共婵娟。"我很快跟了一句。

他孩子般地说:"不行啊,不行,你这可叫什么愿啊!我不想

千里共婵娟了,不想了,像眼下这样子,多好。"表情也多少有些黯淡。

月亮钻进云朵里去了,云彩遮住了月里的人。我的烦恼。他的羁绊。

我说:"今年我们把中秋节改了吧,改成我出院以后过,行不行?那可是双重意义呢。"我担心他又想来我这里,担心我再也没有理由拒绝,担心我的拒绝会伤了他的心。

那时的我真是封闭得可以!尽管每天心里都想着,念着,可就是不见,不想让他看见我残缺的身体、被假发遮挡的头皮和苍白的脸!也许这才是我拒绝见面的根本原因?只想通体靓丽,却不敢展示疤痕,陷入爱河中的女人是多么虚荣而愚蠢啊!

他叹口气说:"不行又能怎么着啊!我真想一步就迈到你那儿去,偏偏又感冒了,怕传染给你。不过我可有个要求:往后让我来照顾你,行不行?这回你一定得听我的,说什么也不能让你两头跑了。"

心里有暖流涌过,酸楚、感动,眼泪也顺着眼角慢慢流下来。我明白他的心理,会选择不离不弃,而且仍然看重那张纸;可是我已经不是原来的我了呀!我肢体残缺,心情颓废,而且很可能活不多久了……F 啊 F,你就执着迂腐到这程度了吗?万一我走了,你怎么办?你就不替自己的晚年想想吗?

泪眼凝视着墙上的窗户。黑色的夜光,在玻璃上缓缓地流过。

"我知道我年老体弱,委屈了你,可是你应该理解我的心。"

"睡吧,明天还有事,晚了对你身体不好。"

"我今晚铁定是睡不着了。你知道吗?我着急赶完这本书就是为了早点儿接回你,让你在我身边,要不然我都觉得自己是罪人了。"

我沉默。

"对了,还有件事想告诉你。云南有个学生请我过去休息一段,顺便参加他新书的首发式,你说去不去?"

"去呀,怎么不去?闷了这么久,该出去玩玩了。"

"可是我心里放不下你。"

"没事儿,有保姆和亲戚照顾呢,你在家也没用。"

"好,我明早就给他回个话。他那边也急,也就这两天动身吧,兴许日子多点儿,不过你出院之前我肯定回来了。"

我默默地听着,心里一丝丝地,割舍不得。每次分别都是这样,哪怕再短的时间呢,都难以接受,仿佛都是生离死别。

相互间道了晚安,我看看手机,已经一点一刻了。

我做梦也没想到,我命中多舛,劫难未尽。今生今世,我们再也无缘相见!

十七、美是天性

1

不要把她们想象成苍白孱弱愁苦邋遢的群体,和别的女人一样,乳腺癌患者们也是爱美的。兴许是从亚当的身上被作为肋骨抽取下来的那一刻开始吧,女人就知道自己是女人了,就和男人不同,就得美。上帝所赋予的生育之苦没有毁掉她们对美的向往,癌症同样也没能使她们失去爱美之心。她们像一群受了伤的蝴蝶,即使翅膀折断了,也仍然在翩翩飞舞,舞出世间最美的姿态!

在医院的走廊里、病床上,我看得最多的是戴帽子的女人。或许是假发需要经常打理吧,摘来摘去的,不方便,没了头发的患者们就喜欢戴帽子。纱布的、丝绸的、纯棉线的,黄红色格子相间、紫褐色花朵交汇……

其实帽子是不能代替头发的,没了头发戴帽子也不好看。夏秋之际,天热,帽子很薄,患者们就想出一些简单的方法。比如买一顶肥大的帽子,往上提提,在头顶或者脑后堆起来一些,松松垮垮的,于是就显得丰满了;假如在额前处卷上几折呢?仿佛不经意般?效果更不同了,那风格可不是语言所能描绘的。有些巧手的患者还会重新加加工,用针线把帽子多做出几个棱角来,再配上娇小的脸庞,嘿嘿，你就瞧吧，走到人多的地方准有回头率。

也有就那么光着脑袋的，如出家的尼姑一般，走来走去的，一副聪明相，这些多是年轻的患者。

侥幸没有脱光头发或者尚未到脱发阶段的患者喜欢编两根小辫子，搭在胸前、肩上，神情是梦幻般的满足，仿佛又回到了少女时代。

胸部已经不雅观了，不过不要紧，可以穿肥大的、宽松的衣服，基本是前开的，或者干脆就穿睡衣。

睡衣好，方便，无论是彩超、胸透，还是留管、输液，都很合适。

睡衣既柔软又温馨，让你有一种家的感觉，仿佛静静地坐在客厅里的沙发上，手里端着一杯清茶，轻轻地啜饮；又仿佛趿着拖鞋在地板上走来走去，任袖子在身边一甩一甩的，水一般飘来飘去。

睡衣本该属于女人，它使女人有女人味，穿上睡衣，女人就有了一种别样的美。

睡衣是最贴近身体的服饰，于是，你在那个淡雅的、别致的、超凡脱俗般的睡衣世界中，便发现了女人对美的向往，看见了一颗颗爱美的心。

女人最大的优点就是爱美吧，美将她们与痛苦的现实隔离开来。就是一朵残花、一株衰草，她们也能创造出一片美的天地。

2

我记得有这样一位女患者，只有二十三四岁吧，已经是一个孩子的妈妈了。她的肿瘤发现得比较晚，瘤体较大，要做术前化疗，

已经化了六个疗程了,可还是那么白、那么胖。除了恶心呕吐的时候,整天都笑眯眯的。她有一双秀美的眼,眼角很长,嘴角也往里弯弯着。一笑,都往上翘,是个罕见的乡村美人。可惜整个头脸白生生的,让人觉得缺了什么,忍不住替她惋惜、难过。

有一天,她特意到我的房间来了,坐在我对面的椅子上,还是那么笑眯眯的,表情多少有些神秘,有些羞涩。

我心想怎么回事呢?目光在她的脸上转悠着,忽然发觉那张脸和往常不一样了。还是没有眉毛、睫毛、头发,还是那么白生生的,缺少血色。可是抹过唇膏的嘴成了一朵娇美的花了,红艳艳的,一朵水灵灵绽放的娇美的花!

这朵花给她增添了年轻女子的妩媚,也显示出久违的健康与活力。她掏出一枚小镜子边看边说:"亲戚给的,一直没好意思用,是不是太艳了?"

我说:"不艳,一点也不艳,再艳一些才好呢,这样子看起来多美呀!"

她像燕子展翅般翘着眼角和嘴巴说:"真的吗?那我就天天抹,我老公还说我臭美呢!"

其实我又何尝不是如此呢?尽管我自认为平素没有多少爱美之心,可是,我对失去左乳和头发的痛苦,对假发的依恋,乃至对穿着的空前在意又焉知不是求美之心在作怪?

手术后我曾经看过一本书,李金锋的《如何应对乳腺癌》,写得很好,诗一般的语言总让你感觉意犹未尽。里边谈到了患者术后的镜像训练问题,简言之,就是你自己在镜子面前打量你自己的形体。

你要穿戴得尽可能漂亮，然后找出让你自己满意的地方，直到你的目光已经熟悉你身体的丑陋。换句话说，就是你能坦然地接受残缺不全的你。

那时我觉得这种做法实在有些矫情，有些好笑，有些自我欺骗的味道。难道你是你认为怎样就怎样的吗？你的一切都是客观存在，无论怎么费尽心思地遮掩，都改变不了。可是，随着时间的推移，我不知不觉就发生了变化：我为一件衣服挑来拣去，为一双鞋跑了几个商场，为假发和义乳走了一个又一个店……

有一次，保姆将果汁洒在我的睡衣上了。我嘴上不说，心里却老大不乐意。

我第一次为失去左乳感到难受的时候，医生说："你可以做乳房重建啊。"我不想，那种拆东墙补西墙的行为着实让人难以接受。想想吧，从你身体的其他地方切下一块血淋淋的肌肉来，填补在扁平的胸部，你愿意吗？你一生都会替那无故被宰的部位打抱不平的！

植入盐水假体或硅凝胶假体似乎是不错的选择，其安全性专家们也替我们考证过了。可是，也不行，我本能地感觉失去乳房的地方被长久地罩住可不是好事。那样会不会增加复发的危险呢？假如复发了，能及时发现吗？可是就这么任凭胸部凸凸凹凹地展览着也不是办法呀，也不行，那会慢慢地毁了我的自尊心的——女人所独有的自尊心。

于是，我选择了外置义乳。

其实最初接触到这个问题的时候我考虑得很简单：乳罩，每个女人都用过的乳罩总该有吧？在患侧的乳罩里塞满棉花棉布什么的，

鼓鼓囊囊地撑起来，不就行了吗？可是事实证明这个想法太简单了，我忽略了原有乳房的固定作用。而没有这种固定，乳罩就失去了控制，就肆意妄为起来，就随便乱动，时时做出篡位之举。

装入乳罩里的外置义乳与乳罩相似，容易为女人所接受。而且不仅保持了形体美，也避免了因重建手术所导致的精神重负。我选择的义乳是医用硅胶做的，文胸选择了纯黑和浅咖啡两种颜色。一种和肤色对立，一种构成了和谐，都喜欢，代表着我的两种情绪。

尽管我在住院期间从没想过外置义乳，出院后也只是偶尔戴过，我还是对它产生了深深的依恋。挺着重新耸立起来的胸脯走进人群，我就回到了过去，回到了从前，就拾回了女人的自信和美感。

我的假发也不知引起过多少患者的羡慕，尤其是家庭旅馆里那位晚期肝癌患者，只要我在外边坐着，就拿着小板凳凑过来了，问我在哪里买的，说这假发好看，像真的似的，冷不丁谁也看不出来。等她的身体好些了，也去买，和我的一模一样的。其实买假发的说道很多，除了质量、价格，还有发式，得适合你的头型、脸型和肤色。我不忍心扫她的兴，就应付说好，你戴假发肯定好看。

我原本以为她也就这么说说的，瘦得跟螳螂似的，说话都喘气了，怎么有心思去买假发呢？可是两三天以后吧，还真就买来了，而且真就和我的一模一样。

第二天，她丈夫在楼外说这假发可把她乐坏了。逛街的时候也不知哪来的精神头儿，走了好几家商场，买完后当时就戴上了。晚饭喝了一碗粥外加一个馒头，要是以往啊，两顿都费劲；而且还买了一瓶生发水呢。卖家说这药水好使，抹上了，头发长得又黑又快，她信,她做梦都梦见头发又长出来了。

我又想起了写《油画词语》的那个人,理解了她那飘落的痛苦和再生时的欢欣。那时她一定还很年轻吧?也许还是个孩子呢,一个喜欢美的女孩子。于是,在黑压压的头茬重新生长出来后,她忘情地欢呼了:

一片茂密的森林,太茂密了,像胡茬儿直挺挺不折不弯地耸立着。我的天!——那铺满我长发的漆黑的路,那阴森森的死神的门,那脊背朝着死神走去的梦,那对女孩子不能容忍的折磨,统统见鬼去吧!

我的头发重新诞生了!

我的女孩子的旗帜重新升起来!

我的女孩子的江河重新汩汩流淌!

是的,有什么比和自己失而复得的头发重逢更令人惊喜的呢?对于女人来说,头发的重生也就是生命的重生!存活或许长久或许短暂,都不去想,只要重新开始,只要重新扬起美的风帆,只要能让生命之舟重新驶进辽阔的海洋!

3

我也想起了我的姐姐,在她病重的那段日子里,我没见她留下过任何遗言,她可是曾经那么爱她的家,她的孩子,她亲手操持过

的一切一切啊！唯一的遗言是要穿一套平常人穿的合体的蓝制服，而不是殡葬店里的那种黑色棉布衣裤。

我曾几次看见过那种黑色衣裤，老式、臃肿、笨重，散发着一股死气，看一眼心里都堵得慌。姐姐从小就爱美，记得在物质和精神都很贫瘠的20世纪70年代，即使年轻人，衣服也都是肥肥大大的，颜色也多是灰的、蓝的、黑的、黄的，顶多带一些横竖格子。姐姐却独出心裁地做了一件花布小棉袄，而且把一条浅咖啡色裤子改成了瘦腿包臀的。走起路来身体的线条是那么玲珑优美，即使和现在流行的款式相比，也不落后。

我原以为她会叮嘱她的孩子，惦念她的丈夫，舍不得消耗了她一生时光的这个家呢，都不是，独独是弥留之际的美与丑！她不想留给世人一个不好的形象，不想将自己的身体和死亡联系起来，而是一心想把美带到另一个世界去。每次我梦见她，都是一身合体的蓝衣蓝裤，一头自然卷的短发，和一双白皙柔嫩保养得很好的手。

这就是美的效果，美的延续，美的永恒！

死神啊，你可以残忍地毁灭女人的躯体，但毁得了她的爱美之心吗？

4

记得是J死后第二年的清明节，我和她的一位亲属一起去她栖身的公墓。

清风徐徐，杨柳依依，是J生前的柔情细语。

那位亲属抚着花白的头发感慨地说:"以我这个年纪也算经历过一些事了,还真就没见过像她这样的。记得那会儿你好像没赶上,是不是?你没见她当时的样子呢。大波浪卷儿的披肩发,一身黑呢子衣裤,顺顺当当的,那个整齐寡净啊!有点儿像……像什么呢?对了,像西方的男女青年去教堂举行婚礼,连乳房都像年轻人似的。脸色是有些苍白,妆画得也不艳,都是她死前的要求,全按她嘱咐的做的。要不是肚子鼓起来了,你根本就看不出是个癌症病人。唉……"

我一边听J的亲属说话,一边想着J躺在玻璃棺里的样子,心里忽然一动。我说:"是大翻领的薄呢子衣服吗?别着粉色的领花;裤子也是一个颜色,呢子黑得特别纯的那种?"

她说:"是啊,太对了,你怎么知道的?是别人告诉你的吧?"

我没有回答她的话,心思已经随着回忆悠悠地飘走了。

J查出癌症转移后,有两三个月的时间吧,谁也不见,躺在自己的房间里闭门不出,连吃饭都得她丈夫请。她拒绝化疗,拒绝去医院,谁劝跟谁翻脸。后来,好像想开了(她丈夫说的,好像想开了),不知从哪弄来个偏方,一边吃着,一边像正常人似的,做些力所能及的家务,有两次还邀我陪她上街,逛服装商场,买了一套内衣内裤、一套毛衣毛裤,都是高档的,价格不菲。

我看着她那弱不禁风的样子心想还能穿几回呢?心里便有些感慨,有些痛。

最后一次是那年春天,我正赶稿子呢,她打来电话,要我陪她去一家服装店。我说:"明天不行吗?明天,最好后天。"她说:"就这点儿事你还推三诿四的!"我连声说:"好好好,我这就打车去

你家门口。"心想这哪是J的性格啊!疾病把她从里到外都改变了,以往的她可是最善解人意的。

那是一家专门经营高档毛呢的服装店,服装师的手艺是全市出名的。

我说:"你想做什么呀?风衣?这种黄白格子的不错。"一边指指手边的那捆布料。

她好像不愿理我,独自走到柜台的尽头,毅然选择了那种纯黑色的薄呢子衣料。

我说:"你现在的脸色有点儿旧,穿红色比较好。"心里是想为她讨个吉利。

她似乎没听见,手指一边在上边摸着一边喃喃地说:"就是它了……"

量尺寸的时候J和服装师又发生了冲突。

服装师说:"你的腰围是一尺九啊,怎么能按二尺四做呢?太离谱了。"

J小声儿说:"就二尺四……二尺五也行。"

服装师说:"你是给自己做还是给别人呀?"

J火了,说:"让你做你就做得了,听不明白咋着?"

那时我丝毫也没往多里想,以为她是被病折磨的,有些变态。反正她家里有的是钱,爱怎么折腾怎么折腾吧;殊不知她已经把什么都想好了。癌症病人死前几乎都腹胀,肚子鼓鼓的,她是担心到时候穿不进去。

我眼看着服装师把腰围写成了二尺四,看着J挑了一个粉色的领花。她还把黑呢子衣料把在胸前,把领花摆在合适的位置说:"怎么样,漂亮吧?"

我信口搭言地说:"挺好,漂亮,你穿什么衣服都好看。"她低头笑了,眼睛里闪过一点泪。她明白自己不能不死,但不能容忍自己不美。

写到这里,我想起了本市的一位探险家写的一首诗。她本来是搞摄影的,却疯狂地迷上了探险,于是在塔克拉玛干沙漠被困。后来她对我说那时只以为必死无疑了,脑袋里不知为何总是萦绕着这样的诗句:

上帝啊,
假如你非得要我死,
就给我盖床棉被吧。
假如不肯给我棉被,
就赐我一袭长袍吧。
假如不肯赐我长袍,
就赏我一条裤子吧。
假如不肯赏我裤子,
就送我一片树叶吧。

我曾经把它当成是陷入半昏迷状态中的人的呓语。你想呵,断水绝粮、气温骤降,一只手已经与死神握手言和,此时的人是难免有些不解之举的。现在看,这想法是有些简单了。为什么没想到日光、

泉水、面包、亲人？为什么独独是遮蔽躯体，乃至于祈求一片树叶？远古时期，亚当、夏娃面对禽兽的眼睛时，不也是首先想到了采无花果树的叶子吗？原来始祖早已经把审美的基因遗传给女人了，女人与美，生死相依。

也许你会觉得J的故事比童话还虚幻吧。已经走到了死亡的边缘，命都快保不住了，还有心思给自己打点行装吗？而且，即使再华丽的服饰，不也将付之一炬？其实这种想法恰恰是太庸俗了，是你的爱美之心，已经被尘埃遮蔽。正因为走到了死亡的边缘，才要最后美丽一番。让人生最后的时光，给世人留下永恒的忆念。我想J当时一定是这样想的，假如九泉之下有知，她一定会感动于我们之间的默契。

十八、女人，女人

1

F每天都来短信，说在云南很好，让我放心。我说自己照顾好自己哦！他说你也是，别马虎大意，万一有事就及时联系我。

已经是第二个疗程出院了。每天早晨起床，吃饭，然后验血或者看会儿电视剧，接着便出去散一个多小时的步。午饭后再睡一会儿觉，大约两三点钟吧，假如身体没有什么不舒服，就再出去转悠几圈儿，一天也就基本结束了。

初秋的北京，天气多少有些凉了，植物的叶子还很绿，雾霾好像也有些淡了。

这天午后，我照例在医院后边的停车场上走了大约四五十分钟，回来的路上，见天色还早，便信步走进了医院一楼的大厅。

靠窗处是一排连排塑料椅，蓝色的，很干净的样子，椅子上总是坐着一些病人和家属。可是这天连椅上却几乎没有人，只有一位年纪和我相仿的妇女，孤零零地坐着，好像在等待什么，又好像什么事也没有。

我选择了和她隔着两张椅子的位置坐下来，一边低头听手机里的歌曲，一边有意无意地感受着这个同伴，觉得她很特殊、很安静，

既没有患者常有的紧张和激动,也没有患者家属的焦灼不宁。

我心想她是什么角色呢?是家属?还是患者?抑或只是来探望亲友的人?

那时我已经萌生了写这本书的想法,于是处处留心着,想记下自己的这段人生经历,也想了解我所接触到的每一个人。

这女人留着普通的齐耳短发,鬓角处有些花白了,脸色发黑,似乎有过坎坷的经历;可是那从容的微笑和淡定的眼神以及这个年龄的女人少有的描过的黑眼圈儿,又使我琢磨不透她的内心世界。

手机里正播放着歌曲,是苏芮的《酒干倘卖无》,声音有些激扬,也有些凄恻。意识到歌声打破了身边人的平静,我有些不好意思了,扭头朝她笑笑,挪到她身旁的椅子上。

她也朝我笑笑,也不说话,也不躲避我的目光,就那么腰板挺得直溜溜的,两手叠合着,放在腿上。

我看着空荡荡的大厅说:"天不早了,怎么还不回去啊?在等什么人是吗?"

她说:"嗯,等我儿子呢,我儿子给我拿药去了。"

我说:"您不是探望别人的呀?我还以为您是患者家属或者朋友什么的呢。"

她还是那么坦然地笑笑,说:"不像有病的,是吧?大家伙都这么说呢。"

我小心地问:"您身体有什么毛病啊?"

她说:"宫颈癌,晚期了,自己都摸着了啦,一开始我就不想治。"

我说:"怎么能不治呢?是不是发现的时候就晚了?"

她说:"哪啊,我是北京郊区的,我们那每年都有两癌筛查,两年前就看出来了,我压根就没告诉家里人。我有两个儿子呢,都没结婚,哪有钱治病啊!"

我说:"那也不能不要命啊!"

她说:"治就能好了?兴许钱也花了,罪也受了,到头来还是落个人财两空。你是不是也是宫颈的毛病啊?"

我说:"不是,乳腺,用手指指左侧乳房。"

她说:"乳房更没事了,我有个堂姐,乳腺癌三十一年了,到这会儿还好好的呢,每天就知道干活,啥也不想,心大。告诉你吧,得这种病就得心大,心大,病就能好。"

我接着前边的话茬说:"您怎么又治了呢?"

她说:"不治不行啊,老头儿和儿女都不让了,不想看着我死。其实我也就是敷衍敷衍他们,抓点儿中药熬熬,我是说啥也不能住院哪。我回去就喝蒲公英水,吃鸡蛋,像我堂姐似的,不信不能好。过几天我就去我妹妹家养了。"

她说得那么坦然,那么自信,连我都觉得可以不治了,而且也不能说没几分道理。我租住的那幢楼里有好几个宫颈癌病人,每每谈起治疗情况,都说那才叫惨呢,真不是人能忍受的,弄得我倒为患乳腺癌而庆幸了。

这时候一个三十岁左右的年轻人在不远处招呼她,面色黢黑、干瘦,手里提着几包中药,可能是她儿子吧。

果然,她站起身,冷静地对我说:"妹子,你多保重,说不定还能见面呢,我觉得咱俩有缘。"

她自始至终都那么安稳,那么淡定,显然不是装出来的。而且,眸子里闪着一种奇异的光!

那是一种心怀至爱的母亲才有的神采,是走向刑场的人才有的坚定,是内心经过痛苦挣扎后终于铁下心来的人才有的光。也许她真的相信堂姐的方法能治好她的病吧,也许她已经晓得自己将不久于人世,总之,没有焦灼,只有淡定。

2

太阳已经斜过去了,大厅里也有些暗。我看着她渐行渐远的身影,心里有一种说不出来的滋味。看得出她已经打定主意不治了,就像她自己说的,一开始就不想治。为什么呢?因为她是一个贫困家庭的女主人,是两个未婚儿子的母亲,是丈夫的妻子,是女人。

女人是什么?是情感的奴隶,是善良的代名词,是爱的牺牲品。尤其那些具有传统思想的女性,更是这样。而当她们生儿育女之后,儿女就成了她们的命。她们用全部心血哺育着儿女的心,将所有情感都化作了对儿女的爱,不辞劳苦地将儿女养大成人。

因此,女人的怀抱,被比喻为大地;女人的爱,被形容为水;与女性生殖系统有关的"玄牝"之门,被誉为天地根。

女人因此而伟大,而无私,而强韧;也因此而软弱,而愚蠢,而悲惨。尤其是家庭儿女和自身利益间发生冲突的时候,她们宁可牺牲自己,也不肯伤害儿女,损害家庭;况且得了癌症可不是一般的冲突啊!得了癌症,少则几万、十几万,多则几十万、上百万,都会像水一般流进去，无影无踪、无声无息。

有医保报销是不假，可是总得自己先垫付吧？况且又不是全都能报，七扣八扣之余，自己支付的，也是一大笔；如果是异地医疗报销就更少了。门诊费、门槛费、床费、部分药费……都得自己掏，弄得你心里稀里糊涂的。

普通百姓看不起病，更看不起大病、重病，已经是中国普遍的现实。因此，很多癌症病人就只能等死了。这种事情，可以说数不胜数。

记得老家的一位农民患了食道癌，吃饭时噎得慌。儿女拉到县医院看了，医生说还不晚，能治，可以手术，可是治病就意味着倾家荡产啊！怎么办？结果还是拉回来了，本来能延长的生命就这样眼睁睁地放弃了。

很难想象椅子上的女人能耗尽钱财让两个儿子打光棍。娶不成妻子，一辈子形单影只，而且断了子孙后代，那可是比什么都严重的，简直是要她的命。古人早就说过么，不孝有三，无后为大，她怎么能忍心让儿子无后呢？吃蒲公英好，吃蒲公英不花钱，而且不用遭那份儿罪。反正也治不好的，何乐而不为？

我早年的一位邻居也是，总感觉胃疼，就当胃炎治，吃消炎药，到医院检查时已经是胰腺癌晚期了。她想做的第一件事就是赶紧给儿子办婚礼，兴师动众的、冠冕堂皇的，村里人夸赞，小两口也满意，剩余的钱才用来治病，不到半年就离世了。

而我中学时的一个同学更令人揪心。她勤俭一生，操劳一生，就为了给儿子在城里买个楼，让儿子过上城里人的日子。她是我所熟悉的女人中最坚强的一个，确诊为胆囊癌时没有哭，临死前也没

有哭,可是办理住院手续时却哭了,看着丈夫手里的那把票子说:"这可是给儿子买楼的钱哪,算了,咱不治了,回家熬点儿中药……"一咬牙从医院出来了。临咽气的时候还对儿子说:"妈对得起你了。"

有时我想:假如有一天,儿女们需要她们的血、她们的肉、她们的骨头,乃至身体上的每个器官,她们也会毫不犹豫地献出来的,就像坦然就义一样,往刑具上一躺:喏,拿去……她们怎么就不想想是自己的命重要还是儿女们买楼办婚事重要?

买楼、办婚事都可以延缓,也可以不办,至少死不了人是吧;可治病却是不能拖延的。假如家里没有了女人,儿女们没有了母亲,这个家还是不是完整的家?

可是用愚蠢来解释这些行为又太残忍了。其实她们心里比谁都清醒,都明白,只是妻子和母亲的角色使选择变得异常艰难。蝼蚁尚且贪生,何况有思维有情感的人呢?她们的心里一定经过苦苦的挣扎,经历了一场大沉大痛、大悲大哀、大苦大难。

听母亲讲,我刚才说过的患胆囊癌的那个同学,自从得了病就总是溜着丈夫的脸色。而她那个一辈子鼓弄土地的男人,则仿佛霜打了一般,整天耷拉着脑袋,愁苦着脸,不是蹲在地里,就是坐在墙根,或者蹲别人家的炕沿。直到她从医院跑出来了,脸色才开晴了。

因此,当女人在亲情和性命之间挣扎时,亲人应无私地帮她们一把。须知任何生命都是一次性的,死了就死了,就意味着世间再也没有这个人了,即使你上天入地,也寻找不到,而金钱倒有可能重新获得的。

其实我也无意谴责这个男人,不管怎么说,在时下的乡村,男人还是家庭的顶梁柱。两人有着共同的家和共同的儿子,给儿子买楼,也是两个人共同的心愿。是日子的艰辛使他变得狭隘而吝啬了。

贫穷啊,你为什么这么执拗,为什么总是如毒蛇一般死死地咬着这些善良的人,不肯松一松口?!

不能不承认,这种选择与患者对癌症的绝望心理有紧密联系。尽管随着医学的发展,癌症的诊治也在进步,这可恶的家伙却仍然雄踞着人类第一杀手的地位。与其人财两空,不如丢一个保一个,可是这种看似理性的认识却往往已经陷入了误区,不仅延误了治疗时机,也葬送了生命。

而真实情况是,尽管步履缓慢,癌症的治疗还是不断发展的。尤其乳腺癌、宫颈癌等癌种,就算已经到了晚期,复发了,转移了,也不是没有一点办法可想,生命也还可以延长。在《应对乳腺癌专家谈》中,徐兵河教授就这样说过:复发、转移不等于死亡,采取积极的态度,把有限的精力集中在积极解决现有的问题上,继续与肿瘤做斗争,往往会得到意想不到的效果。这是鼓励,也是现实。尤其当下,这种例子也并非屈指可数。

3

贫穷的女人艰难,富有的也艰难。从某种角度说,后者的艰难也许并不亚于前者。

我租住的家庭旅馆就在医院附近,步行两三分钟就到医院了,方便得很。房子在一层南侧,从里边数是第三个——03号房间;中

间是走廊；北侧又是一排房间。

有一天晚上，小老板的妻子收房租来了，坐在保姆曾经住过的床沿上，四下瞧了一会儿，带着明显的东北口音说："行啊，小屋收拾得挺立整，一个人也挺好啊。"

我说："凑合吧，忍一忍就过去了。"

她说："可不是咋着，一个人更省心。你别看那些男的人模狗样的，好像挺殷勤，一转身就不是他们了。去年有个两口子就住你这间房子，男的西装革履的，见了人就点头打招呼，可像那么回事了。有一天晚上我过来取东西，你猜咋着？就在隔壁房间里和那女人搞呢，连门都没关严，把我弄了个大红脸。"

我说："那女人怎么回事呢？"

她说："能咋回事？缺钱呗，自个带着闺女过，又得病了，连房租都欠了两个月了，不找个爷们掏俩，咋办？"

我说："这屋的女人不知道吗？"

她说："那可说不好了，兴许知道也兴许不知道。你想啊，就咱的老爷们和别人好了，你能觉不出来？肯定有个蛛丝马迹吗。可就算知道又有啥法子？还不是干憋气？她那会儿没有男人也不行啊！"

我说："钱都是男的把持着吗？"

她说："那倒不是，这女的可有钱了，掏出来一把一把的，穿的都是名牌，光脖子上那条项链就值好几万。可光有钱也得有人啊！她男人要是一甩袖子走了，把她自个扔这了，咋办？搁我也不吭气儿，反正他还得跟我过。"

我想象着这间屋子里的女人或者躺在床上流泪或者气得发疯的情形，心里很有些为她惋惜。

小老板的妻子显然看出了我的心思，不屑地撇撇嘴："你不知道，还有比这厉害的呢。北边那家旅馆住的两口子，男的还是教授呢，跟饭店一个小服务员搞上了，女的在医院化疗也不管，大夫找他签字也找不着人，弄得沸反盈天的。咋着了？不还得这么过？也没听说那女的有啥法子。"

我看着小老板的妻子打着唇膏的嘴，心里很不是滋味，觉得这教授多少有些乘人之危。妻子生病了，就逮着机会了，良心难道让狗吃了吗？

那天晚上我很久很久不能入睡，心里一直琢磨着那两个没有法子的女人。到底是什么原因使她们忍气吞声，不敢也不能离开男人呢？难道真的如小老板的妻子所说，怕男人一甩袖子走了，把自己扔这儿了？未必吧，不是也可以让亲戚朋友过来吗？或者找个保姆、护工，最坏的结果也就是自己打点自己吧，怎么着都比忍着好啊，起码心里舒坦，不生气。

也许我的想法太脱离实际了，理想化，而且只是一厢情愿——癌症已经使女人失去管着男人的资格了。亲戚朋友有没有时间和心情照顾你呢？保姆、护工怎样，我自己还没有体验吗？而且人格、尊严又有多大意义？想来想去还得忍气吞声、忍辱负重。算了，就这么着吧，权当自己是聋子、瞎子，什么也听不着，也看不见，就当什么也没有发生过！草还是那么绿，天还是那么蓝！

我想起20世纪80年代末期我的一位同事说过的话。那次我们

一起出去旅游,她说就算你知道男的有外遇了又能怎么着?要不你就忍着,要不你就离婚,怎么着受苦的都是你。记得我当时非常惊讶,我不明白她为什么这么说,更不清楚她为什么突然提起这个话。以我的想法自然是离,理由只有一条:他已经不爱你了。

那时的我的确有些单纯,以为世上的事一就是一,二就是二;而今倒是理解这些女人的心了。不是她们不要面子,也不是她们没有尊严,是无奈。抛开自身受苦不受苦不谈,单凭惯性这一点,也使她们难以离去。十几年或者几十年了,已经习惯于在既有的轨道上运行,冷不丁分道扬镳了,怎么适应?不如还在老路上走吧。就像一部小说写的:懒得离婚。

这种处境中的女人也许更艰难,其痛苦的程度并不亚于贫穷者。为了家庭儿女的利益而放弃医疗的女人尚有坦然、骄傲可言,而这些忍辱负重的女人呢?可就只剩下屈辱和眼泪了。难道女人真的是男人身上的一根肋骨,不管发生了什么事,也只能依附于男人吗?我不相信,可是不相信又能怎么着?事实就是这样子的,信与不信,都难以改变。

4

楼门外紧贴着楼体还有一间房子,和里边的比,狭小一些,房租少,条件也不如里边的好。每逢有车从旁边的路上驶过,灰尘便直扑那两扇窗子。大伙都管这里叫门房。

我住进03号房间的时候门房里已经有人住了,女的是位中学老师，膀胱癌，已经做过手术了，正在化疗；男的干什么工作不知道，好像是家玻璃厂的工人，买断了，后来就一直做服装生意。

楼门口对过的那小片空地上总是聚着三五个人，有患者坐在那里晒太阳，也有陪护的家属。闲得太难受了，心里又苦闷，于是便聚在一起聊天。

我很少见到那位中学老师，她好像不喜欢人似的，除了验血、去病房输液，就在门房里待着，也不知在里边干什么。倒是她的男人，爱凑热闹，一听见空地上有人就跑出来了。性子又直，嗓门又大，带着浓浓的辽东口音，一开口就那啥那啥的。

他喜欢谈生意上的事："你们说，那啥哈，这年头的人可咋整呢？卖衣裳的比买衣裳的都多，说得舌头根子都木了，该不买还是不买。三十五十的钱赚，三块五块的钱也得赚，有时候就想趴铁道上得了。"

也喜欢谈家里的事："唉，那啥哈，谁家摊上这种病受得了啊。俺小子刚结完婚，现在彩礼又重，光买楼就花了三十多万，把俺们俩攒的那点儿钱都花光了；医保报销又接不上捻儿。不瞒你们说，那啥哈，要不是俺找了人啊，这个疗程都化不了……"

他好像很怕老婆似的，正聊得起劲呢，门房里传出一声断喝："回来！"于是闭了嘴，缩着脖，乖乖地回门房里去了。而且老婆吆喝他回去的次数似乎也特别多。

起初我以为是那位中学老师不喜欢家丑外扬，要面子，怪他把家里的事情对外人讲呢。后来，渐渐地，才发觉有些不对劲儿。

她好像不大忌讳别人而偏偏忌讳我。只要有我在，她男人的声音就小了，就左顾右盼、惊恐不安。尤其跟我单独说话的时候，屋

里准传出那一嗓子:"回来!"当我确认了事实之后,心里很生气,于是就把我的想法跟保姆说了。我早就发觉了,这位中学老师不爱接触别人,却跟我的保姆打得火热,两人经常在门房里喊喊喳喳。有好几次,天已经很晚了,保姆才回来,脸上仍是意犹未尽的样子。

保姆神秘地看了我一眼,小声儿说:"姐,这你可想错了,人家没有别的意思,就是怕男人心跑了,哪个女的不看着自个的男人啊?早先她也不这样的,这不嘛,前几天有人给男的算了个命,说命里结两回婚。这男人也是的,回去就跟她说了,你说她能不害怕吗?"

我说:"他结几回婚与我有啥关系呀?"

保姆低了头,用剪刀抠着指甲盖。

我一看她的表情就明白了,她早就把我的身份张扬出去了:我离过婚,是孤家寡人,浮萍依水,是男人的目标女人的天敌。

我说:"难不成那女人是我吗?"

保姆嘎的一声笑了,见我没有开玩笑的意思,忙捂住嘴说:"姐,你咋还没听明白呢?人家不是看你,是看着男人,哪个猫不吃荤腥啊?"

我见她越说越离谱了,就说:"请你抽空告诉她,把心放肚子里好了,就是再给她男人两条腿也跑不了。没看那男人见了她比老鼠见了猫还害怕吗?"

保姆撇撇嘴说:"哼,那可未必。别看表面溜溜的,背后啥事儿干不出来?男人嘛,就这副德性。"

我不想再与她理论了,转身脸朝着墙壁,打开了枕边那本书。也许她的看法入木三分,也许她的观点与事实相差千里,总之我不想介入这种是非中去。我讨厌这些女人就像讨厌苍蝇一样,讨厌它们睁着两只金鱼眼在我的周围嗡嗡乱转!

多少年了,哪个有家有口的女人不曾以蔑视的目光瞥你一眼?哪个女人不想往你的身上泼脏水?只因你与常人不同,你身边没有男人,是异类,于是她们便自豪,便猜忌,便有理由轻贱和瞧不起你。

我一边翻书一边想象着门房里那对夫妇之间的尴尬,想着那个女主人的愚蠢,想着女人的可悲而不可理喻,可惜她还是个中学老师呢!难道平素也用这种思想影响并教育学生吗?心里充满了遗憾,不是遗憾她们瞧不起同类,而是遗憾一百多年前恩格斯所说的妇女解放的三个条件都兑现以后,在出走后的娜拉并非只有堕落、归来和饿死这三条路时,数不清的女性依然紧紧地依附着男人!

5

我住进来不久斜对门的夫妇就搬走了——女人患肝癌,男人陪护。不几天,又来了一对中年夫妇。这回是男的病了,肺癌,骨转移,女的陪护。

一天中午,我正在房间里熬米粥呢,门嗒嗒地响了。打开一看,是对门的女的,带着草原人特有的热情说:"大姐呀,我包了饺子,过来吃呗。"

我说:"不了,饭也快好了,谢谢你的邀请啊!"

那时保姆已经走了,每天,我都自己洗衣服、买菜、做饭,自己照顾自己的身体。

我听见一个男人虚弱的声音:"谁呀?"

女的说:"对门的,自己做饭呢,也没有人管她。"

我心里一震!没有人管她,什么意思啊?听起来怎么这么陌生呢!难道有家的女人都觉得自己是有人管的吗?难道有家的女人都以为自己的身后有一堵墙?更令我惊奇的是那男人显然已经靠不住了,每天夜里都哼哼唧唧的,一阵阵地咳嗽,好像把整个腔子都咯破了。也许用不了多久,就会离她而去,而在她的心里却还是依靠,还是能管她照顾她的吗?

白天,阳光好的时候,夫妻俩会一起出去走走,晒晒太阳。男人已经瘦弱得不成样子了,弯着腰,一只手抚着胸脯,不时地停下来咳嗽几声;女人一手拎着小凳子,一手挽着男人的胳膊,小鸟依人般,偎在男人的身边,脸上现着幸福,现着憔悴,唯独没有忧愁,也看不出即将失去男人的恐惧。

这到底是女人天性中特有的温柔呢?还是麻木?还是与生俱来的依赖心理?

也有不依赖男人的,哭,闹,或者只是另一种形式的依赖吧。得癌症了,心里难受,男人就成了出气筒了。

记得有个手术后的患者每天都把男人折磨一阵子,说:"你个该死的把我送这来干啥呀,让我吃了这么多苦,受了这么多罪,你是不是盼我死了好早点儿找个小老婆呀……"

我有个乡下的朋友闹得更厉害,乳腺癌出院了,医生说早期的,啥事没有,可她就是不信,总怀疑已经转移了,门也不出,就窝在家里找碴儿吵架,把电视机都砸了,弄得男人整天不敢照面。

我住过的一个双人间病房,在走廊尽头,出房间往左拐有道小门,小门外边是个阳台。阳台上有几根晾衣服的杠子；犯了烟瘾的男人们，也常到小阳台上过把瘾。

我先后在那间房里住过两三次，有段时间，几乎每天夜里都听见一个男人吭吭地咳嗽，末尾总是长长地哼一声，让人心里替他难受。时间已经过半夜了，他一个人在阳台上干什么呢？怎么不睡觉？

后来，我有意识地观察了一下，发觉有个男人白天也在阳台上站着，身子俯在半截水泥墙上，一支连一支地吸烟。

我心想这就是夜里站在阳台上的男人吧？于是就借晾衣服的机会打量着。只见他脸色发黑、精瘦，也就三十多岁的样子吧，不老，眉宇间却带着几分沉重。

我说："您每天夜里都在这吗？"——问得太突兀了，不礼貌。

他看了我一眼说："你怎么知道的？"

我说："夜里我听见咳嗽声。"

他立刻局促起来，咧咧嘴说："哎呀，打扰你睡觉了，不好意思啊。"

我说："没有关系的，我不是说打扰我睡觉了，是想说您怎么夜里还在这呢？累了一天，不休息吗？"

他把头低下去，又抽出一支烟，点上，使劲抽了一口。

我说："其实我以前就见过您，住很长时间了吧？得了这种病真没办法，压力太大了……"我以为他是为钱发愁。

他一下子把脸扭过去，避开我的眼睛狠呆呆地说："光压力还好说呢，天天跟你作，作，弄得你没着没落的。"

这回我不知说什么好了，我从那黑色的眼圈儿里看出了他心里的苦楚、他的无奈，有限的耐心已经快到尽头了。到了尽头会怎样呢？

我不敢想,只想对被病魔折磨得失去了理智的女人们说:男人也不容易,也需要理解、体谅。他们一方面要解决钱的问题,一方面还得洗衣打饭,陪你散步、说话,想办法让你心里好受些。假如把烦恼和压力一股脑堆到他们身上,腰杆迟早也会压断的,须知男人的韧性不如女人。

有一首诗写得好:

既然携手今生

就勇敢地走下去

苦也罢 累也罢

都是旅途中的点缀

十九、食与性

1

饮食与做爱本是人的天性,两千多年前一位叫告子的哲学家就这样说过:"食色,性也。"可就是这与生俱来的秉性,却成了癌症患者的烦恼。即使你再勇敢,再不在乎,也难绕过去。

我对饮食的恐惧是从手术后开始的,手术前,几乎没有。那时只想着怎么增加营养,怎么让身体赶紧强壮起来,以便顺利地度过手术这一关;手术后不知怎么就开始担心了。

也许是刚刚受了一场重创,心里还战战兢兢的,所谓心有余悸;也许是关注的焦点已经转移。肿瘤主体不在了,剩下的是怎样才能不转移,不复发,而不转移不复发就涉及饮食。

平心而论,我对饮食与癌症的关系并不是十分肯定的。我不以为这种病是吃出来的,而是本能地感觉是遗传基因,是细胞变化,是长期不良情绪的积累使体内产生了异己分子。你想呵,饮食只是外部的东西,只是给身体增加营养的。假如饮食是肿瘤的罪魁祸首,那事情岂不简单得多了?尤其像我这样几乎从不胡吃乱喝而且与大鱼大肉绝缘的人,还至于得癌症吗?

可是不少专家都说了:饮食与癌症关系密切。

北京中医药大学肿瘤学专业博士生导师李忠教授在《癌症病人怎么吃》中就这样讲："饮食营养的平衡失调严重影响了现代人的身体健康，饮食的无节制也是现代疾病发生的根源。疾病发生率之所以如此之高，确实与饮食有着密切关系……有的是偏食，有的是暴饮暴食，有的是过食刺激性食物，有的饥饱不调，等等。"

何况对于普通患者来说，除了饮食，我们还能感知什么呢？我们不是肿瘤研究者，也不是肿瘤科医护人员，所能把握的，只不过是吃喝而已。就如同得道高僧超度灵魂，而凡人却只能守着肉体一般。

于是乎，饮食的烦恼便死死地缠住了我，如怨鬼，如毒蛇，简直令人难以解脱。

2

手术后住院的那几天我吃食堂。侄女的男朋友担心我身体太弱，总想买些鱼肉一类营养高的菜，被我拒绝了，怕肿瘤再钻出来，刚刚经历过一场劫难的我已经吓破胆了。

我不是恐惧手术，也不是术后的磨难，是害怕转移、复发，那东西可不以我的意志为转移啊！每顿饭只挑两样简单的素菜，顶多有一点点炒瘦肉丝；也吃从市场上买来的新鲜水果、苦瓜和西红柿。

化疗期间饮食的烦恼仍然紧紧地跟随着我。我让保姆买西兰花，买西红柿，买胡萝卜、茄子、菠菜、红薯……这些抗癌食品都是我从徐兵河教授的那本《应对乳腺癌专家谈》中搜索出来的。那时，我有空就翻这本书，看了两三遍，简直成了我的生活宝典了。

我知道了西红柿中的番茄红素是一种抗氧化剂，卷心菜可以提高人体的免疫力，茄子是癌症的克星，红薯、菠菜都有抗氧化作用……当卖菜人那河南口音的吆喝声在楼前小路上响起的时候，我总是叮嘱保姆：要仔细挑选，不买放久了的、发黄的。

我心想光吃这些青菜是不够的，抵挡不了化疗的副作用。如果白血球达不到标准，就化不成了，情况就很糟糕，于是就学旅馆里那些患者们，隔段时间让保姆去超市买几根猪棒骨，放在冰箱里冻上。

肥肉都剔除了，只剩下瘦肉，每天一根，炖一小时左右，汤表面那层浮油也扔掉了；而且不放葱花、味精和料酒。保姆说："这种汤可有啥喝头啊？寡啦吧唧的，看一眼都够了。"我说："能喝。"——我认定了这些佐料有刺激性。后来，也不知从哪本书里看到的了，葱、酒果然在禁止之列，于是深感庆幸，觉得自己有先见之明。

其实就连瘦肉也不敢多吃，每顿只吃一点点，剩余的就交给保姆了。我吃青菜，喝骨头汤，汤里漂着十几颗火红的枸杞子。

保姆说："你看人家对门的女孩儿，啥都吃，今早又炖的排骨，可香呢。"

我不行，苦点儿就苦点儿吧，好东西兴许能要了我的命。

早餐只吃半个鸡蛋，吃蛋清，蛋黄不要；后来又将蛋清改为半个全蛋。每顿的主食就是薏米红豆粥、大米红豆粥，或者薏米和高粱米掺起来，再放两把红豆。也熬了几回小米粥，放几颗大枣；再就是去超市买那种全麦面馒头。

对了，大枣我是没少吃哦，侄女买来的，F寄来的，都是新疆产的，皮薄、核小、肉厚。我一直记得负责我化疗的女医生K的话：大枣

可以吃啊。

有几次,端着饭碗,眼睛里竟渐渐地涌上了泪。心想怎么能是这种样子呢?从小便习惯的吃饭,吃了几十年了,而且天天都在吃,怎么竟变得如此艰难?恍惚记得三年困难时期时,手里握着把炒豆,吃得那个香啊!连草根树皮都用来果腹了。怎么现在连山珍海味也不敢尝了?

我像神经病一般看着桌子上的饭菜想它们进入我的身体后会怎样呢?别看此刻这般安稳、驯顺,好像等待我来消灭它们,到了里面可就不是这样子了!也许会舍身忘己,也许会肆虐横行,将残存的癌细胞滋养起来,只等时机一到,便兴风作浪。

记得若干年前我从一位医生口中听说过饥饿疗法,那么此刻的我是在有意无意地践行吗?是的,饿死癌细胞,不给它们营养,让那些可恶的家伙在饥渴中死掉;可是好细胞也会因此而受难啊!好细胞,衰弱下去,为可恶的叛逆者殉葬!

令人惊讶的是,除了头两个疗程我的白细胞和中性粒细胞绝对值偏低,打了四支升白针外,其余的基本都很好。尤其红细胞计数,始终都在正常范围内,我把它归结为是吃红小豆和大枣的缘故。红小豆吃得最多,时间也最长,熬粥时掺上一把,看起来确有功效。

可是,不知为什么,人家化疗血小板低,我的血小板和甘油三酯却有些高了,还有总胆固醇,也高,于是K在化验单子上写了几个字:低脂饮食。

我心想已经够低了,哪敢高脂肪啊,再低就得像尼姑似的吃素了。后来,出院之后了,我在网上查了查,说是化疗的结果,不少患者也反映化疗后甘油三酯高。

对于癌症患者来说，饮食的纠结其实是个长期问题，很可能你活一天，便伴随你一天，除非癌症被攻破了；或者你决心从烦恼中解脱出来，豁出去了，想吃啥吃啥，进入一种自由境界。

3

其实化疗期间还算好的呢，毕竟有医生在你身边，化疗药也在你的体内发挥着作用。肿瘤君即使再顽固，短期内也无法与之抗衡，也不至于马上就钻出来吧！可是整个化疗结束以后事情就麻烦了。整个化疗一结束，你就得出院了，饮食的烦恼也就全压在了你的肩上，全靠你的勇敢和智慧。

于是，最终出院以后，我就在网上搜索，向医生咨询，在书本中查找饮食中遇到的问题和答案。有关肿瘤患者饮食的研究已经太多太多了，随便哪一本肿瘤领域的书，几乎都谈到了饮食，都洋洋洒洒地讲述一番。可是，看得多听得多了，便会发现，这里面相互矛盾的情况还真不少呢。

比如牛奶的问题。好些专家都主张乳腺癌患者可以喝牛奶，特别是低脂牛奶，理由是牛奶营养丰富，富含优质蛋白质以及患者康复所必需的其他成分，有助于改善患者的体质。彭海燕主编的《乳腺癌治疗与调养》一书中就有："每天多喝一杯全脂牛奶，乳腺癌患病率将会下降10%"；我所接触的医生也从未有人反对喝牛奶。可是一个偶然的机会，我却从网上发现了一篇被广泛转载的文章。

文中说美国国家癌症研究所研究发现牛奶中的雌激素、雄激素和胰岛素的生长因子是主要致癌物,而且举例说明了饮用牛奶的女人容易得乳腺癌;出生于日本的美国最权威的内视镜外科专家新谷弘实,也认为市面上销售的牛奶和油一样容易被氧化。牛奶不仅能引发各种过敏性症状,过量饮用还容易导致骨质疏松;我的二十多年的牛奶饮用史,似乎也可作为牛奶容易导致乳腺癌的佐证。

比如肉的问题。很多专家主张乳腺癌患者可以吃肉,主要是瘦肉,也没见有人将民间普遍认为是发物的牛羊肉列为禁止之列。徐兵河的《应对乳腺癌专家谈》中就将牛肉、羊肉、鸡肉、猪肉、鳖肉、鸭肉、鹅肉等等都视为常用的滋补食品;可是一位骨转移患者却怀疑自己是食了炖牛肉的缘故。和我同房间的一位病友,也怀疑她母亲当年手术后之所以几次转移,就是因为饮用了鳖汤;被医生宣布为只剩几个月生存期的晚期肺癌患者吴永志,也是由于改变了以前喜食大鱼大肉、煎炸炒烤等香喷喷的食物和美味可口的糕饼的习惯而改食果蔬和好水,因此创造出了短短九个月便清除了癌细胞,而且至今健康生活的奇迹。

再比如鸡蛋的问题。给我看病的中医乳腺癌专家说可以吃;椅子上的那位宫颈癌患者也说她的患乳腺癌的堂姐每天一个鸡蛋,已经三十一年了,啥事没有;还有一些专家也认为鸡蛋不在禁止之列,民间有人将鸡蛋视为发物是没有道理的。可是彭海燕主编的《乳腺癌治疗与调养》中却明确指出:"食用煮蛋能显著增加患乳腺癌的风险",理由是"可能由于蛋类胆固醇含量高";一位复查病友的做法则是把里边的一部分挑出去,"喏,就是那一条子,"她用手比画着,"还有蛋黄上的'眼睛',都不能吃,反正我都三年了,没事儿。"

就连面食、黄豆和部分果蔬,也是众说纷纭,见仁见智,弄得你不知怎么好。

我曾多次就具体饮食问题咨询过我的主管医生 G,他的回答多是可以,可以吃,言外之意是不必过于忌口了,过度忌口反而会降低免疫力。可是我不敢啊,我就是纠结,就是害怕,就是谨小慎微忧心忡忡。

我心里烦透了,身体也受够了,眼看着自己喜欢的东西不能吃而不喜欢的东西却不得不吃,那滋味儿真是要多难受有多难受。

也许备受推崇的金字塔膳食结构才是科学的?既然无法弄清,就均衡营养吧,按照比例,合理搭配,然而据说它也在不断地面临挑战,对传统的膳食内容有增有减。只是对塔的形体的借鉴,没有改变。

"为他建造起上天的天梯,以便他可由此上到天上。"这是埃及金字塔上的一句铭文。而备受饮食折磨的我们——当代人,是否也在祈望经由饮食的天梯登上健康的顶点呢?

是的,健康、长寿,最好能活到一百岁。新谷弘实医生说了:即使能活到120岁,我还会认为"人生短暂";可是这过程有多艰难啊!不仅涉及方法、技术,更是对人的智慧和意志的考验。不知有多少人会在攀登的途中退回来,倒下去,或者只是望天兴叹!

4

令乳腺癌患者们倍感烦恼的不仅是饮食，还有性。在这方面，中西方患者之间仿佛有着一定的差异。西方患者们所担心的似乎更倾向于性生活的质量，诸如对方的心理、性交的方式，等等；而受多种因素影响，我国的患者对性生活能否导致转移、复发显然更忧虑。

其实专家们对性生活会不会引起乳腺癌的转移、复发早就有明确答案了。具有四十多年肿瘤防治研究经验的徐光炜教授在《携手同行——乳腺癌病友指引》中就曾经说过："您必须解除顾虑复发的恐惧心理，错误地认为节欲是有利防止复发保持身体健康的一种措施。须知纵欲固然不当，但保持性生活是恢复到正常生活的一种方式。继续享受性生活不但可改善不良情绪，促进夫妻间的沟通，而且有助于身心康复及维护家庭的和谐。"

肿瘤学博士李金锋说得更直接而肯定："通常情况下，性生活不会引起癌症。""对于大多数癌症而言，没有发现一个人的性生活与发生癌症的危险有关，癌症治疗后恢复性生活也不会增加癌症复发的机会。"

还有，记不清是谁讲的了，好像也是专家，说性交不产生雌激素。

可是作为乳腺癌患者，作为刚刚得了场大病，生一回死一回，而且尚有危险在身的人，会相信专家们的答案吗？敢放开手脚享受性的完美，回到你以前也许有过的快活中去吗？我的回答是：在我接触的乳腺癌患者中，绝大多数人，不敢。

5

每逢接触到这个话题,我总会想起 M。M 不是我的朋友,是我的同事。那时我刚刚来到这个学校,有一天,我正在办公室审稿呢,敞开的门外传来脚步声。扭头一看,顺着楼梯走上来一个人。

这是一个二十三四岁的女孩子,一米六几的个头,身材婀娜而匀称,白里透粉的脸色让桃花也羞愧,一双杏眼水灵灵的。我请她坐下了,倒杯水,心想世上竟有这般美丽的人!

M 自我介绍说是宣传部的,送份文件。我们简单聊了几句,她没坐几分钟就走了。

不久后,我听人说,她是本届的留校生,读书时就出类拔萃。不仅长得美,而且琴棋书画皆通,算得上是多才多艺。可惜不久前查出乳腺癌,已经手术过了,刚化完疗,现在正处于恢复期。

再次见到 M 的时候我忍不住说:"你真美。"她苦笑着摇摇脑袋:"哪啊,老师夸我呢,化疗药都让我变成另一个人了。我以前可没有这么胖,头发也长,这都是后长的。"一边抚摸着卷曲的短发,水汪汪的眼睛里含着忧郁。

我说:"你气色很好啊,比健康人还强呢,真看不出是生过病的。"

她说:"现在还好,谁知道以后怎样呢。"

后来我就听说 M 调走了,到了南方,一个不大但很美的城市。她的身为高干子弟的未婚夫得知她患了乳腺癌,便执意要求结婚,以免万一再出事,给她留下终身遗憾。

那时得乳腺癌的人没有现在这么多,人们对乳腺癌的认识也没

有现在这么深刻。好多人本能地感觉M是不应该结婚的,得了乳腺癌还结婚,太危险了,简直是雪上加霜吗,谁不明白两个年轻的身体到了一起是怎么回事啊!

我被那个男孩子的行为感动着,心里默默地为她祈祷,希望她身体安康,有情人幸福绵长,直到那美丽的身影在我的心里渐渐淡漠了。

M再次成为这里人谈论的话题是几年以后了。到底是几年呢?不清楚,我和孔乙己周围的人们没什么两样。有人说M死了,乳腺癌转移,骨头里、肺里,都是,连肩膀都烂了,情形可惨呢,整个人全没了原来的样子!

我一边惋惜着,慨叹命运的不公,一边想莫非真是婚姻惹的祸?假如她不结婚,或者晚一点结,错过那段危险期,情形也许会好一点,说不定根本就不会转移呢,只可惜了那么一个完美的人!

6

化疗住院期间是我接触病友们最多的一段,每天晚饭后,走廊里总有几个人游走着,表情或愁苦或平和,各人想着各人的心事。我以为病友们也和我一样恐惧转移复发,想着怎样才能使肿瘤不再出来。岂不知她们还有另一桩烦恼,或轻或重地,藏在心里,不好意思轻易流露出来。

有一天晚上,我和几个人在走廊里漫步,不知怎么就谈到了这件事。一个三十岁左右的农村患者以为旁边人不注意呢,就凑到我跟前小声儿问："阿姨，你说像咱们这样的往后还能不能做那种事啊？"眼巴巴地看着我。

我略微有些迟疑地说："能吧，反正书上说能。"我之所以把书搬出来是因为我心里也不敢肯定。

一个与我年龄相仿的矮胖患者立时停止了和别人说话，转身冲着我们小声儿说："不行啊，绝对不行。"疑惑而警觉地扫了我一眼，好像看我是否别有用心似的。

几天后的一个晚上，矮胖患者到我房间里来了，刚坐到椅子上就说："你说这几个年轻人多有意思吧，自个儿不好出口，非得让我去问，说我是她们几个里年纪最大的。你说我都这岁数了问这种事丢人不丢人。"

我说："什么事呀？"

她说："能有啥呀？还不是想知道五年以内能不能同房？我自个儿是没法开口啊，这不？把她们几个都拽上了。"

我说："医生怎么说？"

医生说行，还把我们几个训了一顿，说你们也不想想，五年哪，五年不同居，可能吗？

我心想五年是什么概念呢？是指内分泌治疗期间？还是五年后复发的可能性就小了，就相对安全了？

我递给她一个削好的苹果，她往我跟前凑凑，接过去，一边吃一边说不管谁说行反正我是不能做。我们屯里就有一个，没做那种事的时候好好的，忍了两三年，熬不住了，咋样？说出来就出来了。

我说："你这个年纪可以，她们几个太年轻了。"

她说:"你咋净说外行话呢?五六十岁的男人就不行了?没那回事儿,兴头足着呢。就拿我家那位说吧,没事儿就缠吧你,把我烦得跟啥似的。说心里话,我真想在医院住着,不回去了。"

我看着她光溜溜的脑袋和血色充盈的脸,笑了,心想得乳腺癌的女人最好是单身。单身安静,没有人打扰,否则理由即使再充分也得说你不讲人道。乳腺癌患者真的可以像常人那样过性生活吗?真的如专家们所讲,性生活不产生雌激素,对转移、复发没有影响吗?我不敢相信,须知那可是全身心高度兴奋啊!而且很多患者的肿瘤就是依赖雌激素生长的。

"你说我该咋办吧。"矮胖患者还盯着我,等着我给她出主意,啃了一半的苹果也吃不下去了。可是我能有什么主意呢?

我想起了身边的一位同事,早年患乳腺癌,卵巢切除了,对性生活没有一点儿兴趣,这几年,无冬历夏的,天天晚上在外边转。

我说:"这么晚了怎么还不回家呀?"

她见周围没有人,小声儿说:"敢回吗?不瞒你说,我们那位那种事可邪乎了,如狼似虎的,我得等他睡着了再回去。"

我说:"你好好跟他讲讲呗。"

她说:"别天真了,这种事还能讲得通啊!"

仔细想想,也有道理。天性嘛,岂是人力所能改变的?强扭着就是不人道,就是对人的本性的伤害,就像数十年前给我办离婚案的法官所说的:不近情理。

可是不讲又能怎样呢?

又是两难,又是悖论,难道人只能深陷其中饱受折磨吗?

无论如何,我还是想说:假如你的妻子患有癌症并且因此而对性生活十分恐惧的话,做丈夫的还是应该多体谅一下,忍一忍,暂时做出一点牺牲,爱情毕竟不只是等同于性嘛。即使做,也要充分尊重,也要讲究一下方式方法。

《远离乳腺癌》这本书中就讲过这样一件事:达拉斯做了乳房切除术后对性生活很紧张,甚至不愿让对方看见自己的身体。丈夫保罗说:"不管你是一个还是三个乳房,对我来说其实没有什么区别,你是我最爱的女人,是我生命的全部。"

理解和爱,才是癌症患者良好的性生活的基础。

二十、中医和西医

1

化疗期间有的是闲暇时间,躺在家庭旅馆的木床上,我曾看到这样一则鼓舞人心的消息。

是在彭海燕主编的《乳腺癌治疗与调养》那本书中,编者谈到中药治疗乳腺癌的功效和作用时,记载了这样一个病例:

> 黑龙江省中医药学校附属医院那显臣以犀黄丸加味治疗乳腺癌一例,案例如下:
>
> 患者杨某,女,52岁,1966年7月17日初诊。自述:1965年7月发现右侧乳房外上方有一个硬核,如手指肚大,略能活动,质地坚硬,不光滑,皮色如常,稍有痛感,对它未予理睬。1966年3月,硬核已如鸡蛋,隐隐作痛,去佳木斯医学院附属医院检查,确诊为乳腺癌,劝其手术治疗。因本人惧怕手术,采用化疗3个月,效果不佳,要求用中药治疗。检查:其右侧乳房外上方60mm×50mm×30mm包块,质地坚硬,凸凹不平,表面皮肤呈橘皮状,乳头内陷、固定,右腋下淋巴结肿大20mm×20mm×10mm。面色灰黄,胸闷,易怒,心跳,气短,头晕,纳谷不香。该患者早年丧偶未再婚,脉沉弦数,舌质淡红,边尖有散在瘀点,苔白腻。诊为肝脾两伤,痰气凝结型

一个乳腺癌患者的手记

乳腺癌。法当疏肝理气,清热解毒,软坚散结治之,遂投方逍遥散加味:当归15g,白芍15g,柴胡10g,云苓12g,白术12g,香附15g,青皮10g,黄芪20g,丹参20g,党参15g,薄荷5g,陈皮15g,甘草10g,水煎服,每日1剂。

8月6日二诊:服上方4剂,胸闷气短、心跳等症已明显减轻,食量增加,精神状态良好。改投犀黄丸加味:天然牛黄6g,麝香4g,制乳香100g,制没药100g,三七50g,穿山甲(代)珠75g,莪术200g,猴枣6g,青皮200g,夏枯草200g,山慈菇100g,炒僵蚕75g,共研细末,蜜丸9g重,每日早晚各服一丸。

9月28日三诊:近日发现乳房肿块表面逐渐变成深灰色,并且自昨日起,沿肿块边缘一周裂开一道缝,现在缝深约2mm,不出血,嘱其继续服犀黄丸,再投当归补血汤:黄芪30g,当归20g,加龙葵30g,半枝莲30g,每日1剂,水煎服。

10月18日四诊:乳癌周边裂缝已深达15mm,出现腐尸样恶臭味,距3m远可闻及。腋下淋巴结肿也缩小至10mm×15mm×5mm,继续服犀黄丸和当归补血汤,黄芪量加至50g,当归30g。

11月29日五诊:今日门诊换药时,乳房肿块全部脱落出来,肿块50mm×40mm×27mm,表面呈灰褐色,质地坚硬,有种恶臭的腐尸味。乳房的不规则的圆坑内颜色粉红、出血,全部是肉芽组织。继续服犀黄丸和当归补血汤,疮口用雷夫奴尔油纱条填塞,每日换一次。

12月24日六诊:疮口已平复,腋下淋巴结肿亦摸不到,面有光泽,精神状态良好,饮食正常,尚时有心烦不寐,嘱其再服人参归脾丸,

用龙葵、半枝莲煎水送服3个月。经1969、1970、1972年多次追访，一切良好，双侧乳房对称，无肿块。

  我之所以将这么长一段病例原文抄录下来完全是为了尊重编者和读者，呈现一种真实状况，以便能更好地说明问题。记得初次翻阅这本书的时候我刚做完首个疗程的化疗，腹痛还令我心有余悸；而接下来的一切也都是未知数，令人担忧，因此看到这则消息时内心的震动也就可想而知了。

  我真为那个叫杨某的患者高兴，她最初的肿瘤情形和我当初以及后来的病理检测结果基本差不多，都是在乳房外上侧，都如手指肚大小（我的似乎还没有那么大），都是略能活动，皮色如常，稍有痛感，所不同的只是我是左乳她是右乳。可是她竟然没手术，竟然找到了中医，而且竟然就治好了。想不到中医药这般神奇啊！肿块从乳房里脱落的那一刻在场的人会怎样呢？一定是始而屏气吞声，继而欢呼雀跃，患者本人说不定痛哭流涕呢，那可是捡回一条命啊！

  病情的治疗过程也符合我的理想：诊为肝脾两伤，痰气凝结；治为疏肝理气，清热解毒，软坚散结。而且从头至尾祛补同施，标本兼顾，乃至愈后六年追访，仍一切正常，已经超出了五年危险期。

  如此看来我的治疗是否有些失策呢？是否如F所说的，操之过急？假如当时我也像杨某一样，有幸遇到一位有本事的好中医，说不定也会产生相同的效果呢——乳房里的肿块儿在中药的作用下渐渐变色，慢慢地裂开一圈缝，最后脱落出来——果真如此可就免去手术和化疗之苦了，身体也不会受这么大伤害……

我默默地思考着，感受着自己空空如也的左胸，心里不禁有些好笑。唉，乳房都没了，倒琢磨起了怎么治，岂不是亡羊补牢吗？

2

窗口外的蓝天上有一朵白云飘过。不是悠闲自在的，而是和我一样，满怀心事，飘得有些艰难。我把身子靠在床头的行李上，眼睛盯着云朵，心里不停地追问：当初我为什么那么着急呢？为什么急着手术，恨不得一下子把肿块切去，而不是像F所说的，至少再走两家医院，更没想过去找中医？是我的性格使然吗？还是心里过于恐惧？想来想去，觉得性格不是根本原因，恐惧感也承担不了全部责任。真正使我匆忙手术的，很可能是我或者说我们，对癌症的一种错觉。

我们最初怀疑自己患了癌症总是从某个肿物开始的，尽管有人查血时发现肿瘤标志物增高，也未必就认为得了癌症，只有肿物——在某个器官上的肿物，才高度吸引着你的感知和视线，令你心神不安，也是医生最初诊断的着眼点。于是，有意无意间，你便不知不觉地在肿物和癌症之间画了等号，忘记了癌症可是全身性疾病，把部分当成了整体，恨不得立时将肿物挖出来，用刀子割去。

而中医手里是没有刀子的，中医只能用慢功夫，用中成药，况且也没有哪个中医敢承诺肯定能治好你的病。即使承诺了，你也不会相信，也不敢相信，心想兴许是个骗子呢；而恐惧感也不失时机地催促了：拉去吧，拉去吧，再不拉可就晚了……就像杨某的肿块

儿似的，大半年工夫便由指肚大发展成了鸡蛋大。

于是你便毫不犹豫地投入了西医的怀抱。西医好，手里有刀子，能拉，几个小时的工夫你那癌症的大本营就被拉掉了，而且还有放疗化疗跟着呢。尤其乳腺癌，假如雌激素和孕激素都是阳性的，还有内分泌方面的药。

如此一来，即使你明知有复发的风险，也会获得暂时的宽慰，因为你感觉肿瘤没有了，拿掉了，可以松口气了，而隐匿的癌细胞却未必引起你的注意，就因为它是隐匿的，看不见也摸不着。诚如一位作家所言：我们只习惯于承认看得见的东西，对看不见的，则不予承认。

这么说我是在后悔，在埋怨，在贬低西医的治疗手段吗？也不是，我只是想说，在癌症的治疗上，中医和西医各有利弊。中医治本，西医治标；中医从气血着眼，西医从肿物着手；中医关注整个身体，西医更侧重于局部；中医的治疗手段比较温和，西医疗法对身体的伤害则比较大，有时甚至是无法逆转的。

而在很多人眼里，中医的不足也显而易见。尤其搞西医西药的人，多认为中医理论缺乏现代科学性，中药的疗效也不够确切，治病机理还不太清楚。而这一点，恰好又是西医的优势，也是患者们更倾向于西医的根本原因。

不久前我参加了一个学生聚会，见到一位在上海从医的学生。三十年不见，他已经从当年的毛孩子成长为有名的肝胆肿瘤外科专家了。我问他对肿瘤患者服中药怎么看？他沉吟了一会儿说："不主张也不反对，主要是疗效不够确切。"我的生物学博士毕业的外甥女也认为,中药的治病机理还不太清楚。

所幸,肿瘤尤其乳腺癌是全身性疾病这一点,已经在西医中达成共识,导致越来越多的西医,对中医采取着友好的态度。

3

我与中医之间也许是有些渊源的,祖父略懂中医,识得很多野生植物的名字、习性,以及各自的药用功能。我从小就发现他经常在盆里栽些观赏兼药材的花,以备家里人随时使用;而他那种悠闲恬淡、与世无争的生活态度,也在我心里留下了深刻的印象。一位一生活在物资匮乏的年代里的老人,能以八十一岁的高龄而终,身体之健康是可想而知的。多少年后,当我接触到一些传统中医的书籍时,不由得感叹它的博大精深、浩渺无际。

整个住院治疗期间我看了四次中医,服了二十八服中药。

第一次是手术后,我心里恐惧,伤口又难受,有段时间失眠很厉害,有时一整夜也睡不了两三个小时。我问主管医生G能否服中药调理,他说可以。那次我看的是中日友好医院的主任医师崔慧娟。我明白失眠是很难治的,尤其我,已经有漫长的失眠史了,可以说是顽固性失眠。可是崔大夫的药的确见效,服到第四服时,睡眠就有了改善;服完七服已经明显好转了。

第二次是化疗开始前,我擅自行动的。那时我担心术后身体虚弱恢复得不算好,而化疗对人的伤害又大,心里特别没底,于是便去了广安门中医院。卢雯平医生给我开了七服药,服用后感觉气血

充盈，有精神，脸色也好了，对化疗的底气也增添了不少。

第三次是首个疗程出院之后，我腹痛难忍，看了中科院肿瘤医院中医科的叶霈智博士。叶大夫刚把指头放到我的腕子上就说："嚯，你身体不错呀！"我笑了，心想看起来卢雯平医生的本事非同小可。叶大夫也开了七服，也不知是药的作用还是怎么着，反正肚子没再疼，消化症状也明显改善，也没恶心。

第四次是第二个疗程开始前，仍然看叶霈智，七服，消化几乎彻底好转。我的胃肠功能一直比较弱，尤其化疗后，大便总是不畅。不是干燥，是便不利索的感觉，服了叶大夫的最后一服中药时感觉胃肠蠕动明显有劲了，大便既不那么溏薄，排得又彻底、痛快，可惜后来没再继续。

那时我一直担心中药会不会影响化疗的效果，会不会与化疗药发生冲突，与我同时化疗的一位病友就告诉过我，说某某医生说了，化疗时绝不能吃中药。假如中药与化疗相矛盾的话，我也不敢吃，也会放弃的，而且是毫不犹豫地放弃，否则岂不是得不偿失！

我就这个问题反复咨询过几位肿瘤科西医，包括我的主管医生G，负责我化疗的K，都说没影响，可以用，而且K还补充了一句话：看中医得找肿瘤科的啊。我当时没完全理解她的意思，后来才明白了，她的叮嘱与我的担忧完全一致，而且是非常及时地提醒了我，是我日后寻找中医的底线。是的，并非所有的中医都适合你，都能开出既能调理身体而又不至于使肿瘤转移复发的良方，自古以来下反药的庸医就不罕见。只有搞肿瘤的中医，才能真正做到与肿瘤科西医并肩携手，为化疗保驾护航。

出院后我又服了整整一年的中药，想通过中医调节好自己的身体。既然癌症是一种全身性疾病，有着长期的发展过程，那么它就不是因，而是果。导致这一结果的祸根便是体内的各种疾病。多年来，我内分泌紊乱、失眠、消化系统功能也不好，身体一直处于亚健康状态。用中医的说法，就是气血双亏，阴阳失衡。它不仅将我置于今日的悲惨境地，也必然是日后癌肿复出的温床！

事实证明，我选择对了，不仅每次复查都顺利过关，而且明显感觉身体一天比一天强壮。即使有其他因素的功劳，中医药的作用也是不可小觑的。

很多专家都主张早期癌症最好还是用手术医治；假如一发现就晚期了，就考虑用中药调理，延缓生命，因为病人的身体已经很虚弱了，癌肿也很可能早就转移。即使用手术切除，也切不净了。

有人主张中医理论只属于哲学范畴，这种观点也许不错。可是即便如此又有什么关系呢？哲学很大程度上就是关于人与自然的关系的理论，离开了自然、社会甚至人的精神去探索和医治人的疾病，尤其是被称为心因性疾病的癌症，是不是只能事倍功半？

举个简单的例子吧，对于癌症病人，临床医生说得最多的一句话大概就是没事啊，没事，心情一定要好；很多肿瘤专家也在其论著中不约而同地指出心情很重要。心情是什么呢？心情不等同于身体，它属于精神范畴，与天、地、人、神之间有着紧密的联系。所以，对于癌症的诊治，偏废哪一边都是不科学的。也许癌症最终会由中西医某一方单独攻克，也许攻克癌症的希望就在于中西医联手。而在目前的夜半之际，哪怕再微渺的希望之火，都不能放过，都值得我们去探索，去追求！

二十一、天不应地不灵

1

化疗期间有的是闲暇时间,几乎每天早饭后,我都穿好外衣,拎着兜子,手里拿着侄女的男朋友送我的手机,一边听手机里播放的歌曲,一边慢慢地朝医院东边的草地走去。我对现代化的东西没有多少兴趣,我讨厌它们,是它们把淳朴和宁静破坏了。我之所以把这手机带在身边是喜欢那种外壳的颜色——墨绿色,衬着白色的边框,很沉稳也很安静。女人嘛,常常只看一点不及其余。

出了家庭旅馆是一条南北小路;顺着小路往南走是一家冥衣花圈店,好像还有个什么门市,我没注意;到花圈店往东拐是医院的正门;从正门走进去,穿过围墙环绕的院子,再从东边的侧门出来,就是那片草地了。

草地面积不大,可能是野生的吧,有些斑驳,草色却是油黑墨绿。里边有十几棵树、几块石头,石头附近还零星散着几朵野菜的小花,是我心间唯一的绿地。我给它起名叫小公园。

小公园里实在没有什么惹眼的风景,可是宁静,宁静到了可以使你忘记疾病,忘记体内隐隐的不舒服,也忘记了无法解脱的烦恼。就连周围川流的汽车、商场、民房、小饭店,也统统忘却。我不理解小公园为什么有这种功能，这般奇特，仿佛神在冥冥中凝视着我，然后用它温暖的手，默默地将我引领到这里。

我发现邻近小公园北侧的一棵树上绑着十几条红色的布带，有几条上边还写着字，比如"阿弥陀佛""保佑平安"什么的；在清风里或者舒展腰肢，或者默然无语。

在小公园所有的树里，这棵树算是年长的了，形状多少也有些奇特：两个粗细相同的主干紧紧地挨着，像连体婴儿似的，长到离地面大约有半米高的地方，才略微分开了一些；左侧的主干又分解出一根。再往上就是一些普通的枝枝杈杈了。草地上几乎没有人，除了偶尔有人在几米外的马路牙子上背着身子坐一会儿，就我一个人，算是常客。

我心想也没见有人来过呀，红布条子是什么时候绑上去的呢？什么时候，有人来到这里，双手合十，虔诚祷告，祈求至高无上的神灵保佑，然后，抖抖索索地，把承载着心愿的布条子挂了上去？莫非是夜半时分吗？

子时，夜色昏蒙，正是神灵降临人间的时刻。走投无路的人悄悄地走过来了，跪在地上，磕头，心里默默地念叨着，然后把红布条挂上去，让无所不能的神，了解她或者他的苦难和心愿……

可是神灵能保佑她们吗？或者说我们？我不清楚，也许连这样想都是不对的。神无处不在，无所不能，对神产生怀疑，是亵渎，是对神灵的大不敬。

我住的那个家庭旅馆里有位西藏女人，三十八九岁的年纪吧，乳腺癌，心善，一听说哪位患者在屋里折腾呢就忍不住掉眼泪。只

是汉语说得不好,不经常与人沟通,总是独自躲在一边,嘴里嘟嘟囔囔的,不知说什么。

有一次我问对门的女孩子,她惊奇地瞅了我一眼说:"念经呢呗,敢情你还不知道啊?她有空就念,一天不落,求菩萨保佑她平安啊!她住的地方离布达拉宫不远……"

布达拉宫?那可是藏传佛教的圣地!尽管我迄今还没去过,却早已心向往之了。我不清楚她是在祈求菩萨保佑,还是在赎罪忏悔,还是在以念经驱赶心里的忧愁,只是看得出她的心是虔诚的。我将钦佩的目光投向那位藏族女病人,一边看她的嘴唇翕动,一边回想着从媒体中看过的那感天动地的朝拜情形——

无数人朝心中的圣地涌去,大昭寺周围到处都是善男信女。有人将一块兽皮铺在地上,然后呢?叩头,身子仆下去,起来,走到脑袋沾地的地方;再叩头,再仆倒在地……不厌其烦地重复着。我不知道他们是从多远的地方磕过来的,只感动于那种虔诚。他们不是在用脚走近佛祖,而是用身体,用心灵。

是祈求平安吗?还是富贵?抑或子女和睦、手足亲仁?不知怎么回事,那一刻,我竟无法将其与信仰联系起来,只是一味地感觉朝拜者是陷入了某种无法解脱的困境,很可能是绝境,疾病应该是首当其冲的。自己或家人患了无法治好的病,生命岌岌可危了,于是祈求佛祖保佑。

其实虔诚的朝拜岂止是在西藏呢,全国各地的寺庙道观,哪不是?甚至包括乡村小庙、家庭场所,只要是供奉神灵的地方,只要能表达心头的愿望!祈祷、磕头、上香、往树上拴红布条子、献供品、捐钱……都是祈福的途径!

我至今记得数年前亲眼看见的一件事。

是故乡附近的一处佛教圣地,分上、下两院,上院建在悬崖峭壁裂石缝中,有人工凿成的石洞。洞里供奉着观音菩萨,当地人称歪脖老母的,据说灵验得很。当我顺着上院的石阶往下走时,迎面见到一个蓬头垢面的中年男人。只见他走一步,磕一个头,额上的血都沾到石阶上了,不少游客停下了脚步。有个小孩子指着台阶喊:"妈妈,血!"

我的心被那尖锐而稚嫩的童声刺了一下,折转身,相隔几步远吧,跟在那人的后面,眼看着那人进了山洞,上香,磕头,给老母披袍。不一会儿从洞里出来了,坐在台阶上放声大哭,激动使得脸上的器官都变了形!他一边哭一边说:"老母啊,我总算见着你了,给你披了黄袍,我儿子的命就搁你身上了……"

我至今不知道老母是否显了灵,他儿子的病好没好,现在是否还活着,留在记忆中的只有石阶上那一片片殷红的血!

此后的一段时间里,我几次思考着这件事,总觉得好好一个人竟然被子虚乌有的神操纵了,心里多少有些替他惋惜。而今想来,我的惋惜里未必没有一种可怕的优越感,仿佛自己是有知识的,有理性的,于是也就高出一等,其实人与人之间到底有多少区别呢?

当你身体强健精力旺盛的时候,可能有资格说我不信,什么都不信;可是一旦你的身体不给你做主了,甚至遭了灭顶之灾,得了绝症,那时你可能就什么都信了。一根稻草能给可怜的落海人以希望,一只萤火虫的光也能给夜行者以胆量。不是它们真有这种功能,是

你濒临死亡了,无以寄托,于是便将无有当成了有。就像已逝残疾作家史铁生所说的:"多年以后才听一位无名的哲人说过:危卧病榻,难有无神论者。"

2

肿瘤科仿佛有个不成文的约定,就是患者与患者之间说话时总是小心地躲避着一些词语,比如"走好""再见""有时间再来呀"之类;就连饱受科学教诲的医护人员,也绝口不提。假如有谁不小心顺嘴说出来了,自己先不好意思了,觉得是对人家的大不敬;如此一来,告别的场面也就有些尴尬,有些别扭,又有些令人忍俊不禁。

记得我最后一次出院的头天晚上,一位总是愁眉不展的患者把我拉到走廊的角落里,惊喜地说:"这回可有救了,主把我收了,我已经做过祷告了,往后就是主的儿女了。"说着塞给我一张对折的彩色字纸。

我在朦胧的灯光中见封面上写着一行红色的字:"你要认识神,就得平安,福气也必临到你。"心里明白了怎么回事。

她小声儿说:"你是不是不信啊?告诉你吧,我得病后不一直睡不着觉吗?做完祷告就能睡着了,真的,睡得可香了,不哄你。"

她可能以为我是知识分子,不信神鬼之类的,不知道我也做过身不由己的事——

我母亲多年礼佛,家里一直供着佛像,确诊后我就恨自己出来得太急了,竟然忘了在佛像前叩个头,起码为自己祷告一番。

我居住的小区环境很好，绿树成荫，路边和楼后有杨树、柳树和槐树。几乎每天清晨，对面楼头的两棵大树上都有乌鸦在啊啊地叫；有时也有喜鹊飞来飞去。

来北京的那天早上，我站在北卧室的窗前，发现有两只喜鹊落在对面楼前的草坪上。我看着窗外的那棵大槐树想：如果此行顺利，是良性，喜鹊就飞到这棵树上来；如果情况不好呢，就原地不动。其实我只是随便想想而已，想不到喜鹊真飞过来了，一只随着另一只，在枝丫间绕来绕去。

那一刻，我的心里特别感动。

我还使用了关键时刻已经用过几次的老办法——抓阄儿。找出一块红纸，折成两半，剪开了，做两个纸团，一个写着"良"字，一个写着"恶"字。当我展开手心里的纸团看到"良"字时，心里顿时松了口气。

记得最清楚的是8月11日——得知FISH检测结果的头一天午后，我在侄女家附近那条路旁的台阶上坐着，心神不安地盯着脚下的路面。这时，忽然发现有一只蜘蛛正悄悄地从不远处爬过来。是只喜蛛，身子小小的，腿又长又细。我默默地看了一会儿，心里忽然升起一念，想以喜蛛的走向测测我的命运。假如喜蛛朝我爬过来了，就说明FISH的结果理想，根本用不着化疗，日后也没有转移的风险；假如它爬着爬着便转了方向呢？就是情况不妙了，起码化疗是逃不过去的。

那一次，我没有测准，喜蛛既没朝我爬来也没弃我而去，而是从我的身旁悄悄溜走了。

其实即使爬来了又有什么用呢?我能相信吗?能像教徒信主似的,那么热烈、虔诚?知识早已经把我的内心改变了。很难说这到底是幸与不幸,但变了就是变了,如同被改变了的土壤,再也回不到过去了。有谁见过神是什么样子?有谁见过神灵显圣?又有哪个患者能够证明病情好转是神仙保佑的结果呢?就连我对门的老X,对神灵也产生怀疑了。

有一次我看见他坐在旅馆外的空地上对门房的男人讲:"你说所有的神灵我都求遍了呀,观音菩萨、弥勒佛、药师佛,喏,还有狐仙、黄仙什么的,"指头一个个弯曲着,"我女儿咋还不好呢?她老姑走后我就上庙里求过了,咱不求有钱,也不求大富大贵,只求癌症离开我们家,我剩下的亲人别再得上了。唉,这不?我女儿还是没逃过去……"

是啊,祈求神灵降福终究是不可靠的,是虚幻,是人的一厢情愿;还是回到科学上来吧,回到科学上来,把攻克癌症的希望,寄托在科学的发展上,只有科学才值得信赖才是真实的。

可是科学对癌症有什么法子呢?几百年了吧,还是几千年?无数科学家在这条崎岖小路上攀登着,不畏艰险,殚精竭虑,有的甚至献出了生命;可是癌症好像比人类更勇敢、更顽强,也更有信心和手段。它仿佛有意在和人类捉迷藏,你刚以为发现了它的身影,转眼间又不见了,或者所见只是模糊的背影,是局部,是假象,而其真实面目却始终遮掩着,乃至所有的有关癌症成因的探索,结论几乎都只是"或许""大概""可能"……

也许有的科学家认为癌症的根源已经被他摸索到了,可是即便如此，又怎么样？你能针对病因研制出根治的药吗？或许药也能研制出来，可在此癌种上好使了，在彼癌种上又无效了；在此患者身上好使了，在彼患者身上又无效了。而当癌症的真实谜底或者说确切成因尚未揭开之际，即使再先进的方法和药物，又怎么能说科学，怎么能有百分之百的疗效，怎么能没有副作用呢？

其实，化疗也好，放疗也罢，乃至层出不穷的新药、特药，都只是捕捉者手中的绳索，你也许能将癌魔暂时绊一下子，让它放缓脚步，甚至在奔跑中跌个跟头，可就是无法将它擒住！每天不知有多少癌症患者在痛苦中挣扎，饱受疾病的折磨，最终在身体的极度衰竭中死去。

据美国媒体2007年12月18日报道：美国癌症协会最新公布的一份全球癌症调查报告显示，2007年估计有760万人死于癌症，平均每天超过2万人；备受关注的《众病之王——癌症传》一书的插页上也赫然写着：2010年，大约60万美国人、全世界超过700万人死于癌症；乳腺癌则已经被称为女性健康的第一杀手。据统计，目前全世界每年约有120万妇女患乳腺癌，有50万妇女因乳腺癌而悲惨地死去。

我并非想借此否定科学在癌症治疗中所起的作用，相反，说不定哪一天，人类便会发明出一种彻底治愈并杜绝癌症的药，于是所有的癌症患者获得重生！可是这个日子到底有多远？十几年？几十年？还是几百年？几千年？没有人知道。可是人生短暂呵，癌症患者的人生更短暂了，你病弱的身体能熬到攻克癌症的那一天吗？

3

有一天早晨,新雨过后,我又信步走进小公园,走到绑着红布条子的那棵树附近的一块石头边,发现青灰色的石头被雨水冲洗得特别干净,石头跟前却扔着十几颗烟头,凌乱的,长短不一的,被雨水浇过了,萎靡不振地趴在地上。心想是哪个男人在这里坐过呢?雨是后半夜才下的,他一定是昨晚来过,也许是前半夜,一个人,默默地走来,坐着,一根连一根地抽烟,嘴唇都焦得起皮了。直到雨点打在身上了,才起身离去。

他遇到什么难心事了?跟女人吵起来了?腰里的钱已经花光,再也筹集不来,治不起了?还是女人的病已经让他彻底绝望?不知怎么回事,我固执地认为这男人不是来挂红布条的,也没有跪在地上虔诚地祷告,他已经对此不抱希望了。

我脑海中有一个永生难忘的画面。是十几年前了吧,一天晚上,我散步归来,随手打开了电视机。瞬间,一幅画面清晰地出现在眼前:是一位贫苦的山民,跪在地上,仰望苍天,两手握拳高高举起,张着的嘴巴里却没有声音……我至今记得那痛苦而悲怆的眼神,那山里人常穿的衣裤,那肌肉块块隆起的胳膊,以及那线条分明黝黑粗犷的脸。

我不知道他在呼喊什么,是祈求还是谴责上苍,只是下意识地想此人一定是走投无路了。是的,走投无路!只有走投无路的人,才会找路,才渴望救赎!

可是,当上帝和科学都关闭着希望之门的时候,救赎之路又在哪里呢？也许还是像那位已逝残疾作家史铁生说的：在科学的迷茫之处，在命运的混沌之点，人唯有乞灵于自己的精神？

是的，精神可不是神祇，也不是科学，精神是自己的内心，是自我生命的一部分。当理智还清醒着的时候，精神便可以由自己来把握。

记得最后一次化疗住院的时候，病房里来了一个复查的患者。是坐轮椅进来的，特别瘦，一个更年轻的女人在轮椅后推着她走。

那时我已经听说内分泌疗法的副作用很大了，其中的问题之一，便是导致患者骨质流失、肌痛、骨痛，而且还有骨折的危险。

我趁那位患者不在房间时紧张地问K："骨质流失最严重的时候会怎么样啊？是不是像她那样，连走路都走不了啦？"

K说："你不用想得那么可怕呀。我给你讲个例子吧：有个病人骨质疏松到了一扭脖子就能骨折的程度，可是人家照样走来走去精精神神的。这不，昨天还来过呢，没有那么可怕。"

我对过的病房里也有一位患者，化疗反应厉害，吃什么吐什么。我说："你是不是特别难受啊？"她一边抿着嘴唇一边说："没事儿，吐就吐，吐我也吃，再吐再吃，反正我不能让它打倒！"

是的，吐也吃，疼痛也要忍受。毛发光光也好，骨质疏松也罢，即使到了生命的最后一刻吧，也要敢于面对。

一位取名贺煜家辉的新浪博客作者有一篇题为《悼念四姨》的文章，悼念其患乳腺癌死去的四姨。文中有一段写道："姨姨在医院的最后日子里，是三妹代替母亲去伺候相伴的，姨姨依然是那么要强，每天要把头发梳得一丝不乱，为了不让别人看见自己的悲惨

状况,不是至亲一概不见。就是火化时我们去和姨姨的遗体告别,姨姨依然是那么端庄依然是面容严肃地静静躺着。仿佛还在告诉我们,她是多么的热爱生活,她是一个强者!!!"

这就是乳腺癌患者的精神吧,就是乳腺癌患者的内心世界!在绝望中怀着希望,在痛苦中保持着尊严。即使明知不久于人世了,也不自怨自艾,也要像个人似的活着,安知奇迹不会从此中出现呢?!

夜幕四合,晚祷的钟声响了,通过空气一波一波地传来。于是,劳动了一天的农人们,放下手中的活计,低头向着神祇虔诚祷告——这是19世纪法国著名画家米勒的一幅画。画里的天空是那么辽远,落日的余晖是那么温暖,人是那么谦卑、渺小、孤单。也许,主的救赎只能在空气中弥漫?

我想起了一首小诗,是穿刺结果出来的那天夜里,醒来时,在脑子里出现的,到现在也还记得:

昨天

癌症诊断书

送到我的手上

神——你遗弃了我。

今天

死亡通知书

放在我的脚旁

神——我遗弃了你!
夜幕降临
众生喧唱
我是我自己的神!

是的,茫茫夜半,没有依傍。就像跋涉在泥泞的荒野中的人,即使再惊惶四顾,也找不到出路。除了你自己,没有谁能将你拯救。振作起来吧,与病魔抗争!只有无望中的生存,才蕴藏着希望!

二十二、有知好还是无知好

1

化疗期间有的是闲暇时间，一直陪伴在我身边的，便是床头堆着的那一摞书。有两本小说、一本传记，其余就是讲乳腺癌的书了。比如徐光炜编著的《携手·同行——乳腺癌病友指引》、徐兵河主编的《应对乳腺癌专家谈》、杨宇飞任总主编的《专家帮您解读乳腺癌》、李金锋编著的《如何应对乳腺癌——写给患者和家属的书》、卡罗琳·凯琳和弗朗西斯卡·科尔特拉著的《远离乳腺癌》、福田护著的《乳腺癌正确治疗与生活调养》，等等，总共七八本吧，充实着我孤独的内心世界。

我很感激科里的医生和护士们，即使是每个疗程住院那几天吧，也没有人严格禁止过我看书，我将其称为人性化管理。反正已经是癌症患者了，暂时又没有生命危险，想干啥干啥呗，怎么忍心剥夺她们本来就已经不多的生活乐趣呢？

我如饥似渴地扑进了书里，是的，如饥似渴，这种时候用这个成语是再恰当不过了。假如没有这个病，我兴许还在文学或哲学中徜徉；这些医学书，或许不会挤进我的阅读书目。可是现在不同了。现在，我是乳腺癌患者，而且是浸润性癌，是非特殊型Ⅱ级，书里的每一行文字，都关系到我的身体和命运。

恐惧、焦灼和无奈都催促着我在书里寻找答案，我这才发现，和目前的肿瘤研究相比，我已有的那点儿肿瘤知识简直是太少太少了。

我从阅读中了解到乳腺癌源于人体细胞的非正常性分裂、增殖，遗传因素、非替代性治疗、更年期后体重骤增以及未生育哺乳等都可能是乳腺癌发生的危险因素。它属于一种慢性病，可以缓解，却不能根治，即使度过了较长时间的安全期，也不意味着没有转移复发的风险。

普通乳腺增生未必会转化成癌，非典型性增生与乳腺癌之间却有着紧密联系。

钼靶虽然是诊断乳腺癌的必要手段，却不可在短时间内频繁使用，否则对身体有不良影响。

肿物大小与肿瘤分级不一定成正比，也就是说，肿物大的恶性程度不一定高，肿物小的恶性程度也不一定低。

乳腺癌是一种全身性疾病，因此生存期的长短与全切还是保乳没有关系。

营养贵在均衡，某些补品即使有抗肿瘤作用，也不可过量服用，比如豆浆中含有植物雌激素、蜂王浆中有类雌激素。对于那些雌激素水平高的患者来说，这些食品就不甚理想。

骨转移并不意味着病情重，相反，乳腺癌是最容易转移到骨头的；其次才是内脏和脑。

补钙有讲究，最好选择那种一天内分次服用的，一次剂量过多，也吸收不了；含有酪蛋白磷酸肽成分的吸收比较好。

还有一些更具体的问题,比如什么是脉管瘤栓,P53 是阴性好还是阳性好,ki-67 百分比的高低说明什么,FISH 与 IHC 之间有什么区别和联系,等等,也都是从书里了解到的。

K 说:"其实你们对医学知识的理解有时候也未必准确。"是的,她说得很对,就连我也发现了,有些东西我现在的理解和原来的就不一样。不是深浅问题,是走偏了,有的似是而非,有的似懂非懂,就连表达方法和文学也不相同。每个自然学科领域都是那么博大精深,那么专业化,都有它自己的一套术语,不是外行人轻易走得进来的。可是我还是放不下这些书,每天都捧在手里,一本接一本地看。不看心里就烦恼,就郁闷,就有些没着没落的。

看得多了,疑惑也就跟着来了,于是有机会就找医生问:

为什么我的肿瘤已经发展到浸润型阶段,肿瘤细胞的分级也是 Ⅱ 级,可是入院时的肿瘤标志物检测结果却非常好,没有一点儿不正常之处?难道这种检测手段不科学、不可靠吗?假如真的如此,它还有什么资格作为检测肿瘤的一个标准而被众多体检者所看重?

为什么我结束了全部治疗出院验血时,肿瘤标志物检查结果中除了组织多肽特异性抗原(TPS)外,其他三项(CEA/CA125/CA153)的数值均高于化疗前的?虽然升高后的数值也在正常范围内,可是有没有医学意义、说明不说明什么问题呢?化疗的目标不就是剿灭残留的癌细胞吗?化疗后的肿瘤标志物数值反倒比化疗前的高了,那么化疗的作用又体现在哪里呢?

为什么多数患者在化疗中都有血小板降低的现象,我的血小板却不断提升?

《注射用环磷酰胺说明书》里标示出那么多可怕的副作用,尤其"继发恶性肿瘤"一条明确指出:"如同所有细胞毒性药物治疗,环磷酰胺治疗的远期后遗症包括癌前病变及继发肿瘤。"这岂不是既抗癌又致癌吗?只是时间和部位不同而已,说不定还会导致乳腺癌的转移或复发呢,那么为什么还要使用这种药?远期是多远?

为什么我在化疗前血脂胆固醇都正常,化疗过程中和化疗全部结束出院后却有所升高?而且绝对没有食用高脂肪食物,尤其出院后,几乎再没吃过含有动物性脂肪的食品。是化疗产生的副作用吗?还是内分泌治疗捣的鬼?

来曲唑能导致肌痛、骨痛、骨质疏松、骨折,都很难受,而且一用就是五年,还有主张五年也不够的,最好再长一点儿,吃十年。十年啊,三千六百多天,其毒副作用对机体的损害会发展到什么程度?这岂不是拆东墙补西墙吗?而且据说乳腺癌最容易转移到骨,这与服药造成的骨损伤有没有关系?

手术前化疗的患者可以根据肿物的变化观察化疗是否有效,可是我的肿物在化疗前就已经切除了,还怎么判断此方案好不好,化疗药是否有效呢?假如已经没有了判断标准,岂不是盲目性太大?也就是说,我的身体很可能在做一种没有价值的牺牲,遭一种无意义的罪。

我的病理报告中癌细胞分级是 II 级,Ki-67 也比较高,P53 是阳性,尤其 HER2:2+,FiSH 检测结果仍然是基因状态不确定。所有这些不利因素也能经化疗改变吗?还是根本就无法控制,只能任其发展?

……

确诊后的癌症患者大体上有这么几种类型：一种是紧张思考型的，表面看好像挺平稳，内心里却在不停地琢磨，恨不得立时得知自己为什么患了这种病；一种是悲伤愤怒型的，怨天尤人，痛苦不已，心里满是绝望和悔恨，甚至整天痛哭流涕；还有一种是听天由命型的，反正已经得上了，爱咋着咋着吧，人不能和命争。

我显然属于紧张思考型，自从穿刺结果出来后就在思考，就在听，在看。心里堆积的问题太多了，又无法从根本上解决，恐惧也就跟着来了。我用我仅有的知识和全部经验分析揣想着这种病，结论是：乳腺癌不可治。即使是早期发现早期手术，即使暂时安稳着，也只能算是蛰伏期。说不定什么时候，癌肿就又冒出来了，仿佛雨后春草般，让你防不胜防，且无法抗拒！

2

G显然是不赞成我这个样子的，有好几次，都这么说："你老是想它干什么呀？没事，啊？没事。"——又拿出了他那句口头禅。

G的做法很有意思，他一方面反对我苦苦琢磨，一方面又不限制我，让我像正常人似的做这做那。有时我看着他那湖水般明净的眼睛想：有一种人的智慧是不是天生的？也许三十几岁的人从医经验还不太丰富，可是他心灵细腻、沉着冷静，有着很好的医生资质，清澈的眸子里透着聪颖。多年跟肿瘤打交道，他心里肯定早就明白了：我的思考徒劳无益，即使努力跑完了全程，最后也还得回到起点。

我的一位作家朋友也说过,他得癌症住院时,医生护士也禁止他思考、看书,而且坚决不许看肿瘤方面的,理由是明白得越多,越没好处。

就连聪明爽快的女医生K也反对我钻进书本里,说总院那边有个得癌症的大夫,两个月就去世了,为什么?还不是对这种病太了解了?

其实这可算不得什么新鲜事,十几年以前我就听人讲过了,我当地医院的一位老主任,活得精精神神的,身体好得很。有一天,医院进了台新型检测仪,他兴致勃勃地躺上去一看,天啊,肝癌!也是不长时间就死了,也是因为明白自己的病。

这方面的佐证还有很多,比如很多人都知道,得了癌症的城里人很多都活不过农村人,除了农村空气好,饮食新鲜,还有一个重要因素是农村人对疾病的了解不如城里人。农村人的文化水平低,头脑简单,想得少,有利于痊愈。

我自身也是一个很好的例子。大约手术以后吧,有一段时间,我感觉自己的病好了,没事了。本来就是皮里肉外的嘛,切去了那么大一块,淋巴也没有转移,怎么会有复发的风险?侄女和她的男朋友也说没事;医生也说发现得早,没事;心里感觉挺安稳的。

可是,当我从书中了解到,由于浸润性癌细胞已经突破基底膜,因此很可能在手术前就经由淋巴或血液途径而发生了远处转移,"即使无淋巴转移的患者,由于亚临床转移灶的存在,也还有约1/3的患者有发生远处转移的可能"(徐光炜《携手·同行——乳腺癌病友指引》),手术不可能将癌细胞全部切除掉,那些或在增殖或在休

眠的残存癌细胞，才是潜在的危险时，心里就沉重起来了。饭也吃不好了，觉也睡不着了，心想说不定哪天癌症又找到了我，胸口像堵着块石头似的。

看多了想多了对病情不利可不是危言耸听的事，其中的道理学者们早就阐述过了。众所周知，能与癌细胞抗衡的只有人体免疫力，而看多了想多了，就有可能心情不好，免疫力也就随之下降了。

可是患者对肿瘤知识知道得少就好吗？也未必。假如不了解这方面的知识，那么无论是手术、放疗、化疗，以及包括内分泌治疗在内的所有阶段，你都可能茫然不解、稀里糊涂、无所适从，即使是一点儿小小的症状，也会恐慌纠结、吓得够呛。

我在化疗前就出现了这种情况。那时我对进口药和国产药到底有多大差别不了解，只是和大多数患者一样，本能地以为进口药肯定优于国产药一大块，因此便犹豫着，迟迟不敢签字。

对化疗的极端恐惧、等待 FISH 检测结果时的焦灼以及饮食上的过度小心等也和缺少相应领域的知识有关。假如我对化疗反应有比较客观的了解，我还会那么紧张吗？假如我对化疗以及 FISH 检测功能多一些具体而又实际的了解，我还会那么惊慌吗？假如我对癌症患者的饮食多一些了解，我还至于那么谨小慎微，仿佛每一种食品都是毒蛇、是猛兽，都会引发肿瘤生长吗？

尤其确诊前，假如我对乳腺癌的早期征兆有所知晓，就绝不会对乳头的偶尔内陷不闻不问；对乳头瘙痒毫不在乎；甚至洗澡时已经摸到过孤立的小肿物了还不当回事。如此一来，肿瘤也就很可能处于原位癌或者良性阶段内。

对了,还有出院以后。有一段时间,一颗牙非常疼,带得耳朵里和太阳穴都疼,疼得吃不了饭,而且牙龈上肿起了一个包。本来这颗牙前几年就有些松动了,牙医也说过,是最里边的那颗智齿挤的;而且当时正好感冒。可是我心里害怕呀,以为是乳腺癌转移了呢。尤其从网上查到一例乳腺癌转移到牙龈的例子后,那种恐惧简直无法形容了。后来才想起化疗时这颗牙表现就不好,而且一本书中也说过的,化疗前不管有什么病痛,都要告诉医生,哪怕是有龋齿呢,否则后果会更严重;心里这才释然了,感觉是化疗药捣的鬼,炎症也慢慢地消了下去。

还有遗传、环境、心理、日常生活习惯与乳腺癌之间的关系,还有乳腺癌与身体其他器官疾病之间的关系,等等,都是我从书里了解到的,对我的身体疗养不能说无益。

就连有些医生也说了,对病情了解越多的患者越容易配合医护人员的工作,疗效也越好。

那么到底是有知好还是无知好呢?似乎莫衷一是了,这里面有个对知识的理解问题。我们一直习惯于将知识置于至高无上的地位,知识就是力量,知识能改变一切,知识是万能的,都是司空见惯的口号,乃至成了我们的依托和荣耀。记得若干年前,我买了一本库萨的尼古拉写的《论有学识的无知》,我的一位领导就说过:"有学识还无知啊?真怪。"我至今记得那惊奇的眼神。

其实知识的能量是有限的,因为人的认识能力有限。就拿乳腺癌来说吧,很多问题就至今还没有弄清楚,比如它的成因,怎样才算科学用药;再比如患者的饮食,等等,都是比较棘手的问题。即

使已经成为业内通识的,也未必就永久性正确,也有被推翻的可能,更何况探索宇宙呢!在宇宙的时空面前,人的能力太渺小了,生命也只是短短的一瞬。所以,库萨的尼古拉认为:求知的至境是认识到我们是无知的;所以牛顿和爱因斯坦,最后也都走向了宗教,相信有神。

3

写到这里,我忽然明白了,我的主管医生 G 为什么总说没事? G 和 K 为什么都不希望我了解太多?还有众多医生为什么也有这种想法和做法?就是因为他们早就清楚目前人类还无法完全认识癌症,把握癌症。因此,对于普通患者来说,与其在不可能的事情上浪费精力,还不如好好保养身体呢。而且事实也是这样子。当我在书里转了一溜十三遭后,最终也还是迷惘、无奈,有些知识甚至一开始就被"化疗脑"吞噬,白白辛苦了一场!

脑子里经常有两个人在对话。

一个说:"算了,放下你手里的书吧,多出去转转,像我这样子多好啊!整天傻呵呵的,啥也不想,也不看。"

另一个说:"不想不看就解决问题了吗?"

一个说:"你要解决啥问题呀?"

另一个翻了她一眼,心想连这都不知道啊,简直是白痴!

一个说:"想了看了又有啥用?专家都研究不透的东西,你能弄明白吗?"

另一个说:"也没想弄明白弄不明白的,就是愿意想,愿意看,感觉了解比不了解强。"

一个说:"看看,都走火入魔了,还不是你们知识分子那一套?总觉得所有的东西都能整明白似的,到头来咋样?还不是竹篮子打水一场空?"

另一个说:"起码有一点预警作用吧?"

一个说:"预警?"

另一个说:"是的,预警。比如说你了解到一侧乳房切除了,另一侧会增加患癌的危险,就可以经常检查,以免延误。"

一个说:"啧啧,还预警呢,直接说得了呗,不就是提个醒吗?有啥用?反倒让人添堵,该查查呗,预警能挡住复发咋着?自己要能给自己看病,还要医院和大夫干啥呀?"

另一个说:"话可不能这么说,你想想,患者中有多少是自己先摸到肿块的?就连你,不也是吗?"

那一个有些没话了:"……嗯,这我承认,知道点儿啥也有好处,可是你好像不满足一点儿啊!你总想往深里钻,弄它个底儿掉,依我看哪,嗨,活得太累。"

另一个说:"我也知道怎么琢磨也没有用,可就是忍耐不住呢。人生一世,稀里糊涂地来了也就算了,总不能再稀里糊涂地走吧?"

一个说:"你想的忒远了,忒多,我们可不琢磨这些事,该活活,该死死。"

另一个有些不好意思了,换了话题:"你往后有什么打算哪?"

一个说:"还打算啥呀?就是过日子呗,过一天是一天,好好

活着。"

另一个说:"怎么好好活法?"

一个说:"就是屋里地里喂猪打狗的呗,该干啥干啥。反正活儿有的是,没空东想西想的,有那工夫还不如看点儿电视呢。天一黑就上炕睡觉了,睡得跟死猪似的,能想啥。"

另一个觉得同伴太愚蠢,根本就是两股道上跑的车,也就不想说下去了。

我默默地思考着这两个人的对话,感觉的确是两种生存智慧。尤其是前一个的观点,很有些道理。是的,一切都放下吧,让科学家们来做,不知有多少学者正日夜兼程呢。作为患者,你只需摒除杂念,静下心来,悠哉悠哉地养你的病。佛家不早就说过了吗?要六根清净,持当下心,持平常心?道家也主张清静无为。

可是我为什么控制不了思考的欲望?为什么那么痴迷地钻进书里,只有捧着书,心里才有着落,才感觉安稳,才不迷茫?

记忆中始终存着一件事。

是我出院前不久的一天午后,我前边说过的那位生得白白胖胖的年轻患者到我房间里来了,嘴角仍然朝里弯弯着,坐在椅子上,笑眯眯的,好像有些不好意思。

我说:"你是不是有什么事啊?"

她扫了眼我床头扣着的书说:"阿姨,我想问问你,五年以内,那种事……书上是怎么说的?"

我说:"哪种事啊?"

她说:"就那种事呗,男的和女的……我想知道书上说行不行。"

我这才明白她的意思，说书上说可以，同时想起了那位矮胖患者对我说过的话。

她说："那你念给我听听呗。"

我把书拿起来递给她，说："你自己看多好啊。"

她说："在哪啊？我找不着啊。"

我说："你先查目录就看见了，目录里写得很清楚。"

她抿嘴一乐说："我不会查呀，不用看了，你说行我就信了。其实那种事和病有啥关系呢？就我那口子，想得忒多。"

我看着她那纯朴得和这个时代有些不相称的脸，心里不由得生出了感慨。看得出，她很快活，因为她也快出院了，后续治疗回老家那边做；也因为书上说内分泌治疗期间可以同房。我相信她绝不会担心转移或复发这个问题的，也不会想什么性生活能不能影响到雌激素水平。淳朴到近乎简单的她，心里根本就没有这些概念。可是我还能回去吗？不能了，我已经走得太远太远；而且，平心而论，也不希望在无知中存活。

假如那位年轻患者有科学知识，就会明白她的病理检测结果不怎么好，连她爱人也清楚，是富脂质癌，恶性程度很高。只有她一个人，还蒙在鼓里。其实病理报告单就压在她的床垫子底下，有一天我去她的病房，还拿出来让我看呢，她那长得像吉卜赛人的丈夫，急得一个劲儿地朝我眨巴眼。

假如她有科学知识，就会懂得性交前双方应该怎样沟通，如何调整心理、避免因身体的变化而引发的不快。假如她有科学知识，就会像保罗对他的妻子所说的那样对她的丈夫说："你是我最爱的

男人，是我生命中的全部。"

古老的生存智慧一定得建立在缺少科学知识之上吗？我不相信，理性一定能使二者很好地结合的。

当然，这样想着的时候，我的脑海里又响起了那个声音：你太顽固了，简直不可救药！

是的，顽固。人总是为自己的所爱毁灭，也因其得救。

二十三、在死神面前起舞

1

时下的人似乎早已将生死看破了,我常听有人这样说:

"死就死呗,早死早托生,二十年后又是一条好汉!"

"活着有啥意思啊?真不如死了好呢,死了反倒省心了。"

"有生就有死,每个人都只是人间过客,一出生就朝死亡走去了。"

……

其实说这些话的人多半是因为死离他们还远,起码不需要马上面对;可是癌症患者就不一样了。癌症患者,即使发现得再早,病情再轻微,复发转移的概率再小,也算是和死神打上交道了,也很难不想到死这件事。

几乎每个患者心里都清楚,手术也好,化疗也罢,都未必能彻底阻止癌症的转移或复发。尤其乳腺癌,转移复发率更高,即使你再小心谨慎,百般医治;或者再乐观勇敢,不当回事,癌肿也未必就不再光顾你,你的耳旁随时都可能响起凄惨的警报。

有人将死亡比喻为悬在癌症患者头上的达摩克利斯剑,很贴切。是的,每个癌症患者的头上都悬着一柄达摩克利斯剑!它默不作声、

寒光闪闪，说不定哪一天，系剑的马鬃一断，剑就落下来了——癌症在你的体内再一次出现，而无论转移还是复发都很危险的。也许用不了多久，末日就会来临，人间就再也没有你了，你将到阎王爷那里报到；冥界和亡者之神阿努比斯，也将低着那颗胡狼头，在你的尸体上清除腐肉……

聆听着死神或远或近的脚步声，你该怎么办？悲伤绝望、烦恼哭泣、痛不欲生乃至轻生？这些我都听过或者见过。

记得多少年以前，我正在街上走着，忽然看见不远处路边的一堵墙下围着一群人。我不知出了什么事，连忙赶过去一看，是一个男人，蓬头垢面的，身子压在墙头上，头发长长地耷拉着，两只手几乎触到地面了。有人指着他身后的楼说："这不？刚从里边跳下来的，看样子是没救了。"更有知情者说："唉，死了好，癌症晚期了，干遭罪，不死也活不了几天了。"

死神可怕，行踪无定，说不定哪一天，它那枯骨般冷酷的身影就来到你身边了，攫你没商量。于是，你就不得不随它而去。

欣赏过米勒的油画《死神与樵夫》：落日的余晖中，疲惫的樵夫已经睡着了，胳膊搭在辛苦砍来的一捆柴草上。此时，身穿白衣的死神来到了他的身边，左手握着长柄弯镰，右手抓住了樵夫的肩膀。

海涅的诗《梦中幻影》里的描写，更令人恐惧：

在花山花海的国度里，
有口大理石井，清澈如镜，
我看见一个美艳少女，

/一个乳腺癌患者的手记/

正忙忙碌碌浣洗白衣一领。
……

　　我走近她的身旁
悄声说道:"啊,请对我讲,
　你这奇美娇艳的姑娘,
　这是给谁的白色衣裳?"
她很快地说道:"快准备好,
　我在洗你的裹尸布啊!"
……

　　我穿过灌木,奔过草莽,
　来到一个空旷的地方。
……

　　瞧!我的奇妙的姑娘,
　正向橡树树茎挥动手斧。
……

　　我走近她的身旁
悄声说道:"啊,请告诉我,
　你这奇美娇艳的姑娘,
　这橡木大橱你为谁制作?"
她很快地说道:"时间不多,
　你的棺材我正在制作。"
……

　　我快步向前,站住脚步,

  瞧！我找到了美丽的姑娘。
  辽阔的荒原上站着白衣姑娘。
   正用锄头向地下深挖，
    ……
   我走近她的身边
  悄声说道："啊，请告诉我，
   你这奇美娇艳的姑娘，
   这个土坑是为了什么？"
  她很快地说道："你别作声，
   我为你挖个凉爽的新坟。"
    ……

  尽管诗人对我们说这只是可怕的梦，在那黑沉沉的暗夜里，他很快就惊醒了，可是你相信是梦吗？尸衣、棺椁、墓穴，正是每个人的末日，而绝大多数癌症病人，也许离这个日子已经不远。

  来日无多，忧伤恐惧，无处逃遁。你到底该怎么办呢？像我见过的那个跳楼人似的，主动结束生命？还是像我前边说过的一些患者似的，痛哭流涕、怨恨不已？

  没有用的，都没有用，死神绝不会因此而产生怜悯之心。明智的做法是好好活着，善待生命，比以往百倍千倍地珍惜剩余的光阴！

这里似乎又不能不说到 M 了——那位年纪轻轻便死于乳腺癌的美丽的同事。

不知怎么回事,每逢想到她,我心里总觉得她当时未必没考虑过性生活对身体的影响。也就是说,对结婚未必没有顾虑。

不是愚蠢不愚蠢的问题,而是一种本能,一种知识女性惯有的小心翼翼。那可是一个思维缜密的女孩子啊,从言谈举止间也能发现其心思的细密。"谁知道以后怎样呢"——仅凭这句话,便可看出她对自己的身体不是没有担忧的。

可她还是毅然决然地结婚了,走进了婚姻的殿堂,和心爱的人举行了婚礼。

这到底是为了什么呢?爱情的吸引?肉体的冲动?还是另有难言之隐,比如说……经济拮据,缺少后续治疗的费用?

为了解开这个谜题,也为了写这本书吧,几个月前,我找到了 M 的好友、我的同事,也是与她一起留校的同班同学 N。

N 已经过了知命之年了,鬓发斑白,表情平静,已经做到了文学院院长。眼下的高校人都很忙,更何况还是一院之长呢。简单客套了几句,我便开门见山地说:"想了解一下 M 的事,不知你当年有没有参加过她的婚礼?"

N 略带惊讶地扫了我一眼说:"参加了,这么多年了,你怎么想起问这件事?"

我说:"参加了就好,我只是想写点儿东西,你还记得当时婚礼的情形吗?"

N叹了口气说:"记得,怎么不记得呢?就好像昨天似的,到死也不能忘啊!"

心里很高兴,为我找对了人,也为M的同学还记得她。

于是,当M的骨灰已经在海底沉睡了漫长的时光后,那个美丽绝伦的女孩子,又在她好友的讲述中复活了——

大约是1987年吧,好像是夏天,记得我穿的是花格子衬衫。我们几个同学一起去了她后来所在的那个城市。她未婚夫也是我们那一届的同学,只不过不是一个系的,我们都觉得他能在这种情况下举行婚礼太不容易了。

参加婚礼的人倒不是很多,也就二三十人吧,都是双方的亲戚、朋友,剩下的就是我们这些同学了。婚礼的场面特别隆重。怎么形容好呢?反正特别庄严、特别肃穆,和普通的婚礼不一样,就像你初次走进教堂的感觉似的。

那回我的确也是头一次走进教堂,我从没想过中国人能在教堂举行婚礼。是一家天主教堂,据说M未婚夫的父亲不大同意,可是她一味坚持着,最后也就默许了。教堂里布置得十分别致:撒着白色花瓣的火红色地毯,两边是康乃馨和白百合,一替一盆地放着,从门口一直往里边伸去。正对着我们的那面墙上有一个金色的十字架,十字架底下是两人的大结婚照。不是在影楼里摄的,是外边,也兴许是郊区?反正远处有小山,有树,景和人都蒙着一层雾霭,如梦如幻的,看得出摄影师水平很高。

那天M穿的是白色的婚纱,蓬肩、短袖,挽着她父亲的胳膊,步子轻盈,远看真像是仙女下凡似的。她的肤色本来就好,再加上有些激动，简直像朵出水的芙蓉，在场的人都惊呆了。她的未婚夫一眼不眨地看着她，接过她的手臂时特别沉稳，也特别温柔。

我心想这公子哥对M还真不错呢，心里替她高兴，就暗暗祈祷着，祈求她未来一帆风顺；哪知道那时就已经转移了。是后来她妈妈跟我说的，说M经常肩膀疼，还有胯骨，连医生也说情况不大好。

我心里一震，盯着N的眼睛说："那男孩子知道吗？"

N说："知道啊，怎么能不知道呢？M可不是那种藏着掖着的人。其实她父母是不赞成她结婚的，说服不了啊，M要是来了拗劲儿谁也说不动。要是早听她父母的兴许倒好了呢！我们这些同学当时也年轻，都二十多岁，也不太明白，有些事也没往多里想。"

心底的疑问又浮上来了，我说："当时我怎么听说是男方要求结婚的呢？难道是M吗？是M想举行婚礼？"

N说："就算男方主动女方不同意也没辙呀。"

我说："那么以你对M的了解，她为什么坚持结婚？而且非得在那种时候？是不是一个人太孤单了，或者以为结了婚对身体也没有啥妨碍？"

N说："不是，都不是，M可不是依赖型的。而且她动身以前好像挺悲伤的，跟我说反正也是死，就这么定了！我估计她还是担心夜长梦多。你想啊，人家那么好的条件，什么样的女孩子找不着？我们同学都赞成她早点儿办了也是为这个。"

我再次打量着眼前这位文学院院长的脸，感觉她并不了解M，或者说，她是在用时下人的观点来揣测M的心理。纯洁的M会死到临头还拉个垫背的吗？冰雪般聪明的她能在生命的最后关头还考虑

世俗利益吗？不会的，绝不会，她肯定有着自己的想法。

N可能觉察到了我的心思，低头说："我猜的也不一定准啊。M是个有主见的人，心思也深，一般人看不透的，只可惜这个人了。我这会儿还能想起婚礼上的情形呢，太完美太独特了，满教堂都是花香。对了，还有自始至终播放的那首曲子，轻柔曼妙，连我这外行人都听入迷了，可惜当时不知道是什么名。后来才听说了，是外国人演奏的，叫什么来着？对了，《梦中的婚礼》。"

《梦中的婚礼》？！理查德·克莱德曼的钢琴演奏曲，它讲述的不是一个凄美的爱情故事吗——

六年前，他与心目中的女孩儿相遇，并且产生了深深的爱。

她不是凡人，是梦之国的公主，因此便注定了这是一场爱的悲剧。

就像一颗流星，流星的爱本在天上，可是它却不幸落到了地上，于是便与爱情有了永恒的距离。

而人在最幸福的时刻死去，就会变成流星落到地面，就永远也拥有不了天国的爱。

六年后，始终无法忘记公主的他，回梦之国去看公主。

那一天，恰好赶上公主举行婚礼。

公主挽着的是邻国王子的手。所有人都欢呼着，却忽视了人群中对准公主的一支利箭。

他上前拥抱了心爱的人，用自己的身体挡住了公主的身体。

他死了，死在了最幸福的时刻，化作了一颗悲惨的流星。

身着婚纱的公主在旁边含笑看着他；就连天使，也为他们唱着祝福的歌。

美丽可是短暂,幸福却又悲伤,相遇而不可相求,相知却不能相合。唯一的办法就是忘却,忘却;或者,在梦中实现。

我想,这就是《梦中的婚礼》的含义吧。

那么M就是故事中的青年男子吗?明知已经无望了,却仍然要拼死追求,哪怕因此而死去呢,也要携手走过最后一程,了结此生最后的心愿,和自己心爱的人儿在一起。故事中的青年男子没有失去爱,M也没有失去。在爱情与死亡的两难抉择中,他们交了份相同的答卷。M难得就难得在懂得珍惜,懂得如何善待他人,也善待自己。

记得书上说过的,卡夫卡在感觉身体无望的时候放弃了婚姻,放弃了这种他喜欢的生活方式,尽管他一度认为继承父姓,生一个孩子,做个"尘世公民"乃是人生的最高奖赏;而M却做了一件所谓善良人最难做到的事。弥留时的她一定和故事里的青年男子一样,是幸福的、满足的,如同一位青年歌手在同名歌曲中所唱的——

就算梦那么短暂
我也不会再有遗憾。

3

美丽且有修养的女孩子M是如此,那么没有文化的乡村农民呢?面对死神的即将来临,会怎么样?我想讲讲我的一位远房族亲。

从辈分上说他是我的兄长,可是大了我三十多岁,生活贫困,

唯一的财产是三个勤劳肯干的儿子。三十多年前勤劳可未必就能换得财富，尽管父子四人从不闲着，家里却依然穷，用农村人的话说，穷得快掉底儿了。

恰好在这时，我那位本家哥哥得了癌症。

到底是什么癌呢？我说不准，他家里人肯定商量过了，对外人只字不提癌的事，只说胆不好，正吃药调养着，屯里人也只是发现他脸色黑黄，越来越瘦，可能是肝胆部位吧。

那时大儿子已经二十多岁了，早就到了娶亲的年龄。家里这么穷，女孩子是不肯进门的。其他彩礼且不说了，最起码也得有三间新房啊！而眼下的光景是一家五口挤在两间半老房子里，房檐都耷拉了，还是父母遗嘱中留下的。这光景可怎么是好呢？

不久后，我的会石匠手艺的兄长做出了一个令全屯人惊讶的决定：父子四人盖三间新房，而且说动手就动手，而且是三间石头到顶的房。

盖房子可非同小可呀，你得有材料，有钱，有人，最起码也得雇十来个帮工的吧，而且还得会干活的，木匠瓦匠什么的，都少不了。可是我的本家哥哥却横下心来，准备咬紧牙关自己干！

父子四人每天天不亮就起身了，赶着自己家的小驴车，拿着铁锹、镐和榔头什么的，到山里去，捡开山场地剩下的石头，打草做瓤纠；自己家院子周围的杨树柳树也都伐了。

那时生产队刚刚解散，土地也承包给个人了，农民们便有了闲暇时间。假如有人看在乡里乡亲的情面上白帮个工，我的本家哥哥便磕头作揖的，感激不尽；可是他从来不主动找人。为什么呢？供不起饭啊，就算工钱不要了，饭总得供一顿吧？而且还得像样点儿，对不对？否则可就没脸见人了。

大约足足有一年工夫吧，父子四人硬是靠四双手把房子竖起来了。就在屯里的路边上，我寒暑假回祖母家看见过，很结实的，四周一圈儿土墙围成个院子。

房子盖完了我的本家哥哥也不行了，好像只活了十几天，临死还说呢："这回我就放心了，大小子能娶着人了……"

多少年过去了，每次提起来，我的本家嫂子还是痛哭不止，说："你哥是拿命换了个房子啊！那会儿他也吃不着啥，家里穷得掉底儿，可一干上活精神头儿就来了，像抽了白粉似的，夜里却成宿成宿地睡不着觉，疼啊！实在挺不住了就吃两片止疼片。本来大夫说也就剩两三个月了，硬撑了一年多，他是放不下这一大家子人哪……"

我听着嫂子的哭诉便想起了本家哥哥病重时的样子，是的，我亲眼看见过，他就站在已经起了一人多高的山墙边，一手拿着泥板子，一手扶着墙头，端着肩膀，喘着气，胸脯一起一伏的，脸上那么黑、那么瘦，有点儿像小人书里的黑鬼似的。

这是一个多么坚强的人啊，明知死期已到，就是不肯倒下，心里挂着他的子孙后代。就像我本家嫂子说的，放不下这一家子人。想想吧，以他那灯火将尽的身子，每举起一块石头端一锹泥得使出多大的劲啊！可他就是要拼死挣扎，就是要干，就是要给儿子留下三间房子。以生命中的最后一点儿能量，向死神挑战！每一块石头里都蕴含着他的生命，每一锹泥土都证明着他的存在，就算死神带走了他的身体，也不得不承认：他赢了。

我又想起了我的一位大学老师。她年轻时身体就挺弱的，给我们上课时，说话总显得有气无力，后来就安了心脏起搏器。可是老天还不肯放过这可怜人，先是她的丈夫早早离世了，紧接着又让她患了癌症，做了结肠切除术。了解情况的人都说她的身体状况与儿子有关，本来好好个孩子，高中时因为搞对象，抑郁了，也不和人交往，也不能工作，整天在家里坐着，泥塑木雕般，有时会傻笑；更多的时候是一动不动。

有段时间，大家都以为她熬不过去了。你想啊，一个女人，又要挑起家庭的担子，又要带着个生病的孩子，自己又是那么副身板，走路三步一歇、五步一喘，瘦得跟纸人儿似的，怎么活？可她硬是挺过来了，而且一挺就是十多年，到现在还活着呢。

得了癌症的同事总爱问她有什么好法子，吃的什么药，她说："能有什么好法子啊？一步步往前走呗，要说灵丹妙药就是我儿子了。我总想我要是死了儿子咋办呢？进收容所？流浪街头？还是在家里疯死饿死？只要他在我就得活着啊，活一天是一天，说啥也不能死他前头。"

这就是母亲，就是母爱。当一个人的心里装满了对另一个人的爱的时候，那力量真是非凡的，简直不可思议！她不想死，而是咬着牙活！这种罕见的勇敢怎能不使死神畏惧三分呢？

4

2015年年初，青年歌手姚贝娜因乳腺癌转移去世了。我得承认，这消息令刚结束化疗的我有些垂头丧气。大约有两三天的时间吧，我没有心思读书、写作，吃不好，睡不着，干什么都没有精神头儿。

那时我已经接受我是癌症患者这个冷酷的现实了，心情也由悲伤转为平静。一切似乎都走向了正轨，可是这消息却再一次把我的内心世界搅乱了，好不容易建立起来的信心也一眨眼工夫便无影无踪！说句有些窝囊的话吧，我甚至想到了我的那一天，想到了死。

我一次次地问自己说："你为什么这副样子呢？为什么一个陌生人的死对你的打击这么大？"答案当然是不言而喻的。不是因为她是歌星，也不是因为我喜欢看电视剧《甄嬛传》，爱屋及乌，也就顺便喜欢上了这位片头歌的演唱者。我想，除了为她年纪轻轻就离世而深感遗憾外，唯一的原因是我们有着相同的病。

我们都是乳腺癌患者，都经过了化疗、手术，病情也都不晚。更主要的是她的死恰好证明了我心里一个由来已久的想法：乳腺癌是无法治愈的，转移或复发是早晚的事。即使肿瘤再小，也难逃噩运。因为，迄今为止，我们还没有弄清楚乳腺癌到底是怎么回事。

很多人将姚贝娜的死归结为身心疲惫，说她太热爱自己的事业了，东奔西忙的，压力山大。言外之意就是太拼了。这种观点也不能说没有道理。想想看吧，化疗期间就录制《甄嬛传》主题曲；签约、熬夜、唱歌、跳舞，连亲人的劝阻也听不进去；在舞台上倾情演唱，在各个城市间飞来飞去，有时忙得连复查的时间都没有；即使发现癌细胞已经转移到肝脏和骨头了，也仍然放弃了化疗，而是全身心投入到自己的事业中去……这不是拼是什么？典型的拼命，太过于投入，爱歌声胜过了自己的生命。

可是我们想没想过她为什么这么拼呢？是对自己的病情持乐观态度吗？有这种因素，就连她的手术医生也透露过：整个手术是充分准备好了的，而且术后所有的检查结果都非常优秀，这种情况复发的概率还不到百分之五。对于姚贝娜而言，唯一不好的指标就是太年轻了。

然而，若因此便以为姚贝娜的拼只是源于对自己病情的乐观也是不符合实际的。相反，我倒觉得她不可能完全放下自己的病。人之常情嘛，得的毕竟是癌症啊，即使再乐观、再开朗，能和普通疾病同等看待吗？

有时，我甚至想，她的心里是不是一直有个阴影？

只要我们回忆一下她手术前的看病过程，她对手术所采取的态度，就能够发现，她对待自己的身体并不草率。跑了几家医院，看了几个专家，比较之后才做了决定。网上也说，在2013年由《时尚健康》杂志主办的粉红丝带乳腺癌防治活动庆典上，姚贝娜曾几次说她相信这么一句话：该在井里死，就不会死在河里。"如果从风险的角度来说，谁也说不好明天会怎样，所以说过好当下是最重要的。"这固然可以视为她在疾病面前的坦然、淡定；但是，从另一角度说，是不是也能看出她并不认为自己的病情已经高枕无忧，而是做了两手准备？顽强而孝顺的她很可能把所有的结果都想到了，然后，咬咬牙，憋在心里，不对父母倾吐，也不给亲朋好友增添烦闷。

正是这种对死亡深藏不露的心结，促使她拼命地唱，尽情地跳。即使得知病情恶化了，也拒绝了化疗的建议。因为，她很清楚，转移后治疗就棘手了。此时的她不可能听不见死神的脚步声，也不可能对死亡的身影视而不见。她不想将本来已经变得有限的时间再浪费在化疗上，再重复一次呕吐、脱发以及羸弱不堪的生理体验。她要抓紧最后一点儿时间，倾尽全力，把自己美丽的形象，留给她喜爱的歌迷。

　　只要仔细欣赏一下姚贝娜那幅全裸的写真照，就不难发现内中的独特：双臂是向上举起的，双手是在头顶交叉的，好像攥住了命运的绳索，又好像在给自己鼓劲！她姿态挺拔、神情坚毅，仿佛直视着病魔一般，全然没有通常的明星裸体照那种矫揉妩媚。勇敢、决绝、庄严、乐观，有的只是力，力，力！这个已经快走到人生终点的女孩子是在全力绽放生命的光彩，向死而生，告别人世，完满自己年轻的生命。就像她在《心火》中唱的：

……

为了心

扬起火

愿意豁出命去搏

能令我死而无憾的

才让我真快乐

我的心

我的火

燃烧在每一首我唱的歌

听到的人为我证明了

这世界我来过

5

记得西方 15 世纪的绘画题材中有一种"死者之舞":象征死亡的骷髅引领众人走向墓园,跳起轮舞,旨在显示死亡的力量以及人与人之间的平等;文艺复兴时期也有和着骷髅的节拍起舞的"死亡之舞",喻示的也是死亡对众生的一视同仁与不可抗拒。

特殊的宗教与文化背景赋予西方的"死亡之舞"以平等、敬畏、和谐之意,那么我笔下这些癌症患者呢?他们的死亡之舞又隐喻着什么呢?当生命走到人生边缘的时候,他们的歌舞来得更激昂、更惨烈,只不过不是与死神共舞,而是独舞,是向死神挑战!

是的,来吧,没有什么可怕的!纵使不能延伸生命的长度,也可以拓展生命的宽度;纵使无法延长生命的时间,也可以拓展生命的空间;纵使不能让生命之花永久盛开,也可以在瞬间倾情怒放;纵使无法消除地狱的寒冷,也可以为人间留下温暖!

二十四、草地上的两个小女孩儿

1

化疗期间有的是闲暇时间。每天,我除了看书、吃饭、睡午觉,就是到小公园里坐一会儿;有时,也到医院后边的停车场上散散步。

停车场离小公园不远,二者间只隔着一条路。从医院东门出去,往北一拐,就是那停车场了,停车场的西侧是几家经营酒店器皿的商店。商店的规模都不算小,却有些冷清,看不见多少顾客,也许是专搞批发的吧。

停车场被四条平行的水泥路隔成了几块,每两条水泥路之间的地面都镶着六边形红砖,空心的,已经褪色了。于是,野草就从裸露的泥土中长出来,矮趴趴的,秃疮般,这儿一片那儿一片的,和小公园里的一样,只是没有那边旺盛——贪走近路的行人们把草踏扁了。

说是停车场,其实并没有多少车,偌大一片空地便显得有些空旷,有些寂寞。这种氛围渐渐地吸引了我,于是,几乎每天午睡醒来,我都到这里转悠一会儿,有时走三四十分钟,有时走一个多小时,手里拿着那个墨绿色壳子的手机,一边听着歌,一边茫然地绕来绕去。

心里总是不由自主地计算着,仿佛恶作剧般地拐进草地,踩在

六边形空心砖上,体验着脚下摇摇晃晃的感觉,就好像踩住了钟表的指针。我计算着来北京多少天了,做完手术已经多长时间,还有多少天开始下一个疗程,还有多少天最后出院……我不知道这种计算有什么用,只是忍耐不住,一遍又一遍地,有时因此而感到充实,有时又因此而倍感空虚。

这天午后,我照例来到停车场上。没有风,阳光也好,空地上几乎没有人。只有两个六七岁的小女孩儿,喊着笑着,在里边跑来跑去。不一会儿,手里不知拿着些什么东西,跑到紧挨着停车场南侧的墙边来了,坐在墙根下的水泥台面上。

我心里一动,也不知不觉地跟了过去。

穿粉红裙子的说:"咱俩过家家玩,好吗?"眼睛忽闪忽闪地看着另一个。

矮胖的那个说:"好啊,你当爸爸,我当妈妈。"

穿粉红裙子的说:"那你做饭吧,这是韭菜,这是葱,这是豆角……哎呀,没买肉啊!"

矮胖的那个看着草地里的一块石头想了想,起身跑过去,不知忙了会儿什么,又跑回来了,松开胖乎乎的拳头说:"咱煮螃蟹吧,行不行?"原来是一只蚂蚱的尸体。

不一会儿,"饭"熟了,穿粉红裙子的从墙根儿底下捡起几片玻璃碴儿,逐个摆好,放上揪碎了的草叶和蒲公英花,嘴里一边说着:"开饭了,开饭了!这碗是你的,这碗是我的,这碗是给咱孩子的。"

……

我默默地观察着,心里真是感慨万分。

2

曾几何时,我不也有过这样的童年吗?整天和小伙伴们一起,摆家家、拍皮球、赛跑、踢毽子、藏猫猫、弹玻璃球、看小人书、甩冰尕、扇 piaji(这两个字怎么写呢?)……那种快乐似乎又不是时下的孩子们能体会得到的。

我能一口气踢好几十个毽子,能弹子儿,能溜冰,能顶着口袋在方格子里跳来跳去口袋却不掉,也能把皮球拍出好几种花样……就连几根秸秆、几个泥球,也有着无穷的魅力,能让我独自玩好半天。

最喜欢的是跳猴皮筋儿了。两个人拽着,从脚底开始,假如你不"坏"(一种裁判规则,绊住就是坏了,就得让别人跳),便一节一节地往上升,踝骨、膝盖、臀部、胸脯、头顶……一直升到单手高举。拽着的人当然愿意我勾不着猴皮筋了,于是不约而同地踮起脚跟,拽着猴皮筋的手直挺挺地举起来,咬牙切齿的,恨不得立马长成穆铁柱的样子才好!

我瞄着那根悬在空中的猴皮筋,屏住气。在找到感觉的一瞬间,双手稳稳触地,身子倒立起来,绷得直直的,脚尖一动,猴皮筋就被我勾住了!没有人不佩服我这一手的,就连个子比我高的人,也经常是我的手下败将!

祖母撇着嘴说:"这丫头,简直玩疯了,没啥出息。"

叔叔也说:"没有个女孩子的样儿。"

只有祖父护着我,每逢祖母不高兴了,祖父便捋着胡子说:"你就让她玩儿呗,让她使劲玩儿,还能玩儿多少年?"

那时我尚不明白祖父话里的意思,以为他老人家宽宏大量呢,心里感激得很。后来,我才知道,祖父有他自己的想法。女孩子家嘛,用不了几年就出嫁了。等到为人妻为人母了,自然也就玩不成了。

可是祖父只能想到我为人妻为人母这一步,即使他再明智,也料不到我此生有着怎样的命运,有多少痛苦和磨难在前边等着我,也想不出我会成长为怎样一个人。

——"文化大革命"中,小学三年级的我就受父母的牵连而挨整;中学时又因"白专"和家庭问题入不了团;高中时酷爱读书的我却不得不回乡参加生产劳动;高考复习被"土皇上"百般刁难,父亲的历史问题也使我不敢报理想的志愿;大学时"文化大革命"遗风尚存,同学间拉帮结伙,班级风气不正;毕业分配几经磨难;为了男朋友的工作四处奔走;结婚后感情不和,同床异梦,乃至不得不选择离异。

高校工作的几十年更不堪回首了:房子屡次受阻,职称百般刁难,顶头上司软弱无能,高层领导腐败昏庸,普通百姓视为异己。排挤、妒忌、攻击、谩骂、造谣生事、冷眼相觑……我都体验到了,都体验到了,而且不是一次两次,也不止一年两年。

我渴望自由的环境,渴望求知的氛围,渴望知识分子的良知,也渴望尊严和安全感……可是所有这些都在哪呢?在哪呢?三十年啊,一万多个日日夜夜,我就在这样的环境中孤独着,痛苦着,煎熬着,就像阿·托尔斯泰在《苦难的历程》中所说的:"在清水里泡三次,在血水里浴三次,在碱水里煮三次。"即使这样,也洗不清我的罪孽。而我全部的罪孽,就是离过婚,离了婚又不赶紧嫁人,又不肯在世俗面前低眉顺眼，而且竟然还做出了一点儿成绩！

我自以为不是个世俗欲望很强的人，"文化大革命"中的遭遇已经使我感受到了世态的炎凉、人情的冷暖，对红尘也随之看淡了。我只想有个温暖的家，有个相濡以沫的爱人，有个读书写作的环境，有个属于我自己的私人空间。可是，在相当长的时间里，所有这些于我都是奢望，可盼而不可即，更遑论自由和尊严了。

有时我想：假如没有青少年时代的坎坷遭遇，我的身体是否会好一点儿？假如感情生活比较幸福，我的身体是否会好一点儿？假如我工作的环境基本正常，我的身体是否会好一点儿？假如所谓的知识分子们能有点儿修养，我的身体是否会好一点儿……

算了，人生根本就没有什么假如，有的只是已然，是事实，是不可更改的存在。多少年来，我也曾故作麻木，也曾努力和解，也曾伤心流泪，也曾不顾一切地挣扎、反抗，目的只是为了维护自己的尊严，保持自己的人格，最起码能静心做点儿事。可是，不成，无论怎样努力，都感动不了那些上帝，感动不了他们的铁石心肠！到头来，受伤的反而是我自己。

走笔至此，我想起了二十多年前的一件事。那时父亲已经不久于人世了，可能病糊涂了，忘了我和别人挤在同一间宿舍，从不肯让儿女为难的他竟然几次自言自语地说："唉，每周要是能出去两天多好啊！"

我默默地听着，心都快碎了，我真是一个不孝之女啊！那时我已经三十多岁了，三十多岁了还没有自己的私人空间。尽管几次向学校申请，也没有分着房子，拥有的只是一间 7 平米宿舍的一半。

我咬咬牙找到了主管后勤的校领导,说:"我父亲不行了,已经吃不下多少饭了。就连医生也说了,最多也就是两三个月。他想每周化疗后能出来住两天,换换心情,呼吸点儿外边的新鲜空气,请您无论如何帮我一下,行吗?人走了我立马归还,不放心的话还可以写在纸上。"

我当时就是这么说的,晚饭后,在那位领导家的客厅里。想到父亲的心情和我的窘境,我痛苦已极,声泪俱下,心里充满了无奈和羞赧。

记得他一边剔着牙齿一边望着天花板说:"我是没有房子啊,你看哪有了?再说他也不是咱校职工啊!"

我说:"那我是不是咱校职工呢?"

他说:"你是有啥用?你也没结婚,也没有男人,等有了男人再跟我要房子吧。"

我说:"怎么没结婚?没结婚能离婚吗?"

他说:"那你把结婚证拿来呀,你有吗?"

这件事一直咬啮着我的心,即使今天提起来,也仍然在撕裂,在痛苦,在流血!我痛苦的是没能满足死者最后的这点儿心愿,痛苦我的无能,更痛苦高等学府的领导竟然如此恶劣!而类似的事又岂止是一件两件啊。就连从不喜欢说长道短的F,好几次也愤愤地说:"你们学校的人,太没人性。"

3

两个小女孩儿不知为什么吵起来了,好像是那只"螃蟹"的事,矮胖的那个还抹起了眼泪。

穿粉红裙子的用指头抹着自己的脸蛋说:"羞羞羞!"

矮胖的那个站起身说:"反正我不和你玩了,回家找我姐姐去。"

穿粉红裙子的想想说:"那我把螃蟹给你,好吗?"

矮胖的眨眨眼,点点头,噘着嘴巴笑了。

十月的北京,阳光明媚,云淡风轻,草绿天蓝。

我在一旁看着两个可爱的小天使,感情的潮水无声地涌动着,心里的感激不知怎么说才好。是她们使时光倒流,让我重溯美丽的童年,也给了我一次反省自身的机会。

曾几何时,我不也是一个纯真的天使吗?我单纯、明净、善良、乐观,脑子里没有一丝杂念。我从没想过是我的同桌偷了我那支新买的彩色铅笔;从没想过与我要好的班长会打我的小报告;从未纠结于考试得90分还是100分;就连对中学时那位素质低下蛮不讲理乃至不屈不挠地整了我一年的女班主任,也不曾怀恨……世界在我的眼中总是美好的,即使有阴云飘过,也不在意,阴云过后不依然是晴朗的天吗?

可是从什么时候开始的呢?我变了,变得不是原来那个我。我优柔怯懦、孤独压抑、郁郁寡欢、忧愁多虑。尤其进入高等学府工作后,我满脑子都是计划,都是努力,事事追求完美,处处被领导的要求牵着鼻子走……

我忍痛放弃了自己的理想,整天忙着审稿、校对、授课、思考、选题、立项……很长时间里,我甚至没有时间看一部自己喜欢的小说,欣赏一部流行的电视剧,就连晚上睡觉前翻的书,也是与教学和科研有关的。

我一度以为这也是体现人生价值,也是自我能力的标志,也是自尊、自爱、自强、自立……应该说,我做得不错,工作水平从来都是部里最好的,成果数量从来都是部里最多的,编校和授课水平从来都是广受称赞的,而且有了一点儿名气。有人欣赏我的科研,有人评论我的小说,也有人开我的小说和学术研讨会……我年纪轻轻便评上了副高级职称,然后破格晋升教授,获奖、出书,受人称赞也遭人妒忌。

可是,我幸福吗?不,处于压抑中的生命是享受不到人生的愉悦的。多少年来,我感觉不到从心灵深处迸发出的激情,体验不到彻底的欢乐,缺少独自漫步田野和自然的从容,也失却了我最喜欢的自由和宁静感。紧张、劳碌,所有的一切都在理智的主宰下进行着。仿佛是在把握人生,其实是被人生所把握,是被动者,是被高速旋转的机器卷起来的一粒尘埃,心灵已经被世俗污染了!

卡夫卡在病中总结过这么一句话:"凡是无法完全吸收创造性的生命气息的人,一定得害各种疾病。"是的,再中肯不过了。对于疾病尤其与心情有关的疾病来说,此话充满了切身体验。生命不是一种僵死的存在,容不得任何性质的扭曲、污染。只有使其完全处于鲜活自由的状态中,才能焕发出勃勃的生机。

化疗期间,不管是躺在家庭旅馆的床上,还是出来散步,心里一直有个念头：我要趁这段难得的清闲，静心想一想：我为什么会生这种病？为什么是我而不是别人？为什么无以计数的女人都健康地活着，病魔却偏偏找到了我？就算不为了病友们吧，也为了我的日后——假如还有日后的话，不明原因的努力只能说是盲目的。

不知第多少次了，我又想起了挚友J。记得有相当长一段时间，J恢复得很好，血清肿瘤标志物一直不高，所有的检查结果也都在正常范围内。我心里高兴，几次邀请她到家里庆贺，祝福她又回到了健康人群中。

可是后来，就发生了一件事。

那时J已经做了学校的教务处长了，想竞争副校长，而且从各方面看条件都不错，几乎可以说是胜券在握了。可是，从北京开会回来，情况就变了。

那一次，我们俩坐在一家小餐馆里，她的情绪始终不对，低着头，手指摩挲着精巧的酒杯，也不笑，也不说话。

我说："这种事算什么呀？谁愿当谁当呗，女人做官儿有啥意思啊！"

她说："你怎么没生活在18世纪呢。"

我说："18世纪的女人有什么不好？悠闲自在的，不像眼下，一个个都是母夜叉。"

她苦笑了一下，说："你不知道，当不当领导不一样的，最起码没人敢欺负你。"

我说："我最讨厌官场了，让我干我也不干，一个人清清静静地做点儿自己喜欢的事，多好；尤其你，还有孩子和家务拖累着。"

我的潜台词是你负担重,身体也不合适,省省吧。

她说:"驼驼挺支持我的,再说不已经掺和进来了吗?弄得灰头土脸的,让人家笑话死了,尤其是那个骚货!"显然,她指的是那位竞争者。文雅的 J 竟然也说了句脏话。

我说:"别人怎么想是他们的事,你好好活你的得了,想那些没用的干什么呀?"

她有些不好意思了,冷冷地看了我一眼,说:"我这不是好了吗?要是前些年我也不敢哪,再说忙点儿也挺充实的。"

我说:"关键是人家不已经快上了吗?你自己在这烦恼有什么用啊。"

她猛地抬起头说:"我气就气在这!表面安安稳稳的,一副与世无争的样子;暗地里却找书记,找局长,趁我出差的这几天。钱肯定是没少送啊,说不定觉都睡了呢,哼!领导们也不咋样,本来已经答应我了,说变就变了,什么东西啊!"

我看着杯子里的浅红色果汁叹了口气。

她好像受自己的情绪鼓舞似的,甩甩头发说:"反正我不能就这么败了,太憋气。我一会儿就去找局长,问问他怎么想的,我是水平不比她高还是能力没有她强?"

我始终不清楚 J 找没找局长,局长又是怎么答复的,只听说那位竞争者不久就上任了;J 也很长时间没再联系我。我打了两次电话,都说挺好的,没事儿;心想她一定挺难受的。

后来,大约两年不到的光景吧,就转移了,就治,就一天比一天差,乃至于再也没法子可想,不到退休年龄就死了。

每当我想起 J 的时候心里总忍不住想：J 的病为什么转移了呢？与竞选副校长有没有关系？是不是心情压抑所致？假如没有参与竞选或者竞选成功了，是否能再活些年？

死于乳腺癌的 H 也是。

H 是作为在读博士的家属调进我们单位的，正式职工，而且评上了中级职称。几年后，她老公毕业了，联系到了北京的一个研究所。校领导很不高兴，研究再三，说："你把合同上写明的服役期未满应交的款项交齐了吧。还有，你爱人是跟你进来的，你走了，她也得走，不能继续留在这了。"

款项可以交齐，招聘单位也有补贴，可是把人带走就不这么容易了。在北京找工作，得求人，得有机会，起码也得两三年吧？尤其 H 只是一个中专生，说不定一辈子也找不着呢，怎么办？两人思来想去的，没有一点儿办法，于是便假离婚，逢人就说分手了，说老公进了京城不要她了，旧日感情全无，演出了一场陈世美抛妻的悲剧，弄得整个单位沸沸扬扬的。

两地分居的日子可不好过呀！先是男的往回跑。后来，研究所工作忙了，她领着孩子往那边跑。再后来孩子也过去读书了，家里只剩下她一个人，形单影只的。有人说她挺担心男的在那边找人，毕竟已经办了离婚手续嘛，不管暗中怎么约定的，法律上不是夫妻了；还有人说她特别想孩子，又怕离开了母亲的管教，学习不努力；工作问题也是一块心头病，这边倒不撑了，那边却没有着落……不久就得了乳腺癌。

已经是手术之后了，听说，有好几次，她一边抚摩着自己的假

乳掉眼泪一边对要好的同事说:"唉,回头想想,当初在一起的日子也挺好的,起码消停啊,人可真不能太要强了……"

是的,不能太要强了,要适可而止,得保持平静。假如没有这番折腾,她说不定就不会得乳腺癌呢。即使得上了,也活得长久些,而不至于走得那么快。可是人都是说起来容易做起来难啊!

十几年前,外地的一位朋友跟我讲过这样一件事。

朋友说他们学校有个女老师,已经是副教授了,非得评个教授不可。那时她已经是癌症晚期了,系里没给她安排课,她就躲在家里,拖着病弱的身体看书,忍着痛苦赶写论文,有时也到图书馆查资料……等同事们发现时,她蜷缩在卧室里,已经死了两三天了,写了一半的论文还在床上摊着,锅里的饭也发了霉。

这位女教师为什么非得评教授呢?假如不评教授,到底有多大损失?假如不这么拼死一搏,生命会不会再延长一点儿?

算了,还是我刚才说过的那句话,人生没有什么假设。纵使你再聪明,再睿智,也解不开人性这个谜语。就连那位伟大的精神分析学家弗洛伊德,不也是一方面将世界视为美丽的假象和现实的异己,一方面又在拼死写作,永不停息,得了癌症以后还发表了许多论著吗?

我在化疗期间曾经遇到一个病人家属,六十多岁吧,农民,看得出没有多少文化。他一边指着床上躺着的老伴一边说:"你们这些人哪,就是忒要强了,心胜!"扭头偷偷瞥了我一眼。

我没有不高兴,相反倒觉得他说出了几分道理。心胜是什么?心胜就是忽略身体,就是失去平静,就是破坏体内的平衡,久而久之不病才怪呢。其实身体才是最根本的，即使你的心再胜，也得有身，否则心存何处呢？

伟大的残疾作家史铁生认为癌症是上帝对人类发出的警告，"癌症，就是在一个本来和谐的生理结构中，忽然有一种细胞不可控制地猛增，先掠夺杀死异类，然后迎来自己的末日……上帝是要说：人，如果你们不能醒悟，不能自我控制，一味地膨胀膨胀膨胀，你们就是地球的癌症！"

是的，抛开人类的大视角不言，即使只从生命个体反省，也得承认，是我们自己——我们那颗不安分的心，破坏了体内的和谐与平衡。我们疯狂，我们玩儿命，我们有着无穷无尽的欲望。每个疯狂者在破坏自己的同时反过来又破坏别人，于是便上演了一出又一出的癌症悲剧！

4

手机响了，是F的电话，说："我从云南回来了，刚洗完澡，很累，给你带回了虫草胶囊。身体怎么样啊？"

我说："很好，已经进入第三个疗程了，不难受，怎么去了这些天啊？！"

他说："怎么着？说真话了吧，你身边是不是有什么人？"

我说："我在外边散步呢，看两个小孩子玩。"

他说："好，好，你接着看小孩子玩吧，我可得赶紧睡觉了。"一边打了个长长的哈欠。

听得出,他很疲惫,也很兴奋,旅游归来的人心情总是不一样的。我收起手机,心里像春风吹过一般轻快。

我对那两个孩子说:"玩了这半天怎么还不回家呀?"

穿粉红裙子的说:"不回,再玩一会儿。"

我说:"回家晚了你爸爸不打你屁股?"

她说:"我爸爸才不打我呢,我妈妈会掐我。"

我说:"你妈妈为什么掐你呀?"

她仰起小脸,想了一会儿说:"嗯……嗯……比如说我考试没考好啊,不听老师话啥的,就掐我。"

我说:"学前班也考试吗?"

她很自豪地说:"我已经上一年级了呀。"

我说:"你真聪明,表达好,小小的人还挺会用词呢。"

她高兴得咧开小嘴笑着说:"我们老师也夸我呢,说我聪明!就我妈妈,考不了 100 分就生气,我恨死她了!"

矮胖的女孩子说:"我妈不管我,我爸管。我妈好带我旅游,也带我姐姐,我最愿意划船了!我爸总说我妈妈没心没肺的。"

我笑了,说:"为什么呀?"

"怕我长大了考不上大学呗。我不想考大学,想当导游。"

我默然,看着两个可爱的孩子,一时不知说什么好了。童年宝贵,童真难得,人生能有几个童年啊!别把成年人的功利之心早早地转移到孩子们身上,别污染他们幼小纯洁的心灵。给孩子们自由和快乐吧,让他们充分享受人生、享受生命,度过这最宝贵的一段时光!

太阳西斜,两个小女孩儿要走了,我用手机给她们拍了照。这样一来,她们就永远地留在了我的心里,我的身旁,伴我走过未来的岁月,走过最后一段人生,走向终点。

二十五、病苦死和安乐死

1

铁面杀手、冷酷无情、闻之生畏——这可不是文学上的夸张哦。

我一直在想,导致人们谈癌色变的根本原因到底是什么呢?无医可求,无药可治,怎么着都得死?有道理,要不怎么叫绝症呢,怎么叫只能缓解不能治愈呢!这东西可不能小瞧啊,惹了它,你就没法在人间久驻了,说不定哪一天,就得到阎王爷那里去报到。

当然也有侥幸者,也有活年头多的,可那是偶然,是个案,属于极少数患者,不知道多少分之一呢,其中有着复杂到人类还无法把握的因素。而绝大多数患者,结局还是一命归西。即使专家们也说癌症只是慢性病,并非绝对不可治愈,至少还可带瘤生存,医疗技术发展很快,等等,也只能听听罢了。就算是鼓励吧,好心的鼓励,没有几个人相信的。

如此看来,死亡真的是谈癌色变的根本原因了?也未必。比如高血压、糖尿病、心梗、癫痫……都属顽症,都可置人于死地,怎么就没见有人这么害怕?

我觉得,人们之所以对癌症如此恐惧,除了对结果的绝望,还有治疗手段的残忍,死的过程又特别痛苦。尤其死前那一段,是典型的人间地狱。尽管我还没有那种切身体验,也能看得出是常人难以忍受的折磨,是刀山火海、油煎火烹,百般滋味尝尽,直至你的生命油干灯灭!

二十多年前,我曾经见过一位癌症患者。那时我陪父亲在医院化疗,他就住在我们的隔壁,肝癌,晚期,已经没有多少日子了,整天在房间里号叫,只剩几根骨头的手指把褥子下边的草垫子都撕碎了。每天都打杜冷丁,能管一两个小时,药劲儿一过又喊爹叫娘的。两条干枯的腿跪在床上给女儿磕头:"闺女呀,爹求你了,给爹买敌敌畏去,买1059,让爹赶紧走吧,爹可受不了这份罪了……"

我的父亲临终前也很难受。都说肠癌的疼痛是比较轻的,其实不对,哪种癌痛都有轻有重。我们也用了杜冷丁,效果还可以,可是也不能老用啊!谁也不知道病人什么时候走,不知道接下来的情形会怎么样。到时候产生耐药性了,怎么办?于是难受也得忍着。

那时他已经没有多少精神头儿了,脑袋无力地搁在枕头上,眼睛眯缝着。只有突然涌上来的恶心,让他一次又一次地趴到床边,呕一阵子,然后再挣扎着躺回去。

再后来就是肠梗阻,肚子老胀,胀得鼓鼓的,什么东西也吃不进去。可能实在挺不住了,眼巴巴地看着我说:"找大夫呀,开几支开塞露……"我明知开塞露解决不了问题,可是能怎么着?于是出了房间,取来了开塞露,你别说,多少还真便下来一点点。

就是这一点点,也使他无比轻松,无比高兴,脸上满是欣慰的表情。瘦骨嶙峋的手拿起枕边的收音机,打开了,里边传出的是《苏三起解》。

父亲喜欢相声,也喜欢戏剧,眼睛巴巴地盯着收音机听得津津有味。新中国成立前,他在南京当过兵,是国民党军队的军官。此刻不知是忆起了往事还是怎么着,神情特别专注,有两次竟然笑出了声。

我独自站在窗前,借着徐徐降临的夜色的掩护,泪水潸然而下。

后来,他肯定明白了堵在肠子里的不是粪便,而是瘤子,别说开塞露了,就连最好的医生也束手无策;总之再也没让我找医生,也没说用药,也没再拿起他心爱的收音机。明智的父亲一定是在绝望中忍受着,忍受着旁观者无法想象的苦难,等着那姗姗来迟的一刻。

死前那几天里,只靠吊瓶维持生命的父亲已经衰弱到了极点,却仍然在呕,在吐,吐出一种赭红色的东西,不知是胆汁还是血,嘴里含含糊糊说着:"热……热……"

那时我们都不明白他为什么嚷热,以为是被子厚呢,便掀开一点点,不解决问题,还是说热、热……其实就连这个词也是母亲趴在他的嘴边听出来的。后来,了解多了,才想他当时可能是并发感染,器官衰竭,癌肿一定把他全身的血液都吸干了!

尽管父亲自始至终都没有提起过安乐死,但是,以我对他的了解,他心里一定渴望着早一点解脱的。很可能在身体出现极度衰弱之后就这么想了,只是怕儿女们为难而已。我守在他的身边,眼睛不时地看着别处,渴望有神灵出现,将我的父亲从水深火热中拯救出来;让他的灵魂早一点羽化升天!

吊瓶挂着,那一口气就游着,如蛛丝一般,在阴风里悠来荡去的,不断;痛苦也就奄奄地持续着……

美丽超群的 M 也是。

我的挚友 J 也是。

2009 年秋天，我得到了一本阎纲先生的赠书，里边收了他悼念女儿的两篇散文：《我吻女儿的前额》和《三十八朵荷花》。我不知看了几次了，每次都是心痛难忍、泪流满面，那可是作者用血泪凝成的文章啊！

温柔善良的女儿患卵巢癌走了，年仅三十八岁，留下了年老的父母和深爱着她的丈夫、幼女。

白发人送黑发人，做父亲的心里该有多么痛！何况她走的是那么痛苦、那么艰难，更使生者和死者都留下了遗憾！

在《我吻女儿的前额》中，阎纲先生写道：

最后的日子里，五大痛苦日夜折磨着我的女儿：肿瘤吞噬器官造成的剧痛；无药可止的奇痒；水米不进的肠梗阻；腿、脚高度浮肿；上气不接下气的哮喘。谁受得了呵？而且，不间断地用药、做检查，每天照例的验血、挂吊针，不能将痛苦减轻到常人能够忍受的程度。身上插着管子，都是捆绑女儿的锁链，叫她无时无刻不在炼狱里经受煎熬。

在《三十八朵荷花》中，这位心里深藏着痛苦和思念的好父亲将女儿病重时亲手写在一张纸片上的文字如实呈现给了读者，其中有这么两段：

假如没有我呢?真后悔来到这个世界。我宁愿世上没有我,没有我也就没有痛苦中的挣扎,不尽的日日夜夜。无奈!

我只希望这痛苦早些结束……早些结束对我来说是最大的幸福。……

算了,不能再数了,这样的例子比比皆是。原来,你得知自己患了癌症还不够,还只是个小小的开头,用老话说,就是万里长征走完了第一步。你还得上刀山,下火海,还得经受九九八十一难,乃至亲手结束自己的生命,如此方能修成正果。

于是,国人也开始关注安乐死了。

2

安乐死源于希腊语 euthanasia,意为安详的死或者无痛苦的死。《中国大百科全书》释义为:对于现代医学无可挽救的逼近死亡的病人,医生在患者本人真诚委托的前提下,为减少病人难以忍受的剧烈痛苦,可以采取措施提前结束病人的生命。

我喜欢这种阐释,简明、严谨而富有人性。西方已经有国家和地区实行安乐死了,比如荷兰,比如比利时,比如瑞士,再比如美国的俄勒冈州,等等,都在不同程度上允许实施安乐死;有的国家也已将此事提到了议事日程上。

那么,谁是西方安乐死的第一人呢?我不知道,但我从书上看到过,弗洛伊德是安乐死的。

弗洛伊德六十七岁那年被医生确诊为口腔癌,从此便踏上了与癌症搏斗的漫漫长途。在余生的十六年里,他大大小小共做过三十三次手术,直到 1939 年逝世为止。痛苦不堪的弗洛伊德抓住马克斯·舒尔医生的手说:"亲爱的舒尔!您也还记得我们的第一次交谈。您当时向我许诺不丢弃我,即使情况就像现在这样糟。现在,只剩下了煎熬折磨,再无人生意义可言了。"于是,舒尔医生兑现了诺言。这位举世闻名的精神分析学家,最终依靠吗啡的力量,向死亡缴械,也战胜了追随他十六年之久的癌症。

导致弗洛伊德主动赴死的原因是什么呢?是身体状况的惨不忍睹吗?对。眩晕、衰竭、不断出血,筋疲力尽、憔悴不堪……就在死亡前夕,他还接受了当时最先进的巴黎"居里研究院"的放射治疗,整个下颏全部烂掉,进食也变得相当困难。疾病已经夺走了他从事自己喜欢的工作的能力,生命变得没有了意义,由此,他选择了放弃。

没听说马克斯·舒尔因弗洛伊德的死而受到责备,可是 20 世纪 90 年代初中国的首例安乐死事件却引起了一场轩然大波。赞成者有之,反对者亦有之,可见安乐死在中国是多么艰难的事。尽管此后将安乐死合法化的呼声渐起,然而,悠悠三十载过去,情况似乎并没有什么变化,而且多少有些遥不可及。

是我国的癌症病人不想安乐死吗?不是的,只要在网上一搜索,就会发现患者中有自杀念头的人相当普遍。生命本来已经到了濒死之际,有几人不渴望有人帮他们一把,有几人还有力气独自挣扎?有几人宁愿自寻死路也要推开援助之手呢?是被逼无奈,是没有办法。因为,倘若你还有一丝清醒,心里就会明白:当你向医生提出你生命中这最后也是最庄严的一个请求时,他们只能回答你一个字:

不。于是，假如你足够勇敢，假如你实在挺不住了，假如你还有死的力气，也就只能亲手将自己送往不归路。

记得是我刚到这个学校不久，人们就纷纷传说着一件事：某某教研室某某老师的妹妹死了，晚期喉癌，自杀，自己把针头上的管子拔掉了。那时癌症患者还不是很多，自杀的就更少了，至少我没听说过。

我很想见见这位老师，想听她亲口说说到底是怎么回事，可是我不认识她啊。而且人们都说，她伤心过度，病倒了，在家里休养呢。只听说死者是市歌舞团的演员，好几年不能登台演出了。最后这次住院，特别痛苦，折腾得都没人样了。她知道自己活不了几天了，请医生给她一针，再不就吃点儿药；医生也理所当然地不能这么做。于是，惨剧就发生了。

据说，那天午后照常挂吊瓶，她还和小护士比画了几句话。护士刚转身出去，她就把那根维系生命的管子拔掉了，切断了生死之间的唯一通道。

没有人知道她想说什么，她已经好久发不出声音了，就连那位小护士，也说看不明白，想帮她找家属。我心想这得需要多大的毅力啊！她死前想了些什么呢？还是什么都没有想，只是突然间的决定，甚至，是下意识的？心里有没有后悔呢？假如医生能帮她一把，她是否会走得轻松一些？是否能有些安慰？是否会少些遗憾地走？

可是，事实却是，尽管结果相同，也只能由患者自己来做，自己把自己杀死，自己了结自己的生命！

3

是我们的医护人员不通情达理吗?还是秉持着救死负伤的精神,不肯做?从本质上说,都不是。事实上,很多有见识的医生早就明白安乐死是解脱晚期癌症患者痛苦的唯一出路了,而且势在必行,也是他们能为患者所做的最后一件事。只是,在没有立法的前提下,他们不可能也不敢冒这个险。于是所有人都干等着,等着患者咽下最后一口气。

记不得是哪一年了,我去医院看病,遇见了当年为我父亲化疗的那位科主任。几年不见,他老了,也瘦了,面容多少有些憔悴。

我说:"您现在还好吗?是不是和当年一样,还那么忙?"

他说:"习惯了,干我们这一行的,哪有轻松的时候,昨晚刚抢救过一个患者,刚才走了。"

我盯着他平静的面容说:"我特别佩服你们这些人的心理素质:冷静。"

他自我解嘲般地笑笑,耸耸肩膀。

那会儿正赶上他有空,于是我们走到一旁闲聊。

他说:"你是不是也觉得我们心冷啊?生死面前,无动于衷?我们是动不过来了。尤其肿瘤内科,哪天不死人哪?要是总和患者家属们一样就没法工作了。其实医生们的感情也是很丰富的,哪个患者痛苦,走了,心里也不好受。比如我吧,干了二十几年了,最不想看的就是患者临死前那双眼睛。巴巴地看着你,等你救他的命。可是我能做什么呢?嗯?能做什么呀?别说让他活了,就连死也做

不到啊!"

我说:"有人提出过安乐死吗?"

他叹了口气,说:"肿瘤病人到最后确实很痛苦,不止一个患者求过我,说'给我一针吧,我不想活了,死了好,我疼得实在受不了啦。'有的患者家属也希望早点结束。其实这对我们来说很容易,问题是我不能那么做呀!我只能眼睁睁地看着他疼,看着他死,看着他一点儿一点儿地断了气,那滋味你们外行人是没法体会的。就好像一个凌迟中的人向你伸出了手,你本来能救他,让他快点儿走,可是你根本就不能做。当肿瘤医生真是挺难的⋯⋯"

我心里深深地震撼,感觉自己并不真正了解医疗这个行业,不了解肿瘤科医生,不了解这群看起来冷冰冰的人。在患者和家属们眼中,医生是救星,是福音,是神。就连我自己,也是如此。每次走进医院的时候,我都不知不觉地对医生抱着希望,以为他们能彻底治好我的病。每次术后都要问:"我的病还会犯吗?"现在我明白了,这是愚蠢的想法,是无知,是典型的一厢情愿。因为,只要人类的认识有限,医疗水平就有限。

其实,将医生的职责仅仅理解成治病是一种误解。很多情况下,医生所能做的,只是医疗以外的帮助,这其中也应包括安乐死。长眠于撒拉纳克湖畔的特鲁多医生的墓志铭就写着这么一句话:有时是治愈,常常是帮助,总是去安慰。它不仅表达了医生的无奈,也道出了这个行业的真实本质。这不是无能,也并非缴械,而是对事实的老老实实的承认。比起前者来,后者也许更恒久、更伟大,意味着医生与患者间的不离不弃。而当患者濒临死亡、极度痛苦,已经没有生还的余地，患者和家属都恳求医生帮他们一把时，做医生的只是躲闪，一味逃避，甚至只能袖手旁观，想想吧，这该是多么残忍的事情！

记得我曾经从网上买过一本书，叫《死亡如此多情》。没读完，太压抑了，读了让人心里难受。写这本书的时候，我把它从书橱里抽出来了，找到一位不愿透露姓名的医生说过的已经被我画了波浪线的话：

在病人和家属一致要求放弃的情况下，在病情不会出现转机的时候，作为大夫，仍然帮助不了他，这是很残酷的一件事情。

面对这样的病人应该怎么办，我们没有可以参照的依据。而这样的规定可能会涉及伦理、家属的同意、大夫用药的权力、如何防止滥用药物等很多方面的问题。对于一个多数时间都在治疗恶性肿瘤的大夫来说，面对终末期病人，在病人和所有家属都已经放弃的情况下，我希望能够有些措施，可以让大夫帮他们一把，哪怕只是让病人安静一些，痛苦小一些。这无论是对病人、家属还是大夫，都是一种安慰。

我是一点儿一点儿地将这两段话输入电脑的，然后逐字逐句地核对，泪水一次次地潸然而下。那位医生仿佛就坐在我的对面，我能看见她良好的修养，因多年行医而养成的冷静，痛苦而无奈的内心，以及竭力克制的波涛起伏的情感。

这是一位最有责任感最富于同情心最理智也最真诚的人。仅仅

几百字，便表达了一位医生对临终关怀的全部思考，每句话都值得深思、玩味。它不仅是对患者的负责，对家属的负责，对医生的负责，也是对一个国家的文明程度的负责，体现出深刻的人文情怀。我想，不管是癌症濒死者还是健康人，都会对这位匿名医生怀有一份深深的敬意。即使是文中那位在痛苦中死去的男孩子吧，假如地下有知，也会欣慰的。因为，曾经拒绝过他的医生，心里也想帮助他，也想像他要求的那么做，只是有着太多的无奈。

4

那么使安乐死在中国至今不得合法化的原因到底是什么呢？我想来想去，觉得还是观念问题，或者说，人性，又或者说是中国人的本性。

中国人情胜于理，每当事到临头的时候，往往以情去判断，"情"字当先。更何况患者是我们的亲人呢！亲人要永久地离我们而去了，除非像宗教中所说的，有灵魂，有来世，否则这一去便是永远，此生再也不能相见。于是乎，死前的短暂时光，也就变得弥足珍贵，而且格外牵扯人心。

很少有家属理智地让病人离世的，让病人坦然一些、平静一些、痛苦少一些地走。绝大多数家属都要求医生抢救，而且是用尽所有的措施，甚至是跪地恳求痛哭流涕！说："我们不能让他走啊，请您无论如何想想办法，哪怕再多活一天多活几个小时多活几分钟呢……"于是便不停地用药，就进重症监护室，就插管子、上呼吸机、除颤……只要人还活着，只要还有这口气。

这口气可是至关紧要的，可以了结哪桩尚未了结的事，可以立下尚未来得及立下的遗嘱，可以见到哪个还没有来得及赶到的亲人……就算没有这些事，也抢救。只要能活着，就是捡的，就是胜利，就是对生者的最大安慰！

有几人从垂死者的角度想过这个问题呢？尤其癌症患者，所有的苦都吃尽了，已经到了黄泉路上的第一站，踏上了奈何桥，就快接过那碗孟婆汤了。可是由于生者的挽留，还得继续受苦，还得接着遭罪，还得在生死的十字路口折腾来折腾去……

写到这里，我想起了鲁迅先生的《父亲的病》：

……

父亲的喘气颇长久，连我也听得很吃力，然而谁也不能帮助他。我有时竟至于电光一闪似地想道："还是快一点喘完了罢……。"立刻觉得这思想就不该，就犯了罪；但同时又觉得这思想实在是正当的，我很爱我的父亲。便是现在，也还是这样想。

早晨，住在一门里的衍太太进来了。她是一个精通礼节的妇人，说我们不应该空等着。于是给他换了衣服；又将纸锭和一种什么《高王经》烧成灰，用纸包了给他捏在拳头里……。

"叫呀，你父亲要断气了。快叫呀！"衍太太说。

"父亲！父亲！"我就叫起来。

"大声！他听不见。还不快叫？！"

"父亲！！！父亲！！！"

他已经平静下去的脸，忽然紧张了，将眼微微一睁，仿佛有一

些痛苦。

"叫呀!快叫呀!"她催促说。

"父亲!!!"

"什么呢?……不要嚷。……不……"他低低地说,又较急地喘着气,好一会,这才恢复了原状,平静下去了。

"父亲!!!"我还叫他,一直到他咽了气。

我现在还听到那时的自己的这声音,每听到时,就觉得这却是我对于父亲的最大的错处。

鲁迅一生都在思考国民性,也在反省自己,这"父亲!!!父亲!!!"的喊声,也被纳入了他反省的范围内。他将其归结为是儿子对父亲犯下的最大的错,因为那乃是父亲的最后时刻,最软弱而又最需要亲人的理解。这理解不仅仅是生,也包含着死,可是作为儿子的他却违逆了濒死者的意志,使死者临死不得安生,也是生者终生无法弥补的遗憾。

的确,亲也好,孝也罢,我们对这些信条的膜拜太需要思考了。不是亲不好,孝不对,而是到底什么是亲?什么是孝?当我们疯狂地阻挡着濒死者离去的脚步时,想没想过这是愚蠢、是自私,是生者的一厢情愿,也是做儿女的最大不孝?当我们死死地抓住濒死者逐渐冰冷的手时,想没想过即使只是分分秒秒,病人也得忍受撕心裂肺的痛苦?

我们已经习惯了从感情出发,从感觉出发,从"我"的角度思考问题,传统和习惯也要求我们去愚亲愚孝。尤其在至亲者濒临绝世的时刻，理性也往往为感情所左右，结果只能使垂死者多受些苦，多遭些罪。以垂死者的痛苦换取生者的些许安慰何止是不道德啊，实在是有些残忍了，甚至是冷酷，只不过生者本人没有意识到而已。

至于说影响安乐死合法化的其他因素，比如病人在什么情况下可以实行安乐死、履行安乐死的程序、医者的良知，以及由此可能引发的医患纠纷，等等，则属于另外一些问题了，只能妥善处理，但不能因噎废食，人道主义的路从来就不是平坦的。

安乐死确实是极其重要的，重要到什么程度呢？我表述不好，总之怎么理解都不过分。抛开舍得舍不得不谈吧，单只说在医生那里，便是让一条生命在你的手里非自然死去。可是怎么才称得上是生命呢？怎么活着才算是生？是人？

"可医的应该给他医治,不可医的应该给他死得没有痛苦。"——鲁迅的一位教医学的先生曾经这样说。

而且这位先生还认为，这样做，是医生的职责。

5

怎么死可能会因人而异，死却是每个人都无法回避的结局。尤其是癌症患者，生命更是变幻莫测，终了的那一天，也许比别人来得更早。

法国前总统密特朗面对死亡的表现曾经广受称赞，据说他任职期间就患了前列腺癌，却沉着冷静、处之泰然，表现出极大的生活勇气。到晚期时，他带着妻子和儿女去了埃及，在尼罗河上乘船畅

游一周；然后又在法国南部的乡村别墅与情人和私生女相聚。

回到自己在巴黎的公寓里后，他把所有的药都停了，安静地等待着死神的来访。临死的头两天，他将早已写好的遗嘱交给了一位挚友，里边对自己的葬礼做了详尽的安排，诸如不举行国葬，不致悼词或发表演说，不要花圈，不要鲜花，但一束红茶花、一束紫菖蒲和一束黄菖蒲除外，等等。

而我过去的同事I，也曾执意守着生前居住的寓所，躺在那张唯一的单人床上不愿动弹。那时我以为他只是悲观，只是绝望，于是匆忙地赶到那间小屋里，绞尽脑汁地动员他看病。后来，我才蓦然想起，有一次，他曾经说过，假如有那天，要安静地走，也许会亲手结束自己的生命，一边指了指墙上的插座。

当然，我见到他的时候，他已经没有那种力气了。

也许他当时只是想安静地走？在经过了无数次痛苦的煎熬之后，心情平静，意识到生命对他来讲已经毫无意义？如同英国诗人约翰·贝杰曼在《五点钟的阴影》中所说的：

> 一天中的这个时候
> 我们在男病房里想
> 再来一次阵痛我就不再挣扎
> 喘不过气的人可以少努一点力
> 一天中的这个时候比夜晚更可怕

假如I真是这么想的，那么我的做法就是对他的大不敬，是残忍、冷酷，而且已经无法弥补。

那么我呢？二十多年后，当我自己也被确诊为癌症，也面临着死亡的威胁时，心里是怎么想的呢？

毋庸讳言，有一段时间，我相当害怕，脑子里整天闪着死亡的阴影。

我在一张揉皱了的纸上写道：

> 往事在我的眼前一闪而过
> 死神不期而至
> 咧着狰狞的嘴 窃笑
> 脸颊惨白 细长
> 如同斯蒂芬·金笔下的骷髅头
> 脚旁放着装满死人骨头的黑匣子

慢慢地，我变得平静了，服的是时间这剂良药，以及对生死的切身体悟。是的，有生就有死，这可不是一句普通的话。

还是那位残疾作家说得对，"死是早晚都要来的"，怕，也没有用。

假如有足够的勇气，假如明智一点儿的话，得空的时候倒是应该想想怎么死。

那么，怎么死好呢？我还没想清楚，只有一点是渴望的，就是要有尊严，要平静，而不能死得没有人样。

假如痛苦和治疗已经没有一点儿意义了，我希望医生能帮助我。

假如有亲朋好友守在身边，我希望他们能尊重我的选择。

当然了,我更希望等我到了那一天的时候,安乐死已经变得合法化了。

为此,我得先努力延长生命,争取活着。

二十六、别让你的心里留下遗憾

1

我已经说过了,G是一位好医生,遇见他,是我的幸运。这不单单是指他为我联系了那位有名的专家E,并且由E主刀做了一次成功的手术,平安而且顺利,让我省去了不少烦恼;也不单是指他在术后的精心治疗,我说的是另外一些事。

当穿刺结果出来了,我被确诊为乳腺癌之后,尽管他最初也有些为难,也急着找我的亲属,可是毕竟没有隐瞒我,而是清楚地对我说:"你是恶性的。"

当我在化疗面前极端恐惧,忧心忡忡,甚至想临阵逃脱时,他又告诉我说:"还是化化吧,有几个数据不是太好。"

那时我对乳腺癌的了解还苍白一片。我了解它的凶险,却不知怎么治才好。后来,当我直接或间接地了解到一些转移或复发的患者的病史后,明白了他的想法和做法是对的。我有家族史,又是浸润性癌、非特殊型、Ⅱ级,免疫组化有几项也不理想。

尽管他当时的话也让我很受打击,心情也挺沉重,可是阴云过后毕竟是明朗的天。我感觉这是一个可以信赖的医生,不管他心里怎么想的,情不情愿,都会对我说实话,我对他的信任感也是这么

建立起来的。我们可以相互探讨病情，可以敞开说话，目光可以坦然地对视，而不必在日常接触中遮掩、躲避；更不用一个人苦苦地猜想，猜想他有没有什么东西瞒着我。

在这方面，侄女做得也很好。手术当天早上，她克制着心里的难过对我说："我昨晚和G通过话了，是恶性，晚上就做手术了。"

也许你会觉得这些很普通，都是司空见惯的，没有什么了不起，对不对？假如你真的这么想，那就错了，不信你可以试试看。

2

二十几年前，我就没做好这件事。我心里一直清楚地记得，那天，当我满脸泪水地从市肿瘤研究所出来时，没勇气走大道，而是拐进了一条小胡同，面对着墙壁哭，边走边哭，已经完全控制不住。

回到招待所后我先走进了自己的房间，用湿毛巾擦了把脸，对着镜子看了许久，然后，才到了父亲的屋里，微笑着说："所长不在，咱们明天还是去医院吧。"

确诊为晚期结肠癌后我的第一反应就是不能告诉他，绝不能让父亲知道真实情况，否则对他的打击就太大了。我只说肚子里是有个东西，医生说是克罗恩病，得住院治疗，而且很可能需要手术。

记得主治医生初次查完房后，我还特意跟到走廊里，叮嘱说："我父亲不知道，请您别告诉他，千万别说走嘴。"

那位中年医生若有所思地看着我，笑了，而后郑重其事地点点头。

其实我对医生的叮嘱很可能是多余的。整天和肿瘤患者及家属们打交道,早就摸透了他们的心理,谁肯冒冒失失地做这种事呢?

想不到,从此以后,我们和父亲之间就山水相隔了。尽管每时每刻都在一起,却只能唠些家常,谈一些与病情无关的话。一边揪着心,一边强颜欢笑,看着父亲的眼神常常是躲闪的。

即使到了化疗的节骨眼,我也在欺骗他,以为他还不知道自己是什么病。

记得术后出院不久就是春节了,父亲的身体恢复得很好,心情也很高兴,而且还按照习俗,在正月初六那天摆了几桌庆贺六十六岁的宴席。

大约又过了八九天吧,我与父亲做了一次酝酿已久的谈话。我说:"医生说了,虽然您的肿块只是炎症性的,而且外表有厚厚一层膜包着,包得很紧,手术切得也很干净,不过还是应该做一做化疗,这样更保险些。万一有恶变的倾向,也好趁早将它消灭。"

我至今还记得他当时的样子。他靠着卧室的墙壁坐着,两手搂着膝盖,看得出有些紧张,有些担心,也有些似信非信。听我说是克罗恩病时眼神儿一下子就闪开了,脑袋也不自然地往旁边一扭。

后来,我才知道,我的谎撒得一点儿也不高明。

克罗恩病以抗菌消炎为主,不到万不得已不采取手术的方式。我错就错在头脑太简单了,把病人当成了傻子、白痴,把听觉当成了他得知病情的唯一途径。就算不十分清楚吧,他肯定也猜到了八九分。这种事,别说一个知识分子了,就连没有文化的农民,也难以瞒得过去。在疾病面前,没有谁比患者本人更敏感的了。

我们之间继续保持着山水相隔的情状,继续谈谈饮食,唠唠家

常,说一些无关紧要的话。看着他日益黄瘦下去的脸,我的心在撕裂,在流血,甚至能感觉到血落进胸腔的滴答声和无可奈何的疼痛……

明知没有多少时间了,此生此世,分别在即,可就是张不开这张嘴。眼看着时光在悄悄地流逝,生命在一分一秒地接近终点,彼此已经是心照不宣,却仍然要装作没事人似的,平静地微笑,从容地闲聊,或者干脆就是沉默,仿佛前途无限美好……那滋味真是比死还难受。

而且父亲又是一位多么普通而又不普通的人呵!

说普通是他的身份。一位典型的知识分子,一名城镇中学的语文老师,为人子为人夫为人父,仅此而已;有几年甚至连普通人也不如,是历史反革命,是牛鬼蛇神,是刘少奇修正主义教育路线的黑干将。人人可声讨,个个能诛之,就连刚懂事的小孩子,也有鄙夷的资格,也能举起拳头喊"打倒!打倒!"

那么,不普通呢?不普通的是他的资质,他的头脑和能力。父亲极其聪颖,尤有数学天分。家里有一本《500难题详解》,不管多难的题只要一搭眼就看出门道了。当然了,紧接着就是对我们的一个评语:笨。没有半点幽默,是非常严肃的,绷着脸。为此我们都很怕他,不到万不得已不敢问什么。

他喜欢文学,尤其在古典诗文方面,造诣很高;钢笔字毛笔字都写得好。为人感情又重,读国高时结交了一位老同学,两人一生亲如兄弟。离世后,每逢年节,老同学必到坟前祭奠,拿一瓶白酒,洒两行老泪,直到自己也死去为止。

或许是来自祖母的遗传基因吧,他性格内向、心性刚强、不甘人后,事事追求完美,宁可身子骨受苦也不让脸受热。在我的记忆中,他从不和子女们谈他的遭遇,谈心底的感受,谈新中国成立后历次运动中是怎么熬过来的。所有的痛苦、遗憾、亲情、怨恨都被深深地埋在心底了,那么多年里,我只是从"文化大革命"抄家时侥幸留下的材料里,从他在"牛棚"里写的交代材料上,从母亲的只言片语以及我懂事以来的记忆中,捕捉到一些父亲生平的蛛丝马迹。

此时此刻,我是多么渴望父亲能打开心扉,畅谈一番,把心里所有的话都说出来呀!比如他这六十多年里的遭遇,比如对妻子儿女的亲情,比如对亲手建立起来的家的依恋,再比如对后事的安排,等等;甚至可以谈死,谈谈对即将来临的死亡的坦然或恐惧……这样子既可以使他自己的心里轻松一些,也能使我们的心里获得安慰。

可是他的心却始终紧紧地封锁着。因为,只要谈起这些,就等于说他知道了自己的真实情况,知道已经不久于人世了;就等于挑开了内幕,在和子女们做最后的诀别……而所有这一切一切,正是我们煞费苦心地隐瞒和逃避着的,隐瞒了整整一百三十八天,四个多月!

我们之间不知不觉地达成了协议,就是相互缄口,相互欺骗,相互理解也相互埋怨。每个人都在其中痛苦着,忍耐着,煎熬着也小心着,生怕哪句话说走了嘴,便会触及那可怕的事实真相!

第三个疗程开始前父亲有些体力不支,彩超发现转移了,腹部、肝脏,都有,而且非常明显,而且是多发,不是一处两处。做完后父亲有意避开了,一个人先回了病房。我和做彩超的专家谈了谈,她表示已经没有办法了,也许一月半月吧,也许十天二十天,说不

准……我和小弟就都哭了。

父亲显然明白这次检查的重要性,正靠在床头的行李上,闭着眼。见我回来了,目光马上投向我,小声而急切地问:"怎么样?"那表情、那声音,是我一辈子也忘不了的。

我一时有些说不出话来,眼睛看着墙壁,不知怎么着好,心里真是万般为难。

他显然明白了,而且感到失望,不满地扫了我一眼,转过身子,脑袋歪在行李上了。

我理解父亲的心情,他肯定想和我谈谈,盼我能一五一十地告诉他,可是我怎么能说得出口呢?隐瞒了这么长时间了,即使再坚硬的心,也没有勇气面对那种痛苦、那份绝望、那副尴尬而失落的表情!我对主治医生说:"请您把实情告诉他好吗?就算替我。"他点点头,转天又说:"还是你们家属自己说吧,还是你们自己说好。"就连护士长,也婉拒了。

可怜的父亲就这样在沉默中走了,到了也没吐出心底的话,也不知还有哪些未了的心事,也不清楚他对自己的病情了解多少。

临终前我们倒决定告诉他了,姐姐在他的耳边大声喊:"爸爸,你得的是癌症啊,没办法了!"

过了一会儿,父亲才含糊地"唔"了一声。

那时他已经陷入昏迷了,能听清姐姐的话吗?还是被我们认为是答应的那一声,只是叫热,叫痛?

不管怎样我都无法弄清楚了。斯人已去,留在我心底的只是悔,是恨。悔我的无知,我的自信;恨我的懦弱和优柔寡断。很长一段时间里，遗憾一直像嗜血的野兽舌头般舔着我心头的伤口。我为什么那么愚蠢，那么脆弱，那么不冷静，那么任凭感情的操纵？而他又是那么一个思维缜密，情感丰富，凡事喜欢清楚的人。假如我能从事情的另一面想想，多理解他一点，结局是否就不会这般苍白、惨淡？须知癌肿转移后人可就进入了生死攸关的时刻呀，生命只剩了最后一点点时间！那一点点，就是一生，就是全部，失去了也就永远失去了。

3

父亲走后，我曾不止一次地想：假如我在确诊后便亲口告诉他，完整地、毫无保留地告诉，情况会怎么样？可能先是受些打击吧，人之常情嘛，但没有我想象的那么重。毕竟已经六十多岁了，世事惯经，而且性格比我坚强。

接着我们会商量到底怎么治，治到何种程度为止。也许他压根儿就不会接受手术和化疗；也许只化一两个疗程，而不是一化再化；也许会选择服中药。

他很可能会见一些亲友和学生，做最后的诀别，和他们说说话。因为他是那么爱他们，全身心地爱，扶持、帮助，甚至已经超过了自己的亲生子女。

还有呢？会对家里人的未来和自己的后事做出安排吧。而且，从未说过软话的他，也许会对自己平日里的严苛有些后悔，以做父亲的方式，向子女表示一些歉意。就这，在化疗中，也曾流露过，说：

"我对你们管得太严了。"

面对死神的一步步逼近,他也许会一改往日的缄默,敞开心扉,把积攒了几十年的痛苦都倾吐出来,然后,坦然而平静地,等待生命中的最后一刻。

可是,没有也许,所有这一切都被我的隐瞒摧毁了。

也许是内心受折磨吧,有一段时间,我曾苦苦地琢磨着弥留中的父亲都想了些什么,想说些什么,而且还写过一篇短文,题目就是《弥留之际》。我在文中写道:

没有遗言的最后,没有回光返照的弥留。这是父亲临终时的空白,一个无底的谜。

当我们有足够的勇气谈论父亲的死时,我将这个问题问我的母亲:"爸爸最后一刻想的什么呢?"

"什么也没想,一直是昏迷的。"母亲一反往日的温柔,急急地说。

文艺理论认为任何表述都不是镜子般的再现,如此说来,我这么写,是不是也是出于内心深藏的负疚感?是不是想求得安慰?是不是在以母亲的话,弥补我心灵深处的遗憾?

我逝去的一位师长也说:"告诉还是比不告诉好,不然的话,那才真是后患无穷呢。"

这位师长可算得上是模范丈夫了。老伴儿前几年得了结肠癌,想起她平日里曾经说过的,万一得了癌症别让她知道,于是就和儿女一起瞒着她。这下子麻烦可大了,不仅要陪她住院,给她取药,定期领她去医院复查,想方设法开导她,而且还得小心翼翼地绕着"癌症"两个字走,生怕哪下子弄漏了。

他老伴儿也不是没有文化的人,兴许早就知道了,也兴许还不知道,反正两人就是捉迷藏,谁也不捅破这层窗户纸,弄得他苦不堪言,几番累得差点儿倒下。他说:"花钱没关系,身子累也能忍受,可是心累呀,有时连话都没法说,憋得你这个难受啊!我看她的样子也不像不知道,心里也挺苦的。可一开始没捅破,后来也就没法说了,你说这样子还能治好病吗?"

是的,好不了,躲避真相的人怎么能安心养病呢?我并非在提倡所有的癌症患者都应该了解自己的病情,有的患者知道后可能真就吓死了,有的可能会自寻短见,有的可能说什么也不治了。假如估计到有这类情况发生,就得谨慎些,就得小心行事;我只是想说,本能地隐瞒真情未必就是最佳选择。

其实说与不说只是个做法问题,本质是要善待患者,尊重生命,尊重患者本人的意愿,切不可将患者视为婴儿草率行事。须知善意的隐瞒可能会破坏彼此间的信任,不恰当的同情也可能损伤患者的自尊心。那种只要病人还有知觉,就尽可能地蒙上他的眼睛,使他幸福地度过最后日子的想法和做法,并不是绝对可取的。

4

假如我们将上述做法视为过度关怀的话,那么另外一些做法本质上则是不关心或者不太关心,也可以说是虚假关心了。

2011年因食道癌病逝的美国作家克里斯托弗·西钦斯在他的病中所作《人之将死》中，曾经讲过这样一件事：

我坐在桌子后面，一位慈母般的女人……走过来。

她：听说你病了，我很难过。

我：谢谢你这么说。

她：我有个表弟也得了癌症。

我：呃，我很难过。

她：……没错，是肝癌。

我：太糟糕了。

她：医生告诉他没法治，可他后来好了。

我：哎哟，这可是个好消息。

她：……是啊，可后来又复发了，而且比之前严重很多。

我：呃，真可怕。

她：后来他死了，特别痛苦，痛苦极了，就像熬不到头儿似的。

我：……

她：当然，他一直都是同性恋。

我：……

她：而且他的直系亲属全都跟他脱离关系了。他死的时候几乎没有人在身边。

我：是么，我真不知道该……

她：不管怎么说吧，我只想让你知道，我完全理解你的处境。

西钦斯认为这是一次令人精疲力竭的会面，他宁愿它没有发生过，并且由此想到是否有必要出一本简短的癌症礼仪手册，适用于患者也适用于同情者。

西钦斯的这种遭遇稀罕吗？不，顶多说这个女人不明事理。抛开我们身边那些幸灾乐祸者不谈吧，即以不懂事者而言，也大有人在，我在二十多年前便遇上过一位。

那时父亲已经水米不进了，我每天都跑医院，都流泪，都在极度痛苦中挨着，总想着用不了多久他就再也见不到阳光了。在这种情形下，有一天中午，我在校园里遇见了一位教过我的老师。

"怎么样？听说快好了，是吗？"亲热地搂住我的肩膀。

我说："没有，病得挺重的，医生说没有多少日子了。"

"医生怎么能这么说话呢？这不是咒人吗？"

我说："他只是说了实情而已。"

"别着急，肠子上的东西，切去就好了。"她依然微笑着平静地说。

我大为反感，低了头，无言以对。

直到现在，想起来仍然觉得刺心。一边是我的难过至极，一边是她的虚假安慰；一边是讲述实情，一边是言不由衷；一边是要死了，一边却说没事，别急，快好了。什么意思呢？莫非是存心讽刺吗？可是我感觉她不是那种心肠歹毒的人呵。那么是性格粗疏、说话随意？也不是。唯一的解释就是仓促之下，没什么可说的，又不好不问，于是也就这么说了。

当然了，也可以拿小人之心去理解，就是心里本来没有。是的，一切全在于心。心里有，就什么都有；心里没有，就什么都没有了，

有的只是敷衍、冷漠和虚情假意。

我的一位本家叔叔更过分了,晃着身子走进父亲的房间,胳膊抱在胸前,扫了眼弥留者,也不管他听得见听不见就咧着大嘴说:"呀,抬头纹都开了,这人不完了吗?"

而他的妻子,我的婶婶,也站在房间里,和几个女人小声儿嘀咕:"咋还不穿衣裳啊?过一会儿不就穿不上了?"

记得化疗的时候,有一天,我在走廊里散步,一位很有修养的病友说心情不好,闷,也出来走走,让我陪她到走廊的尽头,然后突然说要看我的伤口。

我有些不好意思了,说:"没什么可看的,就那么回事吧。"不想将身体袒露给她。

她坚持说:"我就看一眼,就看一眼,看恢复得怎么样了。"

我见四周无人,勉强解开衣服。她往前凑凑,说:"不行,不怎么样,没我的长得好。"

我沉默了,心想:她本来就是想比较一下吧,用我的伤口,做参照物。

癌症患者的神经已经十分脆弱了,哪怕一句话、一个表情,都可能使她们受到伤害,心灵被划上深深的刀痕。

记得父亲化疗的时候,有一次,他剩下一块鸡翅,让我吃,是心疼我每天跑得辛苦。我顺手把碗放到一边了,不是嫌弃,是习惯,也吃不下,我的心每天被悲伤塞得满满的。想不到他却因此而非常伤心,背后跟我的母亲叹息说:"女儿是嫌我生病啊!"

那一次,我哭了,不是由于误解,是悔恨,悔恨我不经意间伤了父亲的心。就算我再不想吃吧,面对一个濒死之人,也应该细腻些,也应首先考虑到他的感受,他的心理,至少也要解释清楚。

一位叫格奥尔格·福尔克的人曾经说过这么一段话:"谁也不知道失去知觉的人听觉如何,因此,直至垂死者的最后一息,我们都要如此行事,要以他尚有听觉相待。因此,不要在垂死者周围窃窃私语,而要凑近说些关于爱、感激、安慰、希望、信仰以及同情之类的善言,这样可使垂死者感到人间的温暖。"

尽管中西方人有着不同的习俗和心理,福尔克的主张对我们来说也未必适用,但是,尊重生命,尤其是垂死者的生命,是没有错的,我们本该有这种情怀和修养。

是的,让我们的心灵善良一些吧,少些无知,少些冷漠,少些粗糙,多一些细腻和温暖,如此才不至于在自己和他人的心里,留下永久的遗憾。

二十七、霊耗袭来

1

最后一个疗程开始了。

住院的那几天里,不知为什么,一直比较平静的心情突然间变得焦灼起来,好像有什么东西搅着似的,烦得厉害。我没有心思去走廊里活动了,也不想再和病友们说话,更没有心情听手机里的歌,乃至连乳腺癌方面的书也看不下去了,于是又从旅馆里拿来了那本我最喜欢的马原小说《死亡的诗意》。还是不行,我精神恍惚、六神无主,注意力就是无法集中。眼睛盯着手里的书呢,心却不知跑到哪去了。

这一次住的仍然是双人间,室友是个五十多岁的小企业家,胖胖的,导管癌,三期,正做术前的新辅助化疗。每天一睁眼就开始折腾,一会儿忽地从床上坐起来了,抹着脑瓜门说:"不行,忒热了,瞧我这一脑袋的汗!"一只手往地上一甩;一会儿又招呼老公,"死人哪?还不把床摇下来?让我躺一会儿啊!"把那老头儿折腾得跟什么似的。

小企业家见我不爱说话,总来考我:"哎,你看我闺女长得像我还是像我老头儿啊?"

再不就是:"哎,你猜我是干什么的?"

我说:"你可能是大款。"

她笑了,看着屋顶说:"大款倒谈不上,可咱有钱。告诉你吧,我是企业家,承包了两个学校的复印,县政协都让我当委员呢;我用的都是进口药。你看出来没有?头发都没咋掉。"

我看着她已经稀疏得露出头皮的脑袋说:"是的,进口药好,头发不掉。"

她也听不出我话里的意思,还在说:"农村人咱不说了,穷;就算你们挣工资的,敢用进口药咋着?"

我心想:是啊,工薪族每月也就那几个死钱,得了这种病,也得计划着。

别看进口药使她出汗,精神头儿却足得很,每天高喉大嗓的,不是把几个老乡招呼进来聊,就是使唤她老头儿、她女婿,把两个男人指使得跟陀螺似的。

而且这位患者还有个优点,就是特别能放屁,尤其是夜间,那声音才大呢,仿佛新研发出来的鞭炮似的,足以把我从睡眠中惊醒!我赶紧把脑袋蒙起来,心想:这有毒气体哪儿不弥漫啊?要是钻进了我的体内,可如何是好?

而且,她打鼾,躺下不一会儿就扯起了鼾声,像早年间火车进站时似的,门儿门儿的,声音之大估计在走廊里也能听得见。

我实在受不了啦,就几次三番地要求护士换房间,说我睡眠不好,睡不着觉,恨不得马上离开这特殊之地。

现在想来,这情形很可能与我那几天的心情有关,可是我当时

意识不到啊。我心想可能是出院之心太切的缘故吧,盼得太久了,心理就反常了,就像五千米运动员似的,本来一直很好,跑到最后一圈儿了,有人喊:"快了,加油!"反倒坚持不下去了。

坚持不下去了也得挨着,也得忍耐,也得咬牙跑到终点,谁让你得了乳腺癌呢?不管怎么说也快出头了不是?用老话说,就是黑夜已经过去,曙光就在前面;于是就数吊瓶里落下的水滴,就看电视,就摩挲从小公园里捡到的那块黑色鹅卵石。

有时也给F发个短信,说:"这回可真要熬出头了!闷了好几个月,快憋死了,准备请我吃无花果吧!"每次见了面,他最先拿出来的,就是一袋上好的无花果干。我最喜欢吃那东西了,津叨叨的,有些甜,嚼在嘴里耐人寻味。

最后一次,他好半天才回,说:"这几天还得出趟门,最好先别联系了,等我电话,也许你出院时我就回来了。"

感觉这短信有点儿怪,好像没精打采的,冷淡,不过也没往多里想。反正就快见面了,不联系就不联系吧,出门对他来讲也是常有的事。虽说退休了,还有几个社会兼职,开会评奖什么的有时也请他。

我说:"天气有点儿冷了,出门在外,得注意增减衣服哦。"

他说:"好。你一个人,要照(顾)好自己。记住,不管在什么时候什么情况下,都要沉住气,心胸要宽。"

我哑然失笑,心想还缺字了,丢了个"顾"(括号里的字是我加上的),可见书稿写完了也还是忙,他几乎从不犯这种低级错误的。

第二天晚上,我又连续收到了他两条短信:

"补品都在柜子里,如果需要,让女儿送去,有事就请她帮忙吧。"

"你一个人,要格外小心,不可疏忽大意,也不可劳累。小事能凑合就行了,别追求完美。"

我心想F是怎么了?怎么这时候还叮嘱这些呢?眼看就要出院了,有的是时间说话,有话见面谈不好吗?

2

这年十月底,我结束了最后一个疗程的用药,彻底出院了。

诊断、手术、等待病理、化疗……把我熬得一点儿闲心都没有了,整个人就像关进笼子里的鸟儿,连做梦都是出院、出院,和我最心爱的人在一起。我们会像以往相聚时一样,或者在公园里散步;或者躺在床上看电视,看书;更多的时候则是守在房间里说话,亲切地交谈,娓娓地倾诉,忘了时间也忘了空间,没有头也没有尾。

本来一直盼着出院这天的,一直计算着,事到临头却有些舍不得了。毕竟,这里的人们关怀过我:冷静而细心的G、美丽活泼的K、年轻而严谨的护士长、整天忙来忙去的小护士、朝夕相处的病友们,还有帮我打过饭的患者家属,以及每天都到房间里来的保洁女工……都真诚地帮助过我,在我的心里留下了印象。

有两个护士在门口的护士站坐着,我看了她们一眼,心里有点儿难受,于是赶紧垂下眼帘,心想我还会来的,就明天吧,来取药,那时我们就分手了;G和K也做手术去了。我和办公室的两名医生道了别,其中一个说:"好的,有事给我们打电话。"我笑了,心

想他是不会说再见的。

白色的科鲁兹再一次载着我飞往侄女的家。我让侄女的男朋友摇下车窗，侧过身子，两眼不停地往远处望着。天蓝蓝、树碧碧，我的心也像水一样柔，像风一般轻，体会到樊鸟出笼是怎么回事了！整整四个多月呀，门诊、住院、检查、手术、化疗、服药，烦恼不堪、疼痛难忍……而今都成了过去时，都过去了，过去了，我又成了自由人了！！！

我动动身子，感觉很好，没有什么不舒服的。心想今晚就给 F 打电话吧，问他回来没有。假如已经回来了，就马上见面。我要告诉他我是怎么发现肿物的，怎么决定来京，怎么确诊，怎么做的手术，怎么等待病理结果，怎么化完了四个疗程。告诉他我的担忧，我的侥幸，我的烦恼，我的思念，我的痛苦和眼泪……忍了这么些天不见，就为了这一刻呵。这一刻的凝视，这一刻的情愫，这一刻的幸福和劫后重逢！

感觉中已经分别好多年了。每次见面，彼此间最倾心的就是那种没完没了地说话。是的，没有保留，也毫无顾忌。即使只是默默相视吧，也能听得见对方的心语。

然后呢？然后就赶紧回我自己的家——我的宁静而温馨的小家。虽然医嘱说要查血，也回去做；路上也会小心的。想起书房里那一面墙的褐色书橱，那张宽大的写字台，那用起来特别舒适的台式电脑，那遮了一半的窗帘和已经蒙了层灰尘的地板……心里便有些酸楚，有些苦涩，我已经好几个月没见它们了！

感觉内心深处好像有一丝恐惧心理。恐惧什么呢？久别重逢的激动？劫后相见的惊喜？还是深情凝视时的尴尬？抑或已经改变的容貌和残缺的身体？

已经想好了，不再两地奔跑，就留在他的身边，朝朝暮暮，耳鬓厮磨——给他一个大大的惊喜！

是高兴得发狂？还是看着我傻笑？抑或紧紧地拉住我的手，默然无语？

想起即将开始的新生活，心里便有些忐忑，有些羞赧，几乎想取消这次见面了。

可是，人生短暂，吉凶难料。假如我再晚发现些天，假如那天晚上躺在手术台上下不来，岂不是连告别的机会都没有？

然而，以我眼下的情形，似乎也有些不妥，有些难堪……他是否只是出于同情和怜悯呢？即使相知再深，此事也需谨慎，我没有勇气重蹈覆辙了。

伤口隐隐地有些不舒服，心里也渐渐郁闷起来……算了，不想了，想也没有用，一切等见面时再说吧。

侄女家的小屋又因我的归来而拥挤起来。我们一起聊天，一起收拾东西，一起吃晚饭，然后，他们俩就去朋友家了。

我不知道F这次去了哪里，干什么，为什么不让我联系他，心想可能是比较重要的会议吧。多年来他不说的事我几乎从来也不问。想起这几天一直没有消息，就想再等等吧，肯定没回来呢，迟两天见也不要紧。可是终究忍耐不住，于是靠在行李上，指尖轻触荧屏，发了个短信。

没有回音，等了整整一晚上，也没有回音。

手机没电了，关机？还是没看见？抑或信号不好接收不到？

勉强挨到第二天早上，又发了一次，仍然是石沉大海。

心里乱糟糟的，也不管他临别时的叮嘱了，心想打个电话吧，看看到底是怎么回事。

片刻，里边传来一个女人的声音：您所拨打的电话已关机。

这回我有些坐不住了，赶紧打他家里的电话，还是没有人接。

心里紧张得不得了，犹豫了一霎，翻出他女儿的号码，拨了过去。

他女儿好像感冒了，嗓子有些哑，好一会儿，才低声说："……我爸爸出门了。"

我说："怎么手机也不开呢？"

她清了清嗓子，没吭气儿。

我说："是疗养还是开会呀？"

她小声儿说："……疗养吧，嗯，疗养，这回他可以好好歇歇了。"

我说："不知什么时候回来啊？"

她说："不知道，我不知道……"

心里很有些难过，也有些失落，可是有什么法子呢？本来一直撑着的，撑了好几个月了，咬着牙，就是不见，只等着出院这一天，想不到却成了个幻影！

心里一失望浑身就没了劲，傻呵呵地坐了半天，心想去房子里看看吧，又觉得索然无味，没有人的房子有什么看头呢？算了，不如先回我自己的家吧，家里也有事等着处理呢，不回去也不行了。反正过一段还得来看中医，到时候他肯定回来了。

3

我一到家就忙起来了，打扫卫生，交物业费，跑邮局，给两个过去的老朋友打电话，办老房子停暖……供暖公司果然如我所料，说已经超过规定时间了，办不了，要办也只能办明年的。我心想办明年的还用你说呀？于是又想法子找人。

供暖的事刚完小弟又来了电话，说母亲想过来住一段，几个月不见了，不放心；于是又把母亲迎来。每天陪她散步、说话，还得买菜做饭、打扫房间，还得照顾自己的身体，烦琐得很，乃至连回京看中医的事也耽搁了。

出院后的第十四天我开始服来曲唑。我的ER（雌激素受体）和PR（孕激素受体）都是阳性，所以医生主张我接受内分泌治疗。这种治疗方法在医学界有很高的评价，记得K也说过的，其作用不亚于化疗，可以有效地对抗乳腺癌的转移和复发。而且服起来方便，副作用相对也小，对于延长患者的生存期是很有好处的。

我从自身的变化上也发觉这种药的确不可小瞧。吃了没几天，脸色就不如以前新鲜了，睡眠却有所好转，晚上几乎一躺下就睡着了。头脑也比以前清醒了许多，也舒坦，不像以往那么紧绷绷地容易发热了。

身体明显发胖，从出院时的96斤长到了104斤！记得好些专家都讲过了，体重增加是乳腺癌转移复发的危险因素，于是便有些恐慌，赶紧找出徐兵河那本《应对乳腺癌专家谈》，找到里边衡量体重的公式，果然，已经接近最高值了！心想来曲唑得服五年呢，这样下

去怎么得了,于是将晚上睡前服改为早晨或者白天。果然,体重慢慢地降下来了,也不知道是不是这种方法起的作用。

而且多少有些腹泻,一开始还有点儿恶心。左手的指缝间还起了皮,像癣似的,发痒;两手的手背上还起了几个扁平的包。

最明显的是骨痛。尤其患侧肩膀,沉甸甸的,不大灵活,精神头儿也没有以前足了。活动活动能好一些,在电脑前多坐一会儿,又恢复了原样。

我看了好几遍来曲唑说明书,了解了这种药的毒副作用,心想可不能让身体慢慢垮下去呀。于是便做了骨扫描,买了钙片,琢磨食谱,适当运动,减少脑力劳动的时间。

每天都在忙碌和疲乏中度过,有时也会听到不好的消息,比如某某住院了,某某复发了,某某死了。联想到自己头顶上的那柄达摩克利斯剑,情绪就很低落,好不容易平静下来的心情转眼间就消散了。

也给F打过电话,却始终关机,心想也许是疗养地信号不好吧,也许是想静心疗养有意切断了同外界的联系?说不定又写什么呢,心情倒渐渐地散淡下来了。反正过几天就得回去了,去看中医,那时他兴许就回来了呢。

4

记得是出院后一个月左右吧。这天,我吃罢早饭,感觉心里空落落的,于是就在电脑前坐下了。抖落蒙子上的灰尘,开机,上网,看了会儿新闻，然后打开了我的博客。

访客栏里有十几个访客的名字，陌生的、熟悉的，没有特别需要关注的人。鼠标随便移到了其中的一个，打开——天啊！怎么回事？！我竟然看到了这样一行字：XX大学XX教授因病离世！

心一下子提到了嗓子眼，我神经绷紧，两眼发直，心想也许是同名同姓吧！……于是又赶紧往下看。

是F！真是F！籍贯、年龄、生平，一点儿不差，只是没有生前的照片！

胸口像被猛然杵了一拳似的喘不过气儿来，而后便是震惊，是疼痛，是无以名状的憋闷感！有一瞬间心脏是停止跳动了，仿佛被攥住了一般，紧紧地往里缩、缩，缩得一团苍白才慢慢松开了。

我做梦也想不到啊，即使给我世界上最丰富的想象力，也想象不到，我最敬爱的恩师、挚友、知己、恋人，在我梦寐以求的憧憬里，在我的稀里糊涂中，已经走了！已经与我阴阳相隔！已经——不在人世！！！

泪水瞬间便涌出了眼眶，我捂着脸，跑进自己的卧室，扑到床上，任凭眼泪无声地流淌。

母亲吓坏了，跟到卧室的门口小声儿问："怎么了？是不是哪儿不好受啊？"她已经从我不小心放在写字台上的化验单上，得知了我的病。

我竭力控制着自己，摇摇头，语无伦次地说："不是，没有，没事……"

母亲说："身子不好就赶紧上医院啊！"

泪水宣泄出去了,心情平静了一些。我撑起身子,说:"是我最好的一位朋友,走了,没了……"

母亲长出了一口气,说:"可吓死我了,闹半天是这回事啊,我只当你又咋的了呢。"

她不理解,多少年来,F一直在我的生活中,是我人生的一部分,主导着我的生命。F走了,我的感情世界也支离破碎了!

我爬起身,回到电脑前,又看了一眼他离世的日子,已经是第三十五天了。这么说,我还在最后一次住院时,F就走了吗?!怪不得那几天我那么烦躁啊,心里那么慌,那么乱,坐不安站不稳的,仿佛有什么东西在搅和着我——是F在生死关头独自挣扎呢!可惜,近在咫尺,却不能相见!

其实我满可以打车过去的,也可以坐公交,乘地铁,坐白色的科鲁兹,反正有的是办法,即使只剩下双脚双手也不是办不到!只要我知道消息,只要能有人告诉我,只要我知道他生病了,住院了,而且已经危在旦夕!

可是,没有,没有人透露一丝一毫!我躺在医院里,什么也不知道。所有人都瞒着我,对我的存在视而不见。

谁说没有心灵感应啊,谁说是虚无,是迷信?我的切身体验告诉我,人世间不知有多少事是我们所理解不了的。已经看见死神的影子了,他一定想着我,念着我,恨不得马上见到我……可惜我们还没来得及相聚呢,还没有来得及坐在一起,像以往那样,深情地凝视,然后我对着他的耳朵小声儿说:"我想好了,你说得对,我们再也不分离了……"

F啊F，你不是一直盼着我出院吗？不是几次三番地对我说，等我出院了，要亲自下厨，做几个好菜，庆祝我凯旋吗？不是还要给我个什么惊喜吗？从不食言的你，这一次，为什么失信？！

因病医治无效？太笼统了，到底是什么病这么急呢？从云南回来时不是还好好的吗？心情是那么兴奋，口气是那么年轻；后几天好像也平安无事。尤其是我离京前，与他女儿通过话的，她说得很清楚，是去疗养了……难道在有意欺骗我？就连F的短信，也是欺骗？！

种种情况表明，那时他可能就住进医院了，甚至已经预感到了危险，所以，就搪塞我，让我耐心等待，叮嘱我不要与他联系。

等待可以，不联系也行，再大的痛苦我也能忍受，可是总该看看是什么时候啊！

是对我了解至深，知道我生性怯懦、情感丰富，就连平日里的分手，也难以接受？还是他本身就承受不了那种生离死别的场面，不敢见，不忍见，所以，就以这种方式傻傻地逃避？

而我不是更愚蠢吗？来了这么长时间了，竟然一面不见，只是勉强忍着，挨着，以种种不是理由的理由，一次又一次地拒绝、搪塞，只为了保持平静，保护虚荣，保护我那点儿可怜的自尊心！

我第一次发觉我是这般怯懦！这般虚荣！人世间再也没有比我更蠢的人了！我不知道人有旦夕祸福，月有阴晴圆缺，不知道错过了一时便是一世，仿佛我们都会永久地活下去。这一走，就是永别，再无处寻觅，人世间再也没有这个人了。即使上穷碧落下黄泉，也没有见面的一刻！

心里又悔又痛，我拿起手机，就给他女儿拨了电话。

女儿说:"是的,我爸爸走了,医生说还是肺癌,已经晚期了,脑转移,CT显示头部有两处阴影。住院是因为又感冒了,挺重,咯血。大夫说先把血止住吧,想不到就引发了脑梗塞,昏迷了……看上去倒是挺坦然的。"

我屏息凝神地听着,心里又是难受又是疑惑——

两年前不已经排除是癌症了吗?不就确诊为肺炎,吃消炎药也有效,复查时阴影也缩小了,怎么又成了癌症呢?就算是癌症吧,当初不也说是细支气管肺泡癌,发展很慢,即使不手术五年内也没有问题吗?怎么突然间就到了晚期,就脑转移?莫非此前诊断有误?还是现在的不准,脑子里的阴影,只是其他什么病?什么病又发展得这么快呢……他以前的确得过两次血栓,症状都很轻,也没有后遗症,怎么这回就并发了呢?假如真是癌症,这亏可就吃大了,就应该及早手术,或者采取其他措施,而不能稀里糊涂地这么拖着。据说这种类型的肺癌早期手术效果是很好的,以他的性格、修养,一定能活得很久很久……唉,什么名家教授哦,什么几十年的临床经验,都没有用,都看不透人体这个东西,都在以所谓的科学欺骗人!

也许怪他自己太马虎了?记得那次看专家回来,告诉我癌症排除了,只是炎症,是老慢支引起的肺部感染时,口气兴奋得不得了,说:"本来已经准备去见马克思了,行李都打好了,可马克思不留我呀,这回又能写下去了……"人的视野中都有盲点吗?越是离身体近的,越看不见?还是与生俱来的惰性使然,即使睿智如他,也不能幸免?

我说不好,也不想说了,只觉得心痛!心痛!心痛!!

他女儿说:"也怪我呀,大意了,以为咳嗽是老毛病了。要是一开始就上医院，也许还有希望吧。"

我心想是的，是大意了，可能一开始就忽略了某些东西。关羽大意失了荆州，我们大意则丢了性命。假如一开始发现阴影就穿刺确诊，如果是恶性就做手术，情况会不会好一些？假如对名医的诊断多点儿疑问，而不是那么坦然、坚信，情况会不会好一些？假如复查的间隔时间短一点，最好按医嘱去做，而不是一埋首学问便什么都不顾了，呕心沥血地写，写，情况会不会好一些……

算了，还是我前边说过的那句话，人生没有假如，假如只是一厢情愿，假如在任何时候任何情况下都是不存在的。而事实则是，癌症——暂且说是癌症吧——又夺去了我一位亲人的性命！

我说："你们为什么不告诉我呀，瞒得严严的，什么也不说，也不让我见最后一面？！要知道那可是生死关头啊，那时候我就在你们身边呢……"

他女儿说："不是我不告诉你，是我爸爸不同意呀。我本来想告诉你来着，他不让，说你正化疗呢，身体抗不住；还嘱咐我说你知道得越晚越好。我从没见过他心里这么疼一个人！那时候他已经有点儿糊涂了，可是一提起你，就清醒了，就不喊痛，临死前还念叨你名字呢……"

眼泪不停地流着，心里痛得要死，忽然间就想起了那几条短信。

这就是对我的临终嘱咐吗？生死之际，留下的遗言？是的，已经预感到分手在即，而且即将是永久的别离，永远永远，再不能相见，于是用已经不多的力气，将所有的牵挂，化为这几则短信……可惜我没往这方面想呵！那时的我还傻乎乎地躺在病床上，忍着心

里的烦躁，数输液管里的水滴，想着马上就要见面了，心里好舒坦，好欣慰。

多少年的情意啊，从相识、相知到相恋，我从F那得到的已经太多太多了。是他引领我走进知识的海洋；是他鼓励我要珍惜自己；是他在我身处逆境时一次次地伸出援手；也是他，给了孤独中的我以最真诚的安慰……

每当我在生活中迷惘的时候，他总是告诫我要读书，要学习，眼界一定要宽，不能把视野局限在狭小的范围内；每当我因人与人之间的关系而烦恼的时候，他总是批评我，开导我，耐心地为我做具体分析；每当我遭受不公平待遇的时候，他总是提醒我莫争一时一事的得失，往长远看，要大气；每当我为恶劣的环境而生气的时候，他总是说记住，不要在无聊中纠缠，别拿别人的错误惩罚自己……

有几年，我身体不好，他每月都给我寄补品，寄药；每逢年节，假如我不在身边，他总会把电话打过来，几乎一次也没有忘记；每次我去看他，即使再忙，他也会放下手中的笔，问我走后的情况，陪我说话，或者出去散散步；有两次，我生病了，他不顾我的阻挠，千里迢迢地跑了过来，直到我的身体基本痊愈。

假如世上真有缘分这种事，我们俩算得上是有缘人了。这不仅是指偶然的相识，天意般的相聚，不随时间流逝而褪色的深情，更指情感和性格上的极端默契。无论什么事，总是能想到一起，争吵和解释在我们之间是多余的。他最高兴的事就是听我分析他，说我是他肚子里的蛔虫。我说恶心死了！他马上说不是蛔虫，是肋骨，可肋骨是没有思想的呀……

每一次相聚都觉得时间太短,每一次分手都期待着下次的相见。我欣赏他的沉稳、理智、脱俗、丰厚的知识储备以及对人与事的认真和责任感;就连那几分迂腐、几分木讷,也令人忍俊不禁。

记得我们刚刚相恋的时候,有一次,我来北京,在一家小餐馆吃了顿饭。那回,他心情很好,点了好几样菜,还喝了白酒,说:"有本书要再版了,出版社说征订结果不错,到时候先送你一本,签名的。"

我说:"有朋友说了,往后赠书不能签名,他的书就让人家卖了废品,在道边的书摊上摆着呢,连签名页都没扯,伤心吧。"

他说:"你能卖我的书吗?"

我说:"那可不好说呀,反正我靠写作也挣不来多少钱,等哪天穷得衣食无着了,不卖书卖啥?"

想不到一句玩笑话竟让他认了真。他轻轻地放下筷子,从眼镜后边盯了我好一会儿,才说:"假如真到了那一步,能告诉我吗?"

我摇摇头,心想怎么会呢?怎么可能依赖别人?

他马上叮了一句:"是不会到那一步,还是不告诉我?"

我看着他紧张的样子笑了笑。是的,不会告诉的,谁也不告诉,自己的梦自己圆。

他显然看懂了,很伤心的样子,于是低头喝酒,吃菜,而且多少有些醉了。

可是我为什么不往前走,为什么一拖再拖?为什么始终没完成法律认可的那一步?细细想来,竟没原因,所有的障碍都不是克服不了。假如非得要找的话,就是我与生俱来的软弱、清高和优柔寡断!我害怕婚姻,恐惧矛盾,我不相信两性在耳鬓厮磨的纠缠中

能长久地奏出和谐的曲子,也不认为感情能抵挡得住琐碎的锅碗瓢盆。现有的一切已经让我十分满足了,哪怕走错一步,幸福都可能永远地失去。

而他呢?不也是隐忍不言,独吞苦水,一写起书来就忘乎所以吗?

我知晓他的难处,他也理解我的犹豫,我们都在有意无意中拖延着,等待我退休,等待万事俱备,等待那个无须等待的结局。

这么说我们没走到一起吗?不,我们心有灵犀、两情相悦、灵肉一体,我们早就是一个人了。我一直认为婚姻并不只是一纸契约,不是世俗的认可和法律的承诺。假如非得这般认识的话,就失去婚姻的本质了,否则哪来那么多的男女间悲剧!

况且,我已经准备好答应他了,我们俩,互相搀扶,长相厮守,不离不弃。只是时间错过了,错得人肝肠寸断,措手不及。唉,造化弄人啊!

这两年于我是怎样的不幸?先是一位亲属突发心梗;接着是我的姐姐患肠癌死去;然后是我自己得了乳腺癌;再后来,就是一位很好的朋友、同行,也可以说是我的老师,走了;几乎没隔几天,又轮到了F……

我忽然想起今天是F的五七,按民间说法,五七这天,死者的灵魂要回来与亲人告别的。仔细想想,事情也的确有些奇怪——

为什么出院后,由于身体的原因,我很少开电脑、上网,即使上网也只用百度查找些问题;可今天却打开了我的博客?

为什么在访客当中,我忽略了别人、熟人,而单单选中了一个陌生者?

为什么这陌生的博主恰好是 F 的朋友,而且恰好写过悼念 F 的文字,而且置顶,让我一眼就瞧见了?

难道 F 是专程来与我告别的,借助这位博主的引领,在灵魂即将远行或转世投胎之际?

我说不准。但我相信,我们已经见过面了——

是不久前一个阴冷的夜里,我梦见了 F。书房里的光线很暗,他坐在我那张老式靠背椅上,两手抚着扶手,眼睛慈祥地看着我说:"嗯,我知道了,你叫如是。"我心想:这名字还是你起的呢,怎么这么说?于是会心地一笑,就醒了,睁眼看看窗帘的缝隙,离天亮还远。

5

其实预兆又何止于住院那几天呢,仔细想想,可以追溯到更早,几乎与化疗同一时间。也就是说,化疗一开始,预兆也就同时出现了。

手术前不这样,手术后也不这样,可是化疗一开始,我就迷上了那些悲情而又感伤的歌。我煞费苦心地将它们挑选出来,一首,又一首,然后就反复地听,脉搏和着旋律一起跳动。

我听苏芮的《酒干倘卖无》,听叶丽仪的《上海滩》,听陈力的《晴雯歌》《葬花吟》,听杨洪基的《滚滚长江东逝水》,听彭丽媛的《没有眼泪没有悲伤》,也听毛阿敏的《篱笆墙的影子》……

听得最多的是董文华演唱的《二泉吟》:

风悠悠 云悠悠

凄苦的岁月

在琴弦上流

啊琴弦上流

恨悠悠 怨悠悠

满怀的不平

在小路上走

啊小路上走

啊 无锡的雨

是你肩头一缕难解的愁

满怀不平在小路上走

惠山的泉 是你

是你手中一曲愤和忧

梦悠悠 魂悠悠

失明的双眼

把暗夜看透

把暗夜看透

情悠悠 爱悠悠

无语的泪花

把光明寻求

把光明寻求

啊 太湖的水

> 是你人生一杯壮行的酒
> 无语的泪花把光明寻求
> 二泉的月 是你
> 是你命中一曲不沉的舟
> ……

我当时不知道为什么那么喜欢这首歌,只记得每天都听,一遍又一遍,听得心醉神迷,一直听了两个多月,整个身心都沉浸进去了——

一个并不古老的故事,却有着人生普遍的含蕴。一个人,在狭窄的路上,独自行走着,孤独、愁苦、凄凉、愤懑、不甘、茫然、寻找……所有的人生况味都含尽了,所有的人生况味!而且不是阿炳一个人的,是整体的,是人类的,不管你行走在过去还是现在,是健全还是残疾,是坚强还是脆弱,是豁达还是伤感。

可是那时我并没有意识到它的意义,那时,我思维混沌,感情却如潮水般活跃得很。我每天都在听这首《二泉吟》。是喜欢吗?不,说喜欢好像不太确切。这首歌太凄凉了,抛开曲调不谈吧,单只是那背景、那歌词,便足以使人心碎,对于重病中的我显然是不合适的。那么,是苦闷、心烦?也不是。假如只是因为心烦,我完全可以听别的歌,听点儿轻松愉快的,而不至于如此迷恋这首歌曲。

到底是为什么呢?我说不好,反正就是想听,听就是了,听,成了我感情世界的全部。我不厌其烦地听,早晨、中午、晚上,在旅馆的房间、在小公园里、在停车场、在散步的路上,听得如醉如痴、

心魂欲碎，整个人都神魂颠倒了！一个盲艺人的身影老在我的眼前闪现着，一忽儿是背着二胡在山路上走，一忽儿又手拨琴弦流落街头。琴声在手指间水一般地流淌着，空蒙的眼睛看着这混沌的世界……

重叠了，弄混了，与史铁生笔下的盲艺人。不过没有关系的，反正都是艺人，都没有眼睛，都背着一把破旧的琴。扛着孤独而沉重的人生，行走在坎坷的小路上。

那时只以为是听给自己的，听给我的感官，我的心魂。身体的每个细胞都和着歌声激动着，胸腔里却满是悲伤、忧愤。多少年的自尊自立，多少年的纯洁无染，多少年的兢兢业业，多少年的无求无念……都随着癌症这两个字白瞎了，都没有用，都毁了！就连这副皮囊，说不定也保不了几天了。

这一切到底是为什么，为什么呀？！

都说老天是最公平的，可是为什么不放过我，让我在人生的路上，受了这么多的苦，遭了这么多的罪？我到底造了哪些孽？到底招谁惹谁了？还是世间根本就没有公平可言，尽管你再努力，再珍惜，也是白费？

只以为是给自己听的，只以为是听给我自己。我忧伤、沉重，好像普天下的痛苦，都朝我的头顶袭了过来。现在回想起来，才发觉是上苍最初的暗示。它用这首歌暗示着我：等着吧，别急，你又要面临不幸了。你很快就会听到一个新的噩耗，受到沉重的打击，而且可以说是致命的，因为你的业还未满……

可是我没有瞎子阿炳的勇气啊，没有《命若琴弦》中的老瞎子的悟性，也没有小瞎子的那种单纯。我的心累了，手累了，脚迈不动了，生命之弦也断了，浑身没有一点儿力气，已经接近于一个废人了。而前路却依然茫茫，看得到头，却看不见尾……

也许，我也应该像老瞎子对小瞎子说的那样做？"弹吧，弹吧，弹断一千二百根琴弦，就看得见了。"可是即使真的弹断了一千二百根，又怎么样？谁敢保证封在琴槽里的，是方子，而不是一张无字的纸？

"莽莽苍苍的群山之中走着两个瞎子，一老一少，一前一后，两顶发了黑的草帽在起伏攒动，匆匆忙忙，像是随着一条不安静的河水在漂流。无所谓从哪儿来，到哪儿去，也无所谓谁是谁……"这就是人世情景的描摹，就是所谓的人或者人生吗？

斯人已逝，渺无踪迹。几十年的存在，却抵不住这沉重的一问！——难道一切真如佛所说，是空有，是虚无？那么人生的价值又在哪里呢？包括生命中不可缺少的友情、爱情、亲情的价值和意义？

也许就像弗洛伊德所说的那样，客观上，生命既无价值也无意义可言？是的，有可能是。然而，即便如此，我们也战胜不了主观，阻止不了感觉和知觉去追求空无的有。

那天夜晚，我为F献上了鲜花，心里默默地说：走吧，去往生世界吧，我们还会见面的。人生本来如此，一切都会好起来的。

二十八、迎接明天

1

过去了,一切都过去了,该发生的和不该发生的。

我又回到了往昔的日子里,回到了我原来居住的城市,回到了普通人的生活之中,回到了美丽宽敞的校园。

校园里有清澈的湖水,有可爱的紫丁香或者白丁香,有一到秋天就满树繁花香气浓郁的大槐树,有碧绿的草地、一片片人工栽培的五颜六色的花和修剪成不同形状的冬青树,有整洁宽阔的水泥路和砖石铺就的林间小路,也有我熟悉的风格不一的楼群,以及我喜欢或者不喜欢的人。

每天,太阳升起的时候,我就起床了,去校园里活动一小时左右,基本就是走路,做健身操;然后回来收拾房间,做饭,吃饭。

午饭后我会休息一会儿,养养精神,只是时间不长,否则夜里的睡眠就少了。

白天里,假如天气好的话,我也会抽空去校园或者小区前边的滨河公园里走一走,散散步,或者在长椅上晒会儿太阳。听听鸟语,闻闻花香,看看蓝天绿树,让阳光把身体烤得暖暖的。校园里风景很美;公园里有河有树,宽敞安静,都是我喜欢的。

晚饭后我还会去校园里走一个小时左右的路，中速，走到出一点点汗为止，为的是舒展身心，走掉日间的疲劳，有一夜好的睡眠。这一点我已经坚持多年了。

晚上9点多我就上床入睡了，不看书也不写作，只是一定要泡泡脚，这是以前所没有的。以前，我是洗脚，匆忙了事，总好像有什么在等着我。时间长了，我发现泡脚这种习惯对睡眠非常好。

余者就是我的工作时间了。我也看书，也写作，只是与功利无关，都是自己喜欢的，发自灵魂的深处。是的，做兴趣和精神的俘虏吧！成败得失无关紧要，关键是我活过了，做过了，遵循着自己的情感和意志。

有几次，我也出去旅旅游，看看自然风光、名胜古迹，到自己喜欢的地方走一走。

从容和宁静又渐渐地回到我的身边了，是的，从容、宁静，还有潇洒与淡定。我仔细做着生活中的每一件事，比如去商场购物，比如打扫房间，比如写字、画画，包括以前讨厌的买菜和做饭，都有条不紊。

从心所欲真的很重要哦，它使你的世界变得博大而丰富，使你的生活色彩斑斓。我仿佛第一次发现：路，就在脚下，生活并没有抛弃我。即使有过阴霾，也无须抱怨，自然界不也有阴天和晴天吗？

2

不要以为我一出院就这样子了，这可是经历了一番痛苦的挣扎

才得到的。出院不久的一段时间里,我的情绪十分低落。这不仅仅是由于回到了旧有的环境而心生烦恼,也不仅仅是没有知己的沟通而引发压抑,更不是尚未恢复好的身体在隐隐折磨,而是恐惧——一种埋在心底的无时不在的恐惧!

转移复发的风险像山一样压着我的心,令我焦灼、苦闷,觉得人生了无意趣。我心里清楚,眼下的平稳只是代表着暂时的治愈,也许,用不了多久,癌细胞就会卷土重来,那将是一场更残忍的劫难,甚至是毁灭性的,是比初次发现沉重得多的打击。

我相信有这种心理的患者不止我一个。在医院时还好,不管怎么说,有医护人员的守护,你随时可以咨询他们,他们也会指导你怎么做,至少在心理上有一种安全感;可是出院以后就不一样了。出院以后,一切就几乎全靠你自己了,靠你的心态、勇敢和智慧。

我能怎么做呢?我能摆脱化肥土壤吗?能摆脱有毒蔬菜吗?能摆脱越来越多难以分辨的转基因食品吗?能摆脱无孔不入且充满了有害物质的空气吗?即使是刚刚帮我驱走了病魔的医疗措施吧,痛定思痛,信任感也大打折扣。假如转移复发了,我真不敢保证自己还像刚刚走过的那样,勇往直前,义无反顾。

我再次陷入纠结中了,而且比在医院时更烦恼,更孤立,更无所适从。每个领域都是众声喧哗,充满了矛盾和不确定性,甚至是权威和权威之间的观点;令人莫衷一是,难以取舍,心里满是彷徨和犹豫。我越纠结就越上网、看书,而且重点看权威的,看专家的,看积累了丰富经验的抗癌患者的。我买了好多有关癌症方面的书,从理论到实践、从养生到医疗,都有。可是越看越糊涂,越看心里越乱，越看越不清楚怎样才能不转移复发了。

也许是物极必反吧，慢慢地，心里倒冷静下来了，感觉犯了方向性错误。我过于相信书本，相信专家，相信媒体，把活的希望留给了外界。这种思维是多么愚蠢呵！须知外界只是资源，是引领，可借鉴却不可盲目相信。尤其在当前医疗知识领域的混乱状态中，假如只是一味地向外求索，就等于把抗癌的主动权交了出去。

我终于明白了取舍的标准是什么，那就是你的而不是他人的病情，是你自身的生理状况，你以往的失误，以及对你来讲行之有效的康复措施。而所有这些，都是已经知道或者能够知道的。

和所有患者一样，我也开始了对身体的全方位调整：饮食、锻炼、求医服药。几个月下来，身体的确有所好转。睡眠质量提高了，消化功能也改善了不少，精力也比以前充沛了。老话说得好：病去如抽丝。几十年的疾患，不可能顷刻间消失净尽；要坚忍，有耐心，日复一日地把符合你病情的调养和医疗方法坚持下去！

3

每当我想起自己的疾病、看到癌症患者越来越多的消息时，心里总会响起某位智者的话：癌症是上帝用来惩罚人类的，它不是病，是孽，是我们人类太疯狂了。此中的道理何其深刻呵，深刻得简直到了令人惊悚的程度。是的，小到个体，大到人类，当今的人岂不是太疯狂无知了吗？！上帝造出了自然界万物，让人管理它们；上帝又赋予人脏腑骨骼肌肉，告诉我们这就是整体的你。可是我们并

不理睬,我们一意孤行,我们鲁莽而又茫然地出界了!

人违反了上帝的规定,偷食了善恶树上的果子。世代做苦役哪惩罚得了人类啊,人变得越来越聪明,越来越贪婪,越来越残忍,越来越生出种种妄念!有了妻子还要官职,有了衣食还要金钱。有了瞬间渴望永恒,有了有限又祈求无限。就像一首歌里唱的:有爱情,还要面包;有房子,还要珠宝;有老婆,还要风骚;有魅力,还要怕老……我们破坏规则,践踏自然,甚至残忍地毁灭身体,结果怎么能不生病呢!

也许最需要关注的不仅仅是病、是癌、是身,而是像我刚才所说的,是心?是的,我想灵魂深处的革命,就是这个意思。早有人说过了:癌症是一种心因性疾病。不信可以看看周围人哦!傻子、精神病患者、知足常乐的、没心没肺的,不容易得癌症,因为他们心净、心静;而绝大多数精明人,心里却有着无穷的欲望。可是我们究竟能得到什么呢?又到底能把握住什么?物质吗?命运?还是时间?都不能够。

先说物质吧,爱因斯坦的相对论已经开始揭示出物质实体观的谬误。20世纪后期的"弦论"则更进一步证明了,所谓的现实物质世界,只不过是宇宙弦演奏的壮丽的交响曲。

物理学上的波粒二象性说可以帮助我们理解命运。关于这一点,伟大的残疾作家史铁生已经说得非常好:"……物理学家把一切物质都看作具有波粒二象性。我想,人也是这样也具有波粒二象性吧。你每一瞬间都处于一个位置,都是一个粒子,但你每时每刻都在运动,你的历史正是一条不间断的波,因而你在任何瞬间在任何位置,都一样是命途难测。"

至于时间就更无从把握了。就说"现在"吧,我们一直习惯于说过去已经过去了,未来还没有到,能供我们把握的只有现在。可是相对论却告诉我们:时间是能动的,可以伸长、收缩、弯曲,甚至可以在奇点处停止(保罗·戴维斯),因此在不同的观察者眼中也就不可能有共同的现在。

我们一向信任科学,科学这样证明了,还能说什么呢?说理想、能力?说理想和能力可以帮我们达到目的?更白费了,眼下连小学生都明白的一个道理,便是人的能力有限,欲望无限,欲望永远超过人实现欲望的能力。

所以佛说了:因缘所生法,我说即是空。

老实说,过程这个词还是比较切合实际的。是的,过程,人生只是一段过程。唯有过程存在,过程可信,过程就是你的生命。明白了这一点,便不再那么伤感,那么失意,那么焦灼窘迫了。即使是对转移或复发的恐惧吧,也减轻了许多。是的,有生就有死,既然宇宙都有终结的一天,又何况人呢?如此一来,你便只需静心生活,热爱生命,珍惜人生,享受上苍洒落在你头顶的温暖!

有时很想F,非常非常想,想和他说说话,把我的喜怒哀乐、烦恼困惑、所思所为,都讲给他听。我现在明白了,F的离去对我的最大损失就是再也没有人像他那样和我说话了。每逢想到这一点,心里都很难过;同时又提醒自己得振作起来,要坚强,倘若真有灵魂,他是不喜欢我这样子的。

4

烦恼与我的缘分是最好的,它无时无刻不跟随着我,考验着我,看我是不是足够强韧。单位里没有人知道我生病的事,不是我有意封锁,是讨厌,讨厌那种故作亲热的问候,那种大惊小怪的口吻,或者目光闪烁、贼眉鼠眼,几个人凑在一起喊喊喳喳。我想过几天安静的日子;可是我的邻居把此事泄露了。

是我从北京回来的那天晚上,小弟从老家过来看我,侄女的男朋友接的站。吃完晚饭,我们就坐在客厅里说话,一边嗑瓜子一边说看病的事。大约过了一个多小时吧,我看看钟,说不早了,赶紧洗洗睡吧,起身去关那扇半开着的里层入户门。一看,外边的门还留着半尺宽的缝儿呢!

我说:"你们谁最后进来的,怎么不关门?"一边朝走廊里扫了一眼。

走廊里静悄悄的,昏黑一片。只见对面屋的门口,一颗脑袋无声地从门缝里缩回去了。

我早就发现我这里隔墙有耳了,对门好像有窃听癖,不管什么时候,只要我客厅里的座机铃声一响,你就听吧,咚咚咚,那边的赶紧往门口跑,紧接着就是"咯嗒"一声扭动门把手声。不管咋着隔着墙呢,不跑到门口听不见啊,对不对?而且还得将门锁打开,把入户门推开一道缝,弄得我对此楼的质量恨得牙根儿痒!

果然,没过多久消息就悄悄地传开了。没有人打听,也没有人问候,而是若无其事般地,从我身边走过时,眼睛嗖地溜一下我左侧的乳房,再马上挪开,速度之快无与伦比!或者两三个人在角落里喊喊喳喳,见我过来了,一下子散开了,有时还亲切地打声招呼:"干啥去了?买菜去了?"

有一次,一个年轻老师在校园里看见了我,于是推着自行车拐了过来:"阿姨,挺好呗?"

我说:"挺好的。"

他显然不信,眼皮一挑,又叮了一句:"嗯?挺好?"表情和口吻都是疑问。

我笑了,说:"是挺好的,有什么话你就直说吧。"

他忙说:"没有,没有,就是好久不见了,问问您。您忙,您忙。"赶紧骑着车子走了。

我知道,他母亲是我校的退休老师,在我前边那幢楼里住。

我不想再多说什么了,只觉得生活在这群所谓的知识分子中,是那么烦恼,那么压抑,那么孤独,而且又是那么遗憾!有什么必要鬼鬼祟祟的呢?我又为什么非得瞒着?难道说人与人之间就不能真诚相待吗?简单点儿,超然点儿,少一点儿幸灾乐祸,多一些同情之心,不行吗?

不过我已经不像过去那么往心里去了。人生是那么美好,我们何必搂住烦恼不放?世界是那么博大,我们何必偏居一隅?心地善良的人是那么多,我们又何必对几个小人耿耿于怀?

第一次,明白了"有容乃大"这几个字。

也是第一次,明白了F所说的,心宽,天地才宽。

记得有一次我们通话,F说:"如是,你知道我最喜欢你什么吗?"

我说:"什么?"

"通达、宁静,这种性格在现在的女人里少有。"

我说:"你是夸奖我呢。"

"知道我不喜欢你什么吗?"

我说:"什么?"

"有时候,过于较真儿。用在学问上可以,用在人事上,早晚会毁了你。你可能没想过,情理是在大处现的,在具体的人和事上,常常是不通情达理。好在你有悟性,能看得开,要不然你就没有路了。"

心里忽然明白了他为什么给我起了"如是"这个名字。当初我曾经问过他的,为什么是如是,而不是别的,怎么有点儿脂粉气呢?

他笑了,说:"你别问了,我可经不住你问,有一天你会明白的。"

想不到这一天是在他走了之后。

《金刚经》载:一切有为法,如梦幻泡影,如露亦如电,应作如是观。

这么说,他早就对眼下发生的事情有所准备?而且暗中启发我,让我不管在什么时候什么情况下,都要通达、宁静、看破生死,而不至于独自孤苦伤悲。F是真关心我,当我还在迷惘中的时候,他已经想到未来了——剩我一个人的未来。

是的,人生世事,如梦如幻,如露如电。明此者,方可称为通达,方能宁静,而且是一种大静。可是我能做到吗?没底气,我的慧根不够哦。人生极其沉重,世事也过于艰辛,而今又是命途难测,只是我会努力的,努力保持通达、宁静的情态,保持心的纯真无染,让一己微小的生命,融入宇宙中去。

/一个乳腺癌患者的手记/

是谁写出了这般绝美的诗——

> 生如夏花之绚烂，
> 死若秋叶之静美，
> 点一盏心灯，
> 让生命泊于安宁。

是的，心灯，在苦难中点燃。只有心灯才永远照着你，陪你走完最后的征程。也许我的路也不长了，也许很长，也许还有一段。有心灯照耀，心里就不觉得黑暗。

一位名叫诺曼·尼科尔森的诗人想象过宇宙毁灭的情形：

> 假如宇宙
> 倒转并现出
> 它的本相；
> 假如可见的光
> 向内流逝，自天空暴风雪一样的降下
> 众多的星系，黑夜的透镜就会烧得
> 比聚焦的太阳还亮，
> 人就会失明
> 因为他眼中是一片白热的黑暗。

这种情形像不像我、我们，乃至每个癌症患者所遭遇的劫难？本来一切都好好的，都在正常的轨道上运行着，平和、安稳，可是

突然间就出事了,身体像"大崩塌"中的宇宙一般被击得粉碎,生命瞬间便显出了它另外的一面!

怎么办?诅咒和哭喊都没有用。此时,能挽救你的,只有你的心灵,你的意志,你的精神,你与病魔抗争的种种努力!不要抱怨为什么我这么倒霉,为什么是我患了癌症,而不是别人,而不是某种轻一点儿的病。要感激,感激上苍对你的赐予。只有苦难才是无价之宝呢,苦难中能体悟到的东西,是幸福中根本体悟不到的。

忽然收到了侄女的短信,说两人商量过了,结婚,休养一段,然后生个健康的孩子。

心里蓦然一阵欢喜!是的,这不就是流转,是延续,是生生不息吗?生命的繁衍从不会中断,永恒不是个体意义上的,而是系统的、整体的。一个生命的死所连接的可能就是另一个生命的生,如同日月轮回、季节交替。

不要总是被恐惧纠缠着了,珍惜剩余的光阴吧,珍惜生命。假如你有足够的勇气和智慧,就会告别梦魇,迎来清晨!

(2015年1—5月初稿)
(2015年8—11月初改)
(2016年3—5月二改)
(2017年7—8月三改)
(2018年2月改定)

后记
我为什么要写这本书

四年前,我被确诊为乳腺癌。我看着医生那张没有表情的脸,心里是一千个不信,一万个不甘!

此前一分钟,我还安安静静地卧在床上。我知道病理结果可能出来了,心想没事的,不可能,不会。有医生不是说过了么?良性,百分之八九十是良性……我看着身边两位化疗的患者,心里甚至有几分可耻的得意。

可是突然间,我就从天堂跌进了地狱!

面对雪白的墙壁,我茫然失措,混沌一片,整个思维彻底凝固了,嘴巴既不会说脑子也不会想。

紧接着,便是手术,是化疗,是疼痛,是脸色苍白头发光光。

死神的身影一度在我的脑海中徘徊。我心想,我是有癌症家族史的人,好几位亲人,都先后死于癌症。而家族史,就意味着我的体内有癌基因。在我尚未出生的时候,癌症的种子就种下了,只等着发芽破土成长的机会;而属于基因方面的疾病是无法治愈的。不久的将来,我就会像很多患者那样,转移到骨头,到脑袋,到肺……总之是全身的所有器官,把我活活地折磨死!尽管我发现得还不晚,

可是这种东西谁控制得了,这种病谁说得清?不是有很多早期病人,都命赴黄泉了?

怎么办?怎么办?!

尤其另一个噩耗袭来的时候,我顿觉天地暗淡、了无生趣。有段时间,我痛苦不堪、生不如死,整天不是躺在床上,就是游魂一般地在野外的树林里走来走去。

可是我终究活了下来,支撑我活下来的就是这本书。我只用三个多月时间便写完了初稿,感觉好像有一股什么力量在推着我,有个声音在催促着:写吧,写吧……所有的章节写得都顺利,指尖敲打着键盘,好像灵魂跳着生命之舞一般,沉重,也酣畅淋漓。我知道,促使我写出这本书的是我和无数个像我一样的癌症患者的苦难,是我可怜可爱的病友,是我的因癌症而去世的朋友和亲人们。

也许那些目前仍然健康的人们也在我的关怀之列?是的,他们不是癌症患者,幸福且幸运,而且说不定终生远离癌症的魔爪。可是谁说得定呢?在人类尚未解开癌症之谜、尚未掌握控制癌症的根本方法、导致癌症的工业和环境因素也还不能有效治理的情况下?也许你此刻还是健康人,你旅游、工作、结婚、生子、赚钱、养老……总之享受着一切世间可能享受的。可是有一天,偶然或必然地,你接受那些高科技仪器的检测了,有人可能会告诉你说:得了癌症。

和许多肿瘤写作者一样,在这本书里,我也苦苦地思索我为什么患了癌,也找到了日常生活方面的原因,也探讨了对策,乃至制定了具体的方案,而且也收到了一定的效果。我的身体素质提高了,感冒的时候少了,精力较以前充沛了。出院以来我一直按医嘱准时复查，每次复查，结果也都不错。所有这些，不能不说是养生和医疗的功绩。

可是我仍然不想把身体疗养作为重点写。为什么呢？一句话，这种信息已经太多太多了。只要随便打开电脑、电视、手机，或者走进实体书店，都能找到你所需要的诊疗知识和养生经验，乃至细微到教你怎么吃饭、怎么喝水，怎么起床又怎么入睡。每一位肯思考、善行动、想学习、有毅力的患者都能根据自己的身体状况制定出一套适合自己的养生计划。我不想重复，更不想复制，只是想找出一条比养生更有根本性的救赎之路，因为它符合我的性格也符合很多患者的实际情况。这条路在哪儿呢？在内心，在情绪，也就是说要彻底解开患者的心结。假如进而能够树立起与癌症抗争的信心，就更理想了。否则，再好的治疗和调养恐怕也是无济于事。

当下人已经活得太苦太累了，烦恼、压抑、焦灼、封闭……每颗心都成了一座孤岛！尤其癌症患者，从确诊那天起，你的身体里就有颗定时炸弹了，你面临的是一条异常艰难的路！从初诊到确诊，从入院到出院，从手术到放化疗，从健全到残缺不全……紧张、焦灼、恐惧、怨恨、失落……都跟随着你。尤其出院以后，你不仅要承受外界的舆论，更担心转移、复发，总觉得头顶上悬着把达摩克利斯剑。你不堪重负、步履蹒跚，乃至因此而削弱或者丧失了与癌症抗争的信心和体力。

而且，从本质上说，癌症患者的心理是孤独的。这是很多患者的实际情形，也是我的内心体验。我至今还记得当时的情形。我痛苦、压抑、勉力平衡，心里装得满满的却一句话也不想讲，几乎把自己

完全封闭起来了。我嘱咐亲属,嘱咐知道消息的几个朋友,甚至嘱咐我的主管医生,让他们严守秘密,不要对任何人说起,乃至很长时间里我单位的人都不知道这件事。

直到有一天,我面对着电脑了,才意识到我的行为是多么愚蠢!我写我自己,写为什么会发病,写我对肿瘤的认识,写我的整个治疗过程和每个环节的切身感受,也写了一些我亲历亲闻的癌症患者们。他们可能很普通、很平凡,甚至有很多缺点和毛病。可是在死亡面前,生命却闪出了最宝贵的品质,值得人尊重和怀念。抒写使我体验到了久违的欢乐,我更想把这种欢乐送给他人。我不清楚读者是谁,在哪里,但我相信这本书是有感染力的。因为我的经历就是他们的经历,我的体验也是他们的体验。我的恐惧、痛苦、失落感……都是癌症患者们所共有的,尤其是得了乳腺癌的人。我相信,有着相同经历的人最容易产生心理上的默契。

默契是幸福,沟通是良医。这是每个写作者都梦寐以求的,也是每个癌症患者都需要的。哪怕有一个人从我的书里受到启发、得到安慰,并且因此而减轻了心里的痛苦,也值得;同时这本书也是对我的感情和心灵的一场交代。我喜欢交代,对自己,对他人,我想这是人成熟的表现,死亡也不应将其改变。死亡只是个结果,它连接着整个过程,每一段都有着每一段的苦涩和精彩。是它赋予了我们勇敢和丰富,也使得我们的人生变得完整起来。然而我们要与它对抗,要顽强,自救!只要还有一点儿能力,就不轻易放弃,让死神也为我们喝彩!总是怨天尤人是没有道理的。

我至今感谢我的医生和护士们,是他们的严谨耐心、精准治疗和悉心关怀，延续了我的生命，给了我信心和勇气，也使我对癌症有了新的认识。肿瘤科的医护们很辛苦，不仅要面对病人的痛苦，自身也容易产生心理压力。有谁面对一群癌症患者能笑得出来呢！我理解他们的辛苦，也感激他们一路相伴，和谐的医疗环境才能使患者得到良好的救治。

我更感激华文出版社，感激看中这本书稿的责编李庆先生和雷平女士。是他们从书名到内容、从封面到封底，均一一细心斟酌、精心设计，反复修改，付出了许多心血；尤其李庆老师，其严谨的工作态度和水平、修养令我着实钦佩！我深知他们的所作所为不仅仅是为了这本书，而是胸中有大爱，是出于对乳腺癌也包括其他癌症患者的同情心。这在当前的出版情势下是多么不容易，出版界需要这些优秀的出版人。

前路并不平坦，每个癌症患者都有转移、复发的可能。而尤其乳腺癌，又是转移复发率高的癌种，只是我已经不会像当初那么恐惧了。疾病深化了我的思想，给了我勇敢和智慧，使我意识到了一个人怎样才算活着。加拿大女作家玛格丽特·爱特伍说过："写作一定要和黑暗有关，/并且是渴望或者是被迫进入黑暗，/运气好的话，/就可以照亮黑暗，/带某些东西回到光明处。"我希望读者们能通过对本书的阅读，透过黑暗，看到光明；更希望患者们能穿过茫茫暗夜，享受到阳光的温暖！

2018年8月16日